Todo lo que nunca dijimos

SLOAN HARLOW

Todo lo que nunca dijimos

Traducción de
Elena Macian Masip

ALFAGUARA

Papel certificado por el Forest Stewardship Council®

Título original: *Everything We Never Said*

Primera edición: mayo de 2024

Printed in Spain – Impreso en España

ISBN: 978-84-19688-99-6
Depósito legal: B-6.005-2024

Compuesto en Punktokomo, S. L.
Impreso en Black Print CPI Ibérica, S. L.
Sant Andreu de la Barca (Barcelona)

AL 88996

Para todas las Hayleys y las Ellas del mundo,
y para todo el que alguna vez se haya sentido solo y perdido

Capítulo 1

Ella

Unas gruesas oleadas de lluvia embisten la ventana de mi habitación. Los rayos y los truenos de una tormenta georgiana desgarran esta mañana de lunes. Hace horas que estoy despierta, que escucho el ulular del viento y fantaseo con que un vendaval destruya la pared y se me lleve.

Oigo un crujido en el suelo detrás de mi puerta y veo que la sombra de mamá se mueve por debajo. La madera gime bajo sus pies. Es el sonido de la indecisión. ¿Llamar a la puerta de su hija o no llamar?

Mamá se marcha. Oigo sus pasos cuando se retira de nuevo a su dormitorio.

No llamar, al parecer.

Hace un año, habría irrumpido en mi cuarto y me habría echado la bronca por seguir debajo de las mantas. Hace un año, su silencio habría sido inconcebible. Pero hace un año todo era distinto. Este silencio que cuelga alrededor de mi cuello, pesado como una piedra, me lo he ganado yo. Y, con esta penitencia, aparto las mantas y hago lo imposible: me preparo para el primer día de mi último curso en el instituto North Davis.

Aunque me siento como si esta fuese otra vida, todavía recuerdo lo estresada que estaba el primer día del curso pasado. No había cantidad de aceite de argán capaz de combatir la humedad de Georgia alojada en mi negra melena encrespada. El maquillaje de ojos de gato, que la noche anterior me había hecho sentir como una *femme fatale*, ese día me daba aspecto de querer tomar la ciudad de Gotham como rehén valiéndome de gas de la risa.

Presa del pánico, le había mandado un selfi a mi persona preferida del mundo entero acompañado de un mensaje:

E

Socorro.

Hayley me había contestado de inmediato:

H

¿Te estás quedando conmigo? ¡Si estás guapísima! Pero vente a casa un momento y yo te ayudo con el pelo. El verano de Georgia no tiene nada que hacer contra mi plancha.

Hoy, en cambio…

Hoy me pongo lo primero que mis dedos de los pies tocan cuando los bajo al suelo: los mismos vaqueros que llevé ayer (y antes de ayer, y el día anterior y el anterior) y una sudadera gris manchada de salsa de la semana pasada. No recuerdo cuándo fue la última vez que me miré en un espejo.

La pena ha abierto una sima entre yo y esa chica tonta de hace un año, cuyos mayores desastres eran una raya del ojo mal hecha y unos pocos mechones rebeldes. Cómo la odio.

Cómo la añoro.

Un rato después, cuando camino por los pasillos del instituto North Davis, no siento que haya vuelto como Ella, sino como la sombra de Ella, un fantasma en vida. Si lo pienso, es como si me desgarraran el corazón. Ojalá fuera un fantasma. Quizá así podría cruzar el umbral entre los reinos y seguir hablando con Hayley. Contarle todo lo importante.

Como, por ejemplo, que su taquilla ahora pertenece a Albert Wonsky. Seguro que soltaría un gemido y diría algo como: «Por favor, por favor, rescata mis fotos de Pedro Pascal antes de que mi marido acabe ahogado en porno anime», y yo me reiría y le contestaría: «Lo siento, demasiado tarde».

Le diría que la abolladura sigue ahí. La que hice yo cuando le di una patada a la taquilla después de sacar un notable en Latín. Y también está la abolladura que hizo ella, justo al lado. «Para una negación plausible», me dijo. «Eso no significa lo que tú crees», le contesté.

Le diría que todavía hay cera rosa de su vela de cumpleaños en la antesala junto al aula de música, del día que Sawyer Hawkins y yo nos escondimos allí agachados, sonriendo como un par de pirados, antes de salir de un salto con unos globos y un *cupcake* y gritarle: «¡Feliz cumpleaños!».

Sawyer…

Su nombre es como un puñetazo en el estómago. Hoy no puedo pensar en él. Ya es demasiado. Si lo hago, será como si las costillas se me partieran otra vez.

Y, en este preciso instante, lo veo. Ahí está, al final del pasillo, al lado de Mike Lim, al que le saca una cabeza. No sé de qué estarán hablando, pero hace que su precioso rostro se ilumine con una sonrisa torcida.

Me afecta tanto verlo que me detengo. Me apoyo en una pared y me aferro a los libros con tanta fuerza que creo que la palabra «Cálculo I» se me quedará grabada en el esternón durante días.

Sawyer mira hacia mí de repente, como si hubiera sentido mi presencia. Dejo de respirar. Es la primera vez que veo sus amables ojos castaños desde el funeral.

Solo que ahora no hay amabilidad alguna en su mirada.

Sawyer, el único chico que conozco que celebra los mesiversarios con pequeños regalos perfectos, el que estuvo encantado de traernos palomitas y Sprite durante una maratón de *Crepúsculo*, un día que Hayley estaba enferma, el que quería a mi mejor amiga tanto como yo…

Ese mismo Sawyer está ahora mismo fulminándome con la mirada con tanta furia que me entran ganas de vomitar.

Lo sabía. Me culpa a mí.

Debería aguantarle la mirada. Debería dejar que su ira me carbonizara. Es lo que me merezco, por lo que le robé. Por lo que le robé a ella.

Sin embargo, doy media vuelta y reprimo un sollozo, preparada para salir corriendo de allí, del instituto, tal vez para siempre. Pero me doy de bruces contra el señor Wilkens.

—¡Ay! ¡Cuidado, amiga! —El psicólogo del centro trastabilla hacia atrás, pero me coge de los hombros con el fin de evitar que me caiga.

—Ay, lo siento muchísimo —consigo decir avergonzada.

—No, no, Ella, no pasa nada. Estoy bien. —Agacha la cabeza intentando mirarme a los ojos—. Eh, oye… Me alegro de haberme topado contigo. ¿Cómo estás? —Me encojo de hombros. No confío en mi propia voz—. No muy bien, ¿no?

El señor Wilkens suele ir bien afeitado, pero hoy lleva una sombra de barba en la mandíbula. Sus ojos, que normalmente son de un azul brillante, hoy tienen un tinte más turbio, del color de un moratón. Quizá sea uno de esos consejeros escolares que se preocupan de verdad por sus estudiantes. Quizá él también esté triste esta mañana.

La idea me reconforta.

—Ella… —dice—. Sé que hoy es un día duro. Y espero que sepas que puedes contar conmigo. —Parece querer añadir algo más, pero en ese momento suena la campana, interrumpiendo sus pensamientos—. Ah, salvado por la campana. —Se echa a reír—. No llegues tarde a clase. Hablaremos pronto, ¿de acuerdo?

Me observa alejarme con el ceño fruncido de preocupación. Es amable por preocuparse tanto. Por querer ayudarme. «No se moleste, señor Wilkens —debería decirle—. Ahorre sus esfuerzos y su tiempo para los alumnos que no sean una causa perdida. Los alumnos que se lo merezcan».

Los alumnos que no hayan matado a su mejor amiga.

Me tiro el día entero intentando hacerme invisible, tratando de ignorar las miradas, algunas acusadoras y otras más amables, más empáticas, colmadas de compasión. Pero es imposible. Cuando paso junto a un grupito de chicas, cerca de la fuente, se callan de golpe. En clase de Lengua, Seema Patel, una chica con la que no hablaba desde la escuela primaria, se acerca y me ofrece una bolsa de gominolas ácidas.

—He pensado que no te vendrían mal.

Y antes del almuerzo, cuando estoy al lado de mi taquilla, aparece la gente que esperaba evitar toda la jornada: mi viejo grupo de amigos. O lo que queda de él. Nia Wiley, Beth Harris, Rachael Evans e incluso Scott Logan se me acercan desde detrás. La ausencia de Sawyer es evidente, pero no hay ningún vacío que pueda compararse al más evidente, que tiene el tamaño de un cráter.

En realidad, eran amigos de Hayley. Nia y Beth estaban en el equipo de atletismo con ella, Beth y Rachael salen juntas desde el primer año de instituto y Scott es como un grano en el culo del que no consigues librarte por mucho que lo intentes, una mezcla entre adolescente arrogante y personaje cómico. Fue Hayley quien me integró en este grupo y, ahora que no está ella, le falta un eje que lo mantenga en pie. Si aguanto otra semana ignorando sus llamadas, acabaré expulsada de él por inercia, en mi propia órbita, lo que será más cómodo para todos.

Sin embargo, ahora Beth me rodea el cuello con los brazos.

—Ella, ¿dónde te habías metido? ¡Estaba preocupadísima! Este verano te he llamado un montón, ¡todos los días!

Nia alarga una mano y me quita a Beth de encima con suavidad.

—Ya te lo dije. Seguramente yo tampoco te habría contestado si me hubieras estado llamando todos los días como una loca.

Beth hace un puchero y se apoya en Rachael. Nia niega con la cabeza y me dirige una mirada de disculpa.

—Solo queríamos saber cómo estabas, Ella. O sea…, además de lo evidente.

—Sí, te echamos de menos. —Rachael me dedica una sonrisa tímida y Beth asiente. Nia le da un codazo a Scott, que está detrás de ellas mirando el móvil con el ceño fruncido.

—Sí, Ella, eso mismo, cuenta con nosotros. —Solo levanta la vista de la pantalla medio segundo.

Nia lo fulmina con la mirada, pero luego se vuelve hacia mí con una expresión más dulce.

—¿Cómo estás?

Beth y Rachael parecen nerviosas y Scott no me hace caso. Prefiero ambas cosas a la mirada compasiva y cómplice de Nia.

—Ha sido duro, pero estoy bien, os lo prometo. —Hago lo posible por sonreír mientras cierro mi taquilla—. No os preocupéis por mí. Lo aprecio mucho, de verdad, pero estoy bien.

Beth y Rachael parecen aliviadas, pero Nia frunce el ceño.

—Ella, ¿sabes que puedes…?

—Ya la has oído —interrumpe Scott justo cuando suena la campana—. Está bien. Ha desbloqueado sus chacras, su aura está limpia, está en Mercurio retrógrado o lo que sea. Llego tarde a clase.

Nia le dirige una mirada asesina mientras se aleja, pero no le dice nada. Por una vez, me alegro de que Scott sea un poco capullo.

Sin embargo, la cosa no se limita a mis viejos amigos. No hay profesor que no quiera comprobar si estoy bien. Igual que ha hecho el señor Wilkens, me cogen del codo con dulzura y me preguntan en voz baja cómo me encuentro. Pero ¿qué esperan que les diga durante los tres minutos que hay entre clase y clase? ¿Lo que no he logrado contarles a mis padres o la ristra de profesionales de la salud mental a los que me han llevado en los cuatro meses que hace que murió Hayley? Les ofrezco la única respuesta que puedo ofrecer, y la única que quieren oír: «Bien. Estoy bien».

Por obra de un milagro, el tiempo sigue avanzando, acercándome cada vez más al final del día. Aun así, me siento como si estuviese en un bote de madera con los lados llenos de agujeros, cada uno de los cuales es un recuerdo. El pupitre del aula de la tercera hora, ahora vacío; la mesa en la que nos sentamos a comer durante tres años, que ahora han ocupado unos de primero. El océano está agitado y yo lucho por tapar cada agujero, para mantener a raya las aguas embravecidas. Las olas rompen contra el bote, a punto de volcarlo, pero me las arreglo para mantenerme a flote.

A las tres y cuarto suena la campana.

Por fin.

Echo a correr hacia la puerta principal, pero una voz me detiene.

—¡Señorita Graham! La estaba buscando. —La señora Langley, la profesora de cerámica, me hace señas para que me acerque desde el aula de arte. Miro anhelante las puertas que me esperan al final del pasillo y la señal parpadeante de «Salida», pero voy hacia ella.

—Hola, señora Langley —saludo mientras me recoloco la mochila de libros sobre el hombro. Mis educados instintos sureños están luchando contra mi desesperación por marcharme.

—Solo será un momento. Quería darte una cosa. —Levanta un dedo, se va y reaparece un instante después con una cajita de cartón en la mano. En un lado, escrito con rotulador, se lee: «ELLA Y HAYLEY». Dentro hay dos tazas de cerámica hechas a mano.

Y así, sin más, el bote diminuto que había logrado mantener a flote todo el día empieza a hundirse.

—He pensado que tal vez las quisieras —susurra con casi tanta tristeza como la que yo siento—. No fueron al horno hasta después de... En fin, te las estaba guardando.

—Ah —contesto parpadeando con la mirada fija en la caja.

Hacernos una taza la una a la otra había sido idea de Hayley. Tazas de café para cuando compartiéramos habitación en la Universidad de Georgia. Hayley me había enseñado su diseño muy orgullosa: una taza con una «D» ornamentada estampada en un lado. «D» de... «dentadura». Cuando protesté y le dije que no quería beber de una taza para la dentadura, alzó una mano y repuso: «Piénsalo. Esta es una taza que usarás durante toda la vida. Solo me estoy preparando para la mejor etapa de nuestra amistad: cuando seamos viejas y estemos seniles. Piensa en lo gracioso que será. —Un destello parpadeó en sus ojos verdes y traviesos—. Cada vez que nos veamos, nos haremos mejores amigas otra vez. —Se encogió de hombros—. Y tendrás una taza donde guardar tu dentadura».

Las dos habían quedado preciosas.

Apenas recuerdo haberme despedido de la señora Langley. Salgo del instituto aturdida, incapaz de dejar de mirar las tazas, que repiquetean la una contra la otra en la caja de cartón. Me gustaría apartar la vista. De verdad. Me gustaría tirarlas por un barranco, pero sé que sería como arrancarme un órgano y pisotearlo. De algún modo, necesito que estas dos tazas sobrevivan.

Acaricio la que hizo Hayley. Hay una marca en el culo que olvidó alisar. La examino más de cerca y descubro un pequeño remolino de líneas, un patrón.

Su huella dactilar.

Reparo vagamente en que hay un mundo que me rodea. Quizá haya hierba, un cielo. Oigo unas voces en la distancia.

Sin embargo, ahora mismo solo puedo concentrarme en presionar el dedo en esa pequeña marca.

Sucede muy rápido.

En un segundo, tengo unas luces alumbrándome la cara: un autobús se abalanza sobre mí. Se oyen gritos, el bramido de una especie de cuerno, como el de un dragón majestuoso. Tengo el corazón en la garganta; lo último que pienso es que debo proteger las tazas. Y entonces salgo disparada hacia atrás.

No muero.

Me choco con algo sólido. Mi cerebro, el muy ridículo, piensa en un muro de ladrillos, pero este muro es cálido y tiene un corazón que palpita. Alguien me ha apartado de la carretera. Alguien me ha salvado.

Levanto la cabeza y me descubro mirando los ojos muy abiertos y asustados de Sawyer Hawkins.

—¡Sawyer! —grito. Me aparto de sus brazos tropezándome y lo miro. Mi mochila se ha caído al suelo, pero yo sigo aferrada a la caja de cartón. Las tazas no se han roto de milagro.

—Ella. —Sawyer está jadeando, lívido del horror. Tiene una mano sobre el pecho y con la otra se tira de su grueso pelo. Respira hondo varias veces para tranquilizarse y cierra los ojos. Cuando los abre de nuevo, están llenos de ira—. ¡Ella! —gruñe—. ¿En qué estabas pensando? ¡Te podrías haber muerto! ¡Muerto de verdad! ¿Y si no hubiera estado yo aquí? ¿Y si no te hubiera estado mirando? ¡Dios!

—¿Por qué me estabas mirando? —Tardo un segundo en darme cuenta de que lo he dicho en voz alta.

—¿Qué? —pregunta perplejo.

—Que por qué me estabas mirando. —Trago saliva—. ¿Para qué me has salvado? —Para mi horror, se me llenan los ojos de lágrimas. Ya no puedo seguir fingiendo que estoy bien.

Sawyer empalidece. La ira que inundaba sus rasgos se evapora y, si fuera posible, parece más impactado por mis palabras que por haber estado a punto de presenciar mi muerte. Se lame los labios y abre la boca, pero no dice ni media palabra.

Quiero saber la respuesta. Hay un diamante microscópico de esperanza alojado en mi estómago que me ruega que me quede, que escuche lo que tiene que decir.

Pero no lo hago. No puedo.

Ya sé la respuesta. Y cualquier frase amable que salga de su boca no será más que pena o una compasión que no merezco. Doy media vuelta y me marcho.

No me llama. Ese rayito de esperanza me pide que mire atrás, solo una vez. Pero no lo hago.

Y me juro no hablar con Sawyer nunca más.

Capítulo 2

Ella

En el autobús de vuelta a casa, apoyo la frente en el cristal sucio y revivo una y otra vez el momento en el que he pensado que iba a morir. Pienso en las luces dirigiéndose a mí a toda velocidad, en el olor a gasolina y goma quemada. No he tenido tiempo de gritar ni de pensar en nada que no fueran las tazas, que ahora mismo repiquetean dentro de su caja, en mi regazo.

«Hayley, ¿a ti te dio tiempo a pensar?».

Conociendo a Hayley, seguro que tuvo tiempo de crujirse los nudillos y decir: «Muy bien, vamos a ver qué me espera».

Sigo sin entender cómo es posible que ella ya no esté y yo siga aquí.

Y parece que Sawyer también.

¿Qué me habría dicho si hubiera esperado a que respondiera? ¿Me habría confesado lo que siente de verdad?

Conozco a Sawyer. No es ningún monstruo. Por supuesto, me habría dicho: «Pues claro, Ella, claro que me alegro de que no te hayas convertido en un amasijo de carne delante de mis narices». Aunque, en el fondo, piense que debería haber sido yo.

Lo cierto es que estuve a punto de ser yo. O, al menos, es lo que me dijeron en el hospital, donde me desperté con varias costillas rotas, un traumatismo craneal y ningún recuerdo de las veinticuatro horas anteriores.

Una «respuesta al trauma», según los médicos. «Es normal». Como si hubiera algo normal en todo esto. Dijeron que tal vez recuperase la memoria, pero de momento… nada. Y, según lo que me dijo la policía, no sé si la quiero recuperar.

Ocurrió la pasada primavera después de una fiesta en casa de Scott, pocas semanas antes de que terminara el curso. Los testigos afirman que me vieron beber una cerveza y luego llevarme a una Hayley borracha y muy disgustada a mi coche, tras lo que me puse al volante. Íbamos camino a casa cuando estrellé el coche, destrozando el quitamiedos, justo antes del puente del río Silver. Me encontraron en el asiento del conductor, con el coche estrellado contra una roca en el terraplén inclinado sobre las aguas embravecidas del río.

A Hayley no la encontraron.

Lo único que quedaba de ella era un agujero en el parabrisas, por donde había salido disparada del coche. El cristal roto estaba lleno de su sangre. No llevaba puesto el cinturón de seguridad, y me dijeron que, si no la había matado el impacto, se habría encargado de hacerlo el río, tristemente famoso por sus fuertes corrientes, sus rocas afiladas y sus cascadas repentinas. En Cedarbrook no hay ni un alma que no sepa lo traicioneras que son esas aguas.

Tan traicioneras que ni siquiera pudieron recuperar su cuerpo. Lo intentaron, por supuesto, pero el oleaje de la corriente era tal que no había forma de saber dónde habría terminado, e incluso los mejores submarinistas tenían reparos para meterse en el río. Tras una semana de búsqueda infructuosa y después de que uno de los rescatadores estuviera a punto de perder la vida, la dieron por terminada.

Hayley había muerto y era por mi culpa. Había sido yo quien se había bebido esa cerveza. Conducía yo. La había matado yo.

El autobús se detiene con un quejido cuando por fin llegamos a mi barrio.

Cuando pongo un pie en el camino de entrada a casa, el sol arroja un resplandor dorado y alarga las sombras que se extienden por el césped. La humedad sigue siendo sofocante, aunque el sol ya haya bajado.

Cuando entro, la casa está en silencio. Hace un año, mamá se habría abalanzado sobre mí en cuanto me hubiese visto aparecer por la puerta. «Vamos a repasar el programa del curso; ¿tienes ya el horario de las competiciones de natación?; ¿ha recibido el señor Prescott mi correo electrónico?». Mi hermana pequeña, Jess, me habría mirado y habría puesto los ojos en blanco en señal de conmiseración, y poco después papá habría vuelto a casa después del trabajo y me habría rescatado con un comentario jocoso con el que se habría ganado un cachete en el brazo de mamá, aunque no habría podido evitar reírse.

La mitad del tiempo, Hayley estaba conmigo, en cuyo caso mamá le habría dedicado a ella todas sus atenciones, controladora como mamá pato con sus polluelos, sin importarle que perteneciera a una parvada diferente. A Hayley le encantaba, incluso cuando mamá la regañaba por sacar solo suficientes.

Oigo un maullido a mis pies. Una gatita gris se restriega contra mis piernas. Me mira con sus ojos verdes, parpadea y vuelve a maullar.

—¿Dónde has puesto tu collar, Midna? ¡Vas desnuda otra vez! —Hago equilibrios con la caja de las tazas, colocándomela sobre la cadera, y me agacho para coger al animal con un brazo. Cuando presiono la cara contra su pelaje, ronronea. La llevo a mi habitación, que abro con el hombro. Midna salta de mi brazo y se ovilla sobre el escritorio, haciendo repiquetear las tazas. Con una punzada en el corazón, dejo la caja en el suelo y la meto debajo de la cama.

Entonces reparo en lo que Midna está toqueteando en mi escritorio. Cojo una copia con las hojas dobladas de *Los secretos del aquelarre*, la segunda entrega de la serie de *Los reinos de las maravillas*. Una de mis preferidas.

—Todavía no lo has leído, ¿no? —Jess está apoyada en el marco de la puerta. La sombra de ojos verde y el brillo de labios oscuro acentúan sus rasgos, que ya son llamativos de por sí. Sin duda, el maquillaje es cortesía de su mejor amiga, Kelly, que es toda una gurú de belleza a la edad de catorce años. Reprimo la punzada de envidia que siento al imaginarla riéndose mientras pasa una brocha por los párpados de mi hermana.

Me aclaro la garganta.

—Ni siquiera sabía que ya había salido —susurro. Con todo lo que ha pasado, me había olvidado por completo. Algo que hace un año habría marcado en el calendario, que habría esperado con ganas. Ni me acuerdo de la última vez que se me ocurrió abrir un libro.

—No te voy a contar lo que pasa, pero es bueno. —Jess se encoge de hombros—. He pensado que sería una buena distracción.

—Gracias —contesto sinceramente conmovida. Es la única palabra que me veo capaz de pronunciar, pero espero que sepa que se lo agradezco de verdad.

Ella asiente.

—Ah, y... —Levanta la mano. Lleva un collar lila gastado colgando de un dedo, con un cascabel que tintinea—. Estaba en la maceta de la costilla de Adán de mamá. Le ha vuelto a chafar todas las hojas. No le va a hacer ninguna gracia.

—¿Chicas? —Es la voz de mi madre, que nos llega tras el sonido de la puerta trasera al abrirse y cerrarse. Jess y yo le ponemos enseguida el collar a Midna, que no para de retorcerse. Para cuando mamá aparece en la puerta de mi cuarto, ya se ha ido (probablemente, a dormir en sus plantas otra vez). Estaba trabajando en el jardín. La frente le brilla de sudor y huele a sol, pero la blusa de color melocotón sigue inmaculada, igual que sus uñas.

Mi madre perfecta. Ahora que la veo, lo noto con agudez: la brecha entre quien soy hoy y quien fui antaño, su hija perfecta.

Y, por la forma en la que me aguanta la mirada con los ojos oscuros, parece que ella también lo siente. ¿Esa tristeza? ¿Esa decepción? Sí, me la merezco.

Tras un silencio incómodo, Jess carraspea, lo que parece sacar a mamá de su ensimismamiento.

—¿Podéis bajar a ayudarme con la cena? Vuestro padre no tardará en llegar.

Una vez en la cocina, mi madre saca unas patatas de la despensa y se las da a Jess. Yo, mientras tanto, voy a la pila a fregar los platos.

—Bueno —dice Mamá mirándome—. ¿Cómo ha ido hoy?

La pregunta que más temía. Y no tengo ni idea de cómo contestar. Por suerte, no me hace falta.

—Bien —interrumpe Jess—. Todo el mundo dice que segundo es mucho más difícil, pero yo creo que solo quieren asustarnos. Y Kelly va conmigo a dos clases. La verdad es que…

Le dedico a Jess una oración silenciosa de agradecimiento por seguir charlando mientras corta las patatas. Yo cojo el estropajo y empiezo a frotar. Por desgracia, Jess termina demasiado pronto y la mirada de mamá se vuelve hacia mí. Pero entonces la puerta se abre; salvada otra vez.

—¡Ya estoy en casa! —anuncia papá. Entra en la cocina con los brazos abiertos y la barba oscura estirada en una sonrisa—. ¡Aquí están mis preciosas mujeres! —Le da un abrazo a Jess, un beso en la cabeza a mamá y, cuando se vuelve hacia mí, su mirada avellana se suaviza—. ¿Cómo estás, pequeña?

—Hum… —contesto mordiéndome el labio, a punto de echarme a llorar al oír la dulzura en su tono de voz.

—¿Has podido hablar con la entrenadora Carter hoy? —Mamá se pone a mi lado para enjuagar el arroz en el fregadero.

Cierro los ojos. Se refiere a la entrenadora del equipo de natación. Tenía la esperanza de evitar esta conversación durante al menos otra semana. Se me pasa por la cabeza mentir, pero la verdad es que no tengo energía para hacerlo.

—No.

Jess deja de cortar verduras y papá cambia de postura a mi lado, incómodo.

—¿Estaba de baja? —Mamá mueve la mano en círculos en el interior de la olla de arroz. El agua se tiñe de blanco.

—Mamá… —Evito su mirada—. No he hablado con la entrenadora Carter porque no voy a volver al equipo de natación.

Deja la mano quieta. Se le tensan los hombros. Rígida, lleva la pesada olla a la arrocera mientras los demás la seguimos con la mirada. Los tres estamos esperando una respuesta feroz.

Pero, para mi sorpresa, se limita a decir:

—Pero si te encanta nadar. —Nos da la espalda; su tono de voz es inusualmente comedido—. Desde que eras pequeña. El año pasado batiste un récord del instituto. —Cuando se vuelve para mirarme, me sobresalto al ver el dolor y el miedo que hay en su rostro—. ¿Qué pasa con tu futuro, Ella? El año pasado la entrenadora Carter nos dijo que ya le estaban escribiendo los cazatalentos de las mejores universidades. Piensa en eso, Ella. Piensa en…

Papá le pone una mano en el hombro.

—Solo es el primer día, Michelle —murmura.

Por un instante, un destello familiar y afilado centellea en los ojos marrón oscuro de mi madre. Todos lo notamos; papá y Jess se quedan rígidos. Sin embargo, desaparece al cabo de un instante. Mamá, deshinchada, asiente una única vez y se vuelve hacia la arrocera sin decir nada. Jess vuelve a cortar patatas con los labios apretados y papá me da un beso en la cabeza.

—Ahora vuelvo. Voy a quitarme esta ropa tan agobiante. —Se tira de la corbata y, sin mucho entusiasmo, pone cara de bobo para intentar quitarle hierro al asunto. Funciona a medias. Me dedica una sonrisa triste y sube a la planta superior.

Yo miro a mamá incrédula.

Mi madre viene de un largo linaje de mujeres feroces y guerreras que crecieron con un machete en la mano. Solía contar la historia de cómo su *lola* («abuela» en tagalo, o sea, la abuela de mi madre) arrastraba a mi *lola* y a sus hermanas por los campos de cañas de azúcar para esconderse de las tropas enemigas en Filipinas durante la Segunda Guerra Mundial. Mi *lola* todavía tiene restos de metralla en el pie izquierdo.

Me alegro de que mamá no haya tenido que poner a prueba sus talentos para la guerrilla, pero no me cabe duda de que esta mujer sería capaz de hacer llorar a cualquier soldado. No le dio ningún miedo dejar atrás a todos sus amigos y su familia para construir su vida desde cero en un país desconocido.

Y esa misma mujer está ahora desmoronándose en mitad de la cocina. Tiene los hombros hundidos y se está tragando sus palabras.

Y esto se lo he hecho yo. Se lo he hecho a todos. Por un momento, daría cualquier cosa por oír la cadencia estridente del clásico sermón de mamá; oír cómo me levanta la voz por haber sacado solo un notable alto en un examen de Historia universal. Porque eso significaría que, además de todo lo que he hecho, no he roto también a esta familia.

Que no he roto a una mujer irrompible.

Jess termina de cortar las verduras sin mediar palabra y sube a su cuarto a cambiarse de ropa. Yo sigo fregando los platos. El silencio entre mi madre y yo se alarga y se alarga, hasta que ella dice:

—Antes ha llamado la madre de Hayley.

Se me cae el plato que tengo en las manos en el fregadero y se rompe con un estruendo. Mamá lo mira con el ceño fruncido, pero no abre la boca; tiene el cuidado de no reprenderme.

—¿Qué quería? —Quito los pedazos de cerámica de la pila con dedos temblorosos y el corazón alojado en la garganta.

—Tienes que ir a su casa el viernes después de clase. Quiere que la ayudes. —Mamá suspira—. Tenía pinta de estar fatal.

Me sobreviene una náusea repentina y feroz.

—Mamá, pero ¿qué…? ¿Cómo puedo ayudarla yo?

—Quiere que vacíes la habitación de Hayley. —No me doy cuenta de lo mucho que estoy apretando el puño hasta que no me sobreviene un dolor agudo. Cuando bajo la vista, veo que tengo los pedazos rotos en la mano y la palma llena de sangre.

—Mamá… —le digo con voz ronca—. Por favor, no me obligues. Por favor.

«Volveré al equipo de natación —quiero prometerle—. Iré a la universidad que tú quieras, pero, por favor, no me mandes a la guarida de los recuerdos de mi mejor amiga muerta».

Mamá se vuelve de los fogones para mirarme. Me sorprende ver una pizca de contrición en sus ojos.

—Ella, me ha dicho que ni siquiera es capaz de entrar en la habitación de Hayley. —Aprieta los labios—. Ahora está completamente sola en esa casa. No tiene a nadie más. Y nadie conocía a Hayley mejor que tú. Seguro que sabes lo que habría querido hacer con sus cosas.

No puedo respirar. Quiero gritar: «¿Cómo narices voy a saber yo lo que Hayley habría querido? ¡Ninguna chica de diecisiete años habla sobre su muerte y hace planes por si acaso!».

—No soy capaz —digo.

Mamá me mira con tristeza.

—Sé que no quieres hacerlo, Ella. Lo siento. Pero no tienes elección. —Abre la tapa de la arrocera y el olor del arroz hervido, normalmente tan agradable, me pone el estómago del revés—. El viernes por la tarde. Ve directa desde el instituto. Te estará esperando.

Capítulo 3

Ella

—¿Nadie? De verdad, ¿nadie? Vamos. —Cuando está empezando a exasperarse, el señor Moss siempre se sube las gafas por el puente de la nariz con el dedo corazón. Es la tercera vez que lo hace en un minuto—. Claro, seguro que ninguno de vosotros se ha acordado del pobre profesor de Latín en todo el verano. —Eso es quedarse corto—. ¿En serio? ¿Ninguno de vosotros se acuerda de la diferencia entre el nominativo y el genitivo? ¿Ninguno?

Yo sí. Yo me acuerdo. La vieja Ella le habría dado al resto de la clase la oportunidad de responder, pero solo durante un segundo o dos. Luego, tras dar la respuesta correcta, se habría regodeado, radiante, con las alabanzas del señor Moss.

Pero ahora mismo rezo por que no pueda verme. Me he escondido en el último pupitre de la fila del fondo, donde estoy estratégicamente agachada tras la cabeza llena de rizos rojos y despeinados de Thomas Jones.

El señor Moss suspira, se sube las gafas otra vez y se vuelve hacia la pizarra para escribir la respuesta. El único sonido que se oye en el aula son los chirridos de desaprobación del rotulador.

No hay músculo de mi cuerpo que no se relaje de alivio. Suelto el aire que contenía en los pulmones y miro a mi alrededor. Nadie me está mirando. Los demás toman apuntes en sus libretas, hojean el libro de texto, llamado *Ecce Romani*, o miran de soslayo sus móviles por debajo de la mesa.

Rachael viene conmigo a esta clase. Antes me ha saludado con la mano para que me sentase a su lado, pero no se me ha pasado por alto que, cuando me he negado educadamente, se le han relajado los hombros. No la culpo. ¿Cómo va a saber ella qué decirme cuando ni mi propia familia es capaz? ¿Cuando ni yo misma lo soy?

Me hundo más en mi asiento y me concentro en que solo quedan diez minutos. Hago unos cálculos garabateando unos números en la página en blanco de mi libreta y se me cae el alma a los pies cuando veo la cifra. Quedan más de setenta y tres mil minutos de año escolar. Necesito descubrir como sea una forma de hacerme invisible y no sentir nada durante los siguientes setenta y tres mil minutos.

De repente, se oyen las interferencias del sistema de megafonía y todos damos un respingo.

—Señor Moss, por favor, se solicita la presencia de Ella Graham en Administración —dice una voz aburrida por el interfono.

El señor Moss me mira y parpadea, como si se hubiera olvidado de que estaba aquí. Se oye el crujido de las sillas cuando todo el mundo se vuelve para mirarme. Rachael me dirige una mirada comprensiva.

Adiós a ser invisible.

No tengo ni idea de por qué podrían necesitarme en administración, salvo por una razón: lo que ocurrió con Hayley. Ya me había preguntado si sufriría alguna consecuencia, algún castigo por haber bebido. El año pasado, el doctor Cantrell, nuestro director, me felicitó por batir un récord estatal en natación. Hoy tal vez me expulse del instituto.

Me muerdo el labio para no llorar mientras el señor Moss abre la puerta del aula. Dejo que el pelo me tape la cara y encorvo los hombros. Ojalá pudiera teletransportarme para evitar este camino de la vergüenza. Cada ojo es como el flash de la cámara de un paparazzi.

Mientras recorro los largos pasillos hacia las oficinas, decido que me parece bien. Me sacaré el graduado escolar a distancia e iré a una universidad donde nadie me conozca. Utilizaré mi segundo nombre.

Abro la puerta de las oficinas con un hombro mientras me imagino respondiendo al nombre de Anna.

—¿Puedo pasar ya al despacho del doctor Cantrell? —le pregunto a la señora Bertram, que está tras el mostrador.

—¿Ella? —Me vuelvo y veo que el señor Wilkens asoma por una esquina—. Ven por aquí.

Vacilo, confundida.

—Pensaba que quien me había llamado era el doctor Cantrell, que quería… —Me muerdo el labio. De repente, me siento avergonzada—. Expulsarme, tal vez.

—Ella, siento mucho haberte preocupado —responde el señor Wilkens frotándose la nuca—. He sido yo quien te ha mandado llamar, no el doctor Cantrell. Ven a mi despacho y te lo explico.

—Ah. —Me siento estúpida. Lo sigo por el pasillo.

En realidad, el despacho del señor Wilkens es más una sala de conferencias que un despacho. Hay una pared llena de estanterías y varios sillones y un sofá que forman un círculo amplio en el centro.

Y cada uno de esos asientos está ocupado por otro estudiante.

Bueno, no todos. En el sofá hay un asiento libre, presumiblemente para mí.

Y está justo al lado de Sawyer Hawkins.

Por supuesto.

No levanta la vista cuando entro; ni siquiera parece percatarse de que otra persona acaba de entrar en el despacho. Tiene los brazos cruzados y apretados contra el pecho y mueve una pierna arriba y abajo, irritado. Se me encoge el estómago.

—Disculpad —dice el señor Wilkens mientras me indica con un gesto que me siente—. Ahora que Ella ya está aquí, podemos empezar.

Sawyer levanta la cabeza al oír mi nombre. Me dirijo al sofá cabizbaja y ocupo el lugar vacío que hay entre él y Mary Collins, intentando desesperadamente no rozarlo.

—Muy bien —dice gentilmente el señor Wilkens. Se apoya en su mesa y cruza una pierna sobre la otra—. Gracias a todos por venir.

Supongo que os estaréis preguntando la razón por la que estáis aquí… —Suaviza la voz y añade—: Hayley Miller.

Mi cuerpo reacciona al oír su nombre; la culpa y la pena me atraviesan con violencia. Me pregunto si Sawyer también se ha estremecido o si me lo he imaginado.

—Es una gran pérdida, y el dolor va y viene. Estoy seguro de que, ahora que hemos vuelto a clase, muchos de vosotros estáis sintiendo la ausencia de Hayley más acusadamente. En Dirección me han pedido que organice unas sesiones de grupo con los del último curso para que tengáis un espacio para sanar y para ser escuchados. ¿Alguien quiere ser el primero y compartir con los demás lo que se le pasa por la mente? ¿Scott? ¿Quieres empezar tú?

Había estado tan distraída con Sawyer que no me había dado cuenta de que Scott también se encontraba aquí. Lleva el pelo castaño claro alborotado, como de costumbre, y ropa informal, aunque sé perfectamente cuánto cuestan tanto sus zapatos de cuero blanco como su reloj, sobre todo porque él mismo se ha asegurado de que todo el mundo se entere. Scott no era rico hasta que su madre no se volvió a casar con un hombre que tiene una empresa de marketing de éxito en Atlanta, pero ahora que lo es no permite que a nadie se le olvide nunca. Hayley siempre ponía los ojos en blanco. «Es como una plaga molesta que soportas por los chistes. Se comporta como un idiota, pero sé que tiene un buen corazón escondido en algún sitio. O eso creo».

Ahora se está frotando las manos con fuerza y lleva su sonrisilla de suficiencia característica pintada en la cara.

—Ay, qué bien, señor Wilkens, por fin podemos empezar a sanar. Veamos… —Empieza a contar con los dedos y, con la voz rezumante de falsa sinceridad, dice—: No me puedo creer que Hayley ya no esté; tenía una personalidad arrolladora. Dios mío, qué injusto. Estoy furioso por que haya muerto. Quizá, si mi madre y mi padrastro no se pasaran la vida fuera de la ciudad, no habría celebrado esa fiesta tan genial y todavía estaría entre nosotros. Guau, no me puedo creer lo tristísimo que estoy…

—Scott… —lo interrumpe el señor Wilkins contrariado.

—Espere, que ya casi estoy. Solo me queda una de las fases. Aunque echo de menos a Hayley, sé que volveré a aprender a amar la vida. —Su apuesto rostro se deforma con una sonrisa burlona—. Hala. Listo. Las cinco fases del duelo en un tiempo récord.

El señor Wilkens contempla a Scott con una mano sobre la barbilla.

—A veces, cuando nuestros sentimientos son especialmente dolorosos, el humor puede ser una manera de evitarlos. Una manera de no sentir. Es comprensible, Scott.

Scott lo fulmina con la mirada un instante, pero Jackie Nevin interviene antes de que le dé tiempo a contestar.

—Señor Wilkens —solloza—. ¡Ha sido tan terrible! No puedo parar de pensar en ella.

No puedo evitar poner los ojos en blanco. Jackie estuvo con Hayley en el equipo de atletismo durante un suspiro y hablaron aproximadamente la friolera de dos veces.

—Gracias por tu valentía, Jackie. Sé que no es fácil, pero, por favor, exprésate con nosotros de la forma que necesites. —El psicólogo da una palmada y le dedica a Jackie su total atención, que, por lo que deduzco al ver cómo lo mira y hace aletear las pestañas, es justo lo que ella buscaba.

El señor Wilkens está bastante bueno para ser un profesor. Es de Cedarbrook y cuando venía a este instituto lo eligieron rey del baile, dio el discurso de la ceremonia de graduación y fue el lanzador estrella del equipo de béisbol. Si no fuese una persona tan natural, sería insoportable. De todos modos, todo el mundo sabe que el señor Wilkens sale con una profesora de Arte despampanante del instituto rival. Pues claro que un hombre así no está soltero.

Mala suerte, Jackie.

Noto una suave presión en la pierna y me sorprendo al darme cuenta de que es Sawyer, que intenta llamar mi atención. Señala a Jackie con la cabeza con disimulo, que ahora está llorando a lágrima viva. De algún modo, sé exactamente lo que está intentando comunicarme: «¿Quién narices es esta tía?».

Me muerdo el interior de la mejilla y saco un lápiz y un pedazo de papel de la manera más disimulada y silenciosa posible.

«Estaba en el equipo de atletismo con H. La echaron después de medio semestre», escribo.

Sawyer sigue el recorrido de mis dedos con la mirada y la comisura de sus labios se curva hacia arriba cuando termina de leer la nota. Enarca una ceja, la que tiene la cicatriz, y niega con la cabeza mirándose el regazo con una sonrisilla en los labios. Una llama se enciende en mi pecho; el calor de una broma privada.

Cuando Jackie termina de contar sus infortunios, se le añaden el resto de alumnos. Hay un chico llamado Andrew que le pidió salir a Hayley el primer año de instituto y al que ella rechazó con amabilidad pero con firmeza. Sin embargo, por su forma de contar la historia, ella era su gran amor perdido.

—Ojalá hubiéramos tenido más tiempo... —termina Andrew con un suspiro.

Scott resopla asqueado y se cruza de brazos. Intento cruzar una mirada con Sawyer porque esto ya me parece muy fuerte, pero parece haberse olvidado de que hay más gente con él en esta sala. Está mirándose los zapatos con el ceño fruncido; no queda nada de su buen humor de hace unos instantes. Hemos vuelto a la realidad, esa en la que Hayley ya no está.

Ahora mismo, lo único que quiero es que todo esto termine.

Cuando suena la campana, el alivio es palpable. Cierro los ojos. Todo el mundo se incorpora y se estira.

—Un momento, chicos —dice el señor Wilkens—. No todo el mundo ha podido intervenir. —Me dirige una sonrisa de ánimo—. Ella, no puedo ni imaginar lo duro que está siendo todo esto para ti. ¿Cómo te encuentras?

«Ay, Dios mío, no».

El corazón me late tan rápido que me da la sensación de que se me va a salir por la boca. Sawyer se pone rígido y Scott me mira con mucho interés. Los demás se remueven, inquietos, y se vuelven a sentar.

Tengo la boca seca. Me aprieto los libros contra el pecho.

—Se lo agradezco mucho, de verdad. —Contra mi voluntad, mi voz empieza a apagarse, engullida por el pánico—. Pero no sé qué decir... O cómo decir...

—No pasa nada —repone el señor Wilkens con gentileza—. No hay una forma equivocada de hablar de…

—Este es el problema con los loqueros —lo interrumpe Sawyer, sobresaltándome—. Os gusta tanto escucharos cuando dais consejos que no escucháis a nadie más. Lo que, y corríjame si me equivoco, es el único trabajo que tienen. —Se pasa una mano por la cara y niega con la cabeza con falsa compasión—. Imagina, sacarse un máster para aprender a estar sentado y callado y hacerlo de pena de todos modos. —Sawyer luce una expresión fría. Letal—. Acaba de decirle que no quiere hablar.

Me quedo mirando a Sawyer boquiabierta. Oigo un coro de gritos ahogados a mi alrededor. Incluso Scott está medio sorprendido, medio impresionado. Ni en un millón de años se me pasaría por la cabeza hablarle a un miembro del claustro de ese modo.

El señor Wilkens se pone recto y se cruza de brazos.

—Muy bien, tranquilizaos todos. —Mira a Sawyer a los ojos con una expresión pensativa—. ¿Sabéis qué? Tiene razón.

Se hace un silencio sepulcral. Veo una chispa en los ojos marrón oscuro de Sawyer, que aprieta los dientes, desafiante.

El señor Wilkens mira a su alrededor.

—Sawyer tiene razón. No estaba escuchando. —Se vuelve hacia mí y añade—: Ella, no debería haberte presionado para que hablases con los demás si no estabas preparada. Te pido disculpas. —Le dirige a Sawyer una mirada severa—. Normalmente no toleraría ese tipo de lenguaje, señor Hawkins. Sin embargo, dadas las circunstancias, la ira es absolutamente normal. —Ladea un poco la cabeza—. Y, a menudo, mal direccionada.

Scott suelta una risita.

—Guau —replica Sawyer en voz baja pero mordaz. No sé por qué, pero da más miedo que cuando estaba gritando—. Menudo descubrimiento.

Noto cómo le tiemblan los puños apretados; siento cómo todos los músculos de su cuerpo se convierten en una línea rígida hasta que estalla y se levanta del sofá de forma tan repentina que me tira al suelo los libros que tengo sobre las piernas. Sale de la sala a grandes zancadas y cierra de un portazo tan fuerte que el diploma que el señor Wilkens tiene colgado en la pared se cae al suelo y se rompe.

Se produce una exhalación colectiva. Hasta el señor Wilkens parece afectado; se mueve de forma rígida e insegura. Me tiemblan las manos y me da vueltas la cabeza.

¿Qué narices acaba de pasar?

Capítulo 4

Sawyer

Cuando salgo, me apoyo en la fachada del instituto y echo la cabeza hacia atrás. El pelo se me engancha en el ladrillo rugoso; un dolor suave y placentero. Cierro los ojos.

«No debería haber perdido así los estribos».

Pero… ¿quién no lo habría hecho, atrapado en ese circo de grupo de duelo y escuchando la mierda que salía de la boca de Scott? ¿Viendo a Wilkens poner el foco en Ella y obligándola a hablar? ¿Quién habría sido capaz de quedarse ahí sentado, en silencio, mientras su mirada castaña se llenaba de miedo y emoción? ¿Mientras se desmoronaba por dentro de forma evidente? Si conocieras a Ella tan bien como yo (y, siendo la mejor amiga de Hayley, la conozco muy bien), sabrías que es como si siempre llevara un as en el bolsillo, pero nunca apostase por sí misma.

Por eso he perdido los estribos. Hayley siempre me decía: «No sé qué es, pero Ella tiene algo que hace que quiera ponerme delante de ella y rugirle al mundo como una leona». En aquel entonces, para chincharla, le preguntaba: «¿Es tu mejor amiga o tu cachorra?».

Pero ahora…, después de apartar a Ella por los pelos de la trayectoria de aquel autobús, después de ver cómo fruncía ligeramente los labios mientras me escribía esa notita, después de ver cómo se metía el pelo detrás de la oreja mientras Wilkens la presionaba… y después de darme cuenta de que ahora solo estoy yo, de que yo soy el único que puede ponerse delante de ella y rugirle al mundo…

Pues por supuesto que me he puesto en pie y he rugido.

Pero aun así…

«Ha sido un paso en falso, Sawyer», me digo.

Me paso una mano por la cara. Ya me está costando bastante no perder la cabeza. Lo último que necesito es que me expulsen o llamar la atención del director. Llamar la atención de cualquiera, en realidad. Tengo suerte de que Wilkens no haya informado a nadie de Administración.

Sinceramente, también es una suerte que mi arrebato no haya sido aún peor, teniendo en cuenta el veneno tóxico que me corre por la sangre desde hace cuatro meses y que amenaza con desbordarse. Ni siquiera me acuerdo de la última vez que dormí una noche entera. No me acuerdo de la última vez que me desperté sin la sensación de tener piedras en las entrañas, sin el sabor de la ceniza en la boca.

Me acaricio distraídamente la cicatriz de la palma de la mano izquierda con el pulgar, un riachuelo delgado y rosa, hinchado y todavía tierno. Olvido la mayoría de mis cicatrices, pero soy incapaz de ignorar esta. En serio, intenta ignorar tus propias manos. Es imposible.

Ahora me siento un poco más tranquilo, un poco más centrado. Hasta que la veo.

Ella se dirige hacia mí con la cabeza gacha y mordiéndose el labio inferior, con los libros aferrados contra el pecho. Es la primera vez que dispongo de una oportunidad para observarla, o sea, observarla de verdad. No puedo ni imaginarme lo duro que ha sido todo esto para ella. Cuando lo pienso, una culpa ardiente se adueña de mi cuerpo y fluye por él. He estado tan obcecado con mi propio dolor que me había olvidado de que no soy el único que debe pasarse un curso entero metido en este agujero infernal. Tiene unas pronunciadas ojeras. Parece que no soy el único que tiene problemas para dormir.

Se queda paralizada en cuanto me ve.

Una vez más, soy yo quien la está asustando, y es como una patada en el estómago. Como si le hubiera pisado la cola a un perrito sin querer.

Cuando todavía estoy buscando qué decirle, encorva los hombros, intentando empequeñecerse, y empieza a retroceder poco a poco. Es justo lo que solía hacer yo cuando robaba galletas de chocolate de la despensa, creyéndome muy astuto, mientras mamá estaba detrás de mí, observándome con los brazos cruzados.

No puedo evitarlo. Me río por la nariz.

—¡Oye, Graham! —la llamo—. Te estoy viendo, pero, si quieres, fingimos que no nos hemos mirado a los ojos.

Se pone rígida. Es evidente que está avergonzada, se le ha enrojecido el cuello. Echa un vistazo hacia atrás, como si estuviese contemplando la posibilidad de escapar de todos modos, pero parece pensárselo mejor, se pone recta y me mira.

Suavizo la expresión, con la esperanza de que se note lo mucho que lo siento. Ella sigue mirándome como si me fuese a transformar en un hombre lobo de un momento a otro. Aún tiene las orejas hundidas entre los hombros. Como me mata verla así, acabo soltando:

—¿Cómo está tu gata? —Qué ingenioso, Sawyer. Muy bien.

—¿Mi… mi gata? —Me mira y parpadea.

—Sí, esto… ¿Edna? ¿Cómo está? —Me froto la nuca y hago una mueca.

Ella resopla, un sonido que a ella parece sorprenderla y a mí me da esperanzas. Niega con la cabeza.

—¿Te refieres a Midna? —Hace una mueca—. Está…, bueno, pues muy bien. Le hemos cambiado la alimentación y ahora hace menos bolas de pelo.

No me puedo creer que la primera conversación que mantenemos desde el funeral de Hayley trate sobre esto. Y, a juzgar por su expresión, ella está pensando lo mismo.

—Sí, Midna, eso quería decir. Hum, esto…, felicidades por lo de las bolas de pelo. Siempre es bueno no…, no tener tantas. —Carraspeo.

Y ahí está: la sonrisa de Ella. Aunque no es muy ancha, le ilumina la cara entera. Sus ojos son tan bonitos como un amanecer. En ese momento, reparo en que el viento le azota el pelo largo y oscuro y en que el sol tiñe los mechones de un rojo dorado y hace que sus ojos parezcan una imposibilidad, como ámbar brillante. ¿Cómo es posible que nunca me hubiera dado cuenta?

Dios, pues claro. Porque no estaba bien que me diera cuenta.

¿Está bien ahora?

Madre mía, ¿cuánto tiempo ha pasado desde la última frase que he pronunciado?

Ella se aclara la garganta y se mueve incómoda.

Mierda. Ha pasado mucho tiempo. Parpadeo varias veces e intento aclararme las ideas.

—Bueno, esto…, tus libros. —Carraspeo otra vez y aparto la vista—. Yo… no te he estropeado ninguno, ¿verdad?

—¿Mis libros?

—Cuando me he ido así y te los he tirado al suelo. —Me froto la nuca.

—Ah, ya.

—Lo siento. Debería haberme quedado al menos para ayudarte a recogerlos. He sido un capullo.

Ladea un poco la cabeza.

—Estabas muy enfadado.

Respiro con dificultad por la nariz. «Tranquilízate».

—Sí. A ver, es que ¿has visto a esa tía hablando como si Hayley fuera su hermana siamesa?

Ella resopla.

—Creo que solo buscaba que el señor Wilkens le mirase el escote. Qué asco…

Aprieto la cicatriz con el pulgar.

—Todo ha dado asco. Lo único que querían todos esos era una excusa para saltarse una clase. —De repente, me siento muy cansado—. Pero no debería haber gritado —añado en voz baja. Siento la necesidad de ser sincero con ella—. Últimamente, mi vida ha sido un infierno. Hay días que consigo mantener las cosas bajo control… y otros me doy un golpe en un dedo del pie con una silla y me pongo tan furioso que deseo que la silla estuviera viva para poder matarla poco a poco, te lo juro. —Pone los ojos como platos. Vale, puede que me haya pasado de sincero. Carraspeo una vez más—. Esto…, para que te hagas una idea de lo bien que lo estoy llevando.

Esperaba que se cerrara un poco más en banda, pero cuando la miro a los ojos está parpadeando a toda velocidad y se le están llenando de lágrimas.

—A mí me pasa una cosa… —dice—. Cuando me despierto, me pongo de lado y cojo el móvil para escribirle a Hayley, como hacía siempre. Y entonces me acuerdo de todo. Y lo único que quiero es enterrarme bajo el edredón. —Niega con la cabeza—. Me paso la mayoría de las noches mirando los daños que las goteras han hecho en mi techo. No conocía el silencio que hay a las tres de la madrugada.

—Alguien me dijo una vez que comerse un plátano antes de irse a la cama ayuda a luchar contra el insomnio.

—¿Y? —Ella enarca una ceja.

—Y… bueno, ha funcionado exactamente cero veces. —Cuando se echa a reír, no puedo evitar fijarme en cómo se le ilumina el rostro—. Siento que tengas problemas para dormir —añado—. Es lo peor del mundo.

A Ella se le borra la sonrisa, porque no, evidentemente, el insomnio no es lo peor del mundo. Entre nosotros se hace un silencio enorme con la forma de Hayley. Ella ha vuelto a encorvar los hombros y de repente me sobreviene el pánico, como si la estuviera perdiendo, aunque eso no tiene ningún sentido, porque ¿cuándo la he tenido?

—Bueno —dice, y me suena a despedida—. Saludaré a Midna de tu parte. —Se vuelve para marcharse. Su pelo ondea tras ella, negro y sedoso.

—Ella, espera.

Alargo una mano y la cojo de la muñeca para detenerla. Sus ojos de color miel se clavan en los míos y suelta un gritito ahogado.

Y es ese sonido lo que me cala hasta los huesos, eso y la forma en la que abre la boca.

La suelto, como si su piel me hubiese quemado.

De repente, una sensación poderosa y caliente nace en lo más profundo de mis entrañas, y todo por tocarle el brazo a esta chica. Por supuesto, el problema no es que me suceda con una chica, sino con esta en concreto.

Vamos, tío, que es Ella. ¡Ella!

—Ese grupo de duelo es una mierda. —Tengo la voz un poco ronca, así que he de aclararme la garganta una vez más—. No tienen ni idea de lo que se siente, pero yo sí. Si alguna vez necesitas hablar… —Doy un paso atrás para darle un poco de espacio. Y para dármelo a mí—. Yo estoy aquí.

Ella asiente.

—Gracias, significa mucho para mí. —Me dedica una pequeña sonrisa—. Hasta luego, Sawyer.

La observo marcharse frotándome la nuca. Me siento a la vez más ligero y más pesado. Me da un vuelco el estómago. No sé por qué, pero me siento como si la hubiera cagado y la culpa me arde en las entrañas.

Porque tocarla… me ha resultado familiar a la vez que nuevo.

Porque la última vez que me sentí así al tocar a una chica…

Estaba tocando a Hayley.

Capítulo 5

Ella

El viernes, después de clase, me descubro de pie en el porche de casa de Hayley. Ya siento su ausencia. Ahora que ella ya no está para cuidar las azaleas que hay junto a los escalones, los arbustos están marrones y marchitos, igual que el jardín de hierbas aromáticas que antaño estaba repleto de albahaca. Había montado decenas de «estaciones de hidratación» para las abejas, que no eran más que pequeños cuencos de cerámica llenos de canicas azul cobalto para que las abejas pudieran beber sin ahogarse. Sin embargo, ahora el agua que contienen está turbia y marrón y veo al menos una abeja flotando en la superficie. Respiro hondo, cierro los ojos y lucho contra el impulso de escapar.

Antes de que me dé tiempo a hacer nada, la puerta se abre. El hombre que hay en el umbral se sobresalta, como si estuviera tan sorprendido por mi presencia como yo por la suya. Me mira con sus penetrantes ojos verdes entornados.

—Vaya, vaya. La señorita Ella.

—Sean —digo recelosa de repente. La sorpresa me hace ser brusca—. ¿Qué haces aquí?

—Hola, ¿eh? —contesta sacándose un paquete de tabaco del bolsillo.

Sean es el ex de la madre de Hayley. Tiene el pelo rubio oscuro alborotado, y la barba de pocos días que luce en la mandíbula hace poco por suavizar su belleza áspera. La primera vez que lo vi, me sorprendió que fuera mucho más joven que Phoebe, pero eso no era lo único que llamaba la atención sobre él.

—No te atrevas a decirlo —me advirtió Hayley cuando me vio la cara.

—¡No lo voy a decir! —contesté—. No diré que el novio de tu madre está…

—¡Qué asco, Ella!

—Vamos, ¡reconócelo!

Hayley se negó a admitirlo en voz alta, pero yo sabía que ella también pensaba que estaba bueno. Igual que Nia y un montón de nuestras compañeras de clase. Sean es electricista y el instituto lo había contratado para que renovara la instalación eléctrica de un ala del edificio que no cumplía con los requisitos. Hayley echaba humo cada vez que pillaba a alguien echándole miraditas por los pasillos. Una vez había fulminado a Jackie con la mirada porque había osado tontear un poco con él. A Sean no se le había borrado la sonrisilla de la cara.

Por desgracia para ella, su empresa tardó meses en terminar el trabajo, y para entonces los encantos de Sean ya habían perdido su gracia. Bebía, mentía y se peleaba a grito pelado con Phoebe. Luego empezó a irse a hurtadillas de casa, hasta que Phoebe descubrió que la había estado engañando con una mujer mucho más joven. Nunca descubrí quién era —a Hayley no le gustaba hablar ni de él ni de su madre—, pero al menos salió de sus vidas.

O eso creía yo.

Ahora no puedo evitar hacer una mueca de disgusto. Sean me mira con el cigarrillo suspendido cerca de los labios.

—Júzgame todo lo que quieras, pero tú no sabes toda la historia. Yo también quería a Hayley, ¿sabes? —Tira la colilla y la aplasta con el talón haciendo repiquetear el manojo de llaves que lleva colgado del cinturón—. Esa tormenta ha dejado fritos varios de los disyuntores de tu instituto, así que nos veremos las caras por allí.

Me dedica una última sonrisa torcida y se dirige a un BMW negro y resplandeciente que ha aparcado junto a la curva. Debe de ser nuevo; cuando Phoebe y él estaban juntos, conducía una furgoneta blanca en la que se leía SERVICIOS ELÉCTRICOS CEDARBROOK en ambos lados. Soltaba un humo negro horrible y apestoso y la mitad de las veces no arrancaba. «Le está muy bien —dijo Hayley—. Estrelló su coche cuando iba a noventa por una zona escolar. Ese idiota no se merece ni que le presten una tartana en el trabajo».

El todoterreno es toda una mejora. Me imagino el resoplido de desdén de Hayley. «Le habría salido más barata una camiseta que dijera: "Estoy compensando por otra cosa"».

Cuando Sean se marcha, empujo la puerta principal para encontrarme toda la casa oscura. La poca luz que hay se cuela por las rendijas de las persianas.

—¿Phoebe? —la llamo.

—En la cocina —me contesta una voz ronca.

Sorteo varias cajas de cartón abiertas y casi desbordadas de cosas. Ha quitado las fotos de las paredes y las estanterías están medio vacías, y ya no reconozco esta casa que una vez fue mi segundo hogar. Parece abandonada, como si alguien la hubiera saqueado para luego marcharse a toda prisa.

Cuando llego a la cocina me encuentro con lo mismo: cajones y armarios abiertos y a medio vaciar. En la mesa de la cocina, entre cajas llenas de tenedores y cucharones, veo a Phoebe, que se enciende un cigarrillo con dedos temblorosos. Está sentada en el mismo sitio en el que se sentaba Hayley cuando ella, Sawyer y yo picábamos algo entre película y película durante nuestras fiestas de pijamas. Ante ella hay una taza de Bugs Bunny y el demonio de Tasmania con el logo del parque temático Six Flags Over Georgia, de cuando Hayley y yo fuimos durante las vacaciones de primavera de hace unos años.

Phoebe sostiene el cigarro con una mano y con la otra acaricia la mesa con el dedo. Tiene el ceño fruncido y no se da cuenta de que la ceniza se le está cayendo sobre el suelo de linóleo.

La madre de Hayley nunca ha sido precisamente una progenitora modelo, pero siempre estaba aseada y elegante. La mujer macilenta que tengo delante lleva una camiseta gris llena de agujeros con el logo de los Atlanta Braves, tan descolorido que apenas se distingue. Lleva el pelo caoba lacio y grasiento y el rostro derrumbado de pena. Incluso sus ojos, antaño verdes y brillantes, no son más que dos pozos negros de dolor, como si la pena hubiese cambiado hasta su ADN.

Esta no es la Phoebe que conozco. ¿Cómo podría serlo? Un tornado ha destrozado su vida y ahora está en medio de los escombros, mirando confundida las esquirlas y preguntándose si está ante la cama de su hija o el suelo de su salón.

Me siento culpable por sorprenderme, por pensar lo que estoy pensando: «Resulta que su hija sí que le importaba».

Me recuerda a algo que mi *lola* me dijo cuando era pequeña, un día que estaba furiosa con mi madre.

—¡La odio! —sollozaba yo.

—No, *anak* —me contestó ella con gentileza—. Tú quieres mucho a tu *nanay*. —Cuando insistí en que no podía quererla si la odiaba, ella me secó las lágrimas con una sonrisa cómplice—. El amor no es como cuando entras en un río, que o bien estás mojada, o bien no lo estás. El amor es el río mismo. A veces la corriente es calma y constante, como el amor que siento yo por ti. —Me dio un beso y continuó—: Y otras veces está lleno de rocas afiladas y rabiones agresivos. Las vueltas y cascadas repentinas son dolorosas y desconcertantes, pero sigue siendo el mismo río. Sigue siendo amor.

Las palabras de mi *lola* vuelven a mi mente y siento que por fin tienen sentido. Qué fácil sería si todo fuera tan sencillo, si el amor fuese binario, si fuera o no fuera. Sin embargo, al mirar los ojos rojos de Phoebe, comprendo que la verdad es mucho más compleja.

Me aclaro la garganta con suavidad.

—Hola, Phoebe.

—Vaya. —Se apoya en el respaldo de la silla y, cuando vuelve los ojos llorosos hacia mí, reconozco en ellos un destello de su antigua perspicacia—. Has venido.

Asiento y miro las cajas que hay a nuestro alrededor. La cantidad de utensilios de cocina que hay en casa de los Miller me resulta casi impactante. Desde que conocí a Hayley, la única vez que vi a la señora Miller en la cocina fue para coger un abridor de botellas.

—¿Te... te mudas? —pregunto. Por alguna razón, pensarlo es como si se me clavara un cuchillo en el pecho. Hayley odiaba vivir con Phoebe, pero muchos de mis recuerdos viven aquí.

—No tiene sentido que me quede aquí yo sola —contesta—. Ya he recogido casi toda la casa, pero necesito que del cuarto de Hayley te encargues tú. —El dolor aflora en su rostro cuando pronuncia el nombre de su hija.

Es retorcido, pero me pregunto si a Hayley la conmovería ver así a su madre. Tan destrozada por su muerte.

Carraspeo.

—Entonces... ¿quieres que lo recoja todo para que lo guardes o...? —No consigo decir en voz alta la alternativa: tirar a la basura lo que queda de la vida de su hija.

Se ríe sin alegría.

—Hay algunas cosas que quiero quedarme, pero ahora mismo no soy capaz de mirarlas. Además, creo que Hayley preferiría que fueses tú quien revisara sus cosas.

Tiene razón. Hayley habría odiado la idea de que su madre toqueteara sus pertenencias sin reverencia alguna por las cosas correctas, sin comprender cuáles eran los tesoros más valiosos para ella.

—Te apartaré las cosas que crea que puedan gustarte y que a Hayley le habría gustado que tuvieras —le prometo.

Me guía por el pasillo y se detiene ante la puerta cerrada de Hayley. Todavía están las fotos de Pedro Pascal y BTS que había recortado de revistas o que había imprimido ilícitamente en la impresora a color del instituto. En el centro hay una polaroid del baile de bienvenida del año pasado en la que salimos Sawyer, ella y yo. Ella me está susurrando al oído algo claramente desternillante, porque yo tengo la cabeza hacia atrás y la boca abierta, congelada en el momento álgido de una carcajada. Sawyer nos está mirando con una expresión divertida y serena, y sus largas pestañas arrojan delicadas sombras sobre sus mejillas.

Estamos radiantes. Hermosos. Imposiblemente eternos. Recuerdo bien aquella noche. Pensaba que seríamos así para siempre, que

Hayley estaba preciosa; incluso yo me sentía preciosa, y esa noche me permití pensar que Sawyer también lo era.

Me miro los pies y parpadeo con fuerza.

—He intentado hacerlo yo —dice Phoebe en voz baja—. Pero sentí que estaba mal en cuanto puse un pie en el cuarto. Como si no me correspondiera estar aquí. Y, cuando miré las paredes y las cosas, me di cuenta de que es la habitación de una desconocida. Mi propia hija.

Me quedo allí plantada, incómoda y sin saber qué hacer. Le pongo una mano en el hombro con vacilación, pero, en cuanto nota que la toco, se aparta de golpe. Se sorbe la nariz con fuerza y me mira con la espalda rígida.

—Phoebe, lo siento mucho. Sé que tú y Hayley...

Me interrumpe con una carcajada cruel.

—No te molestes, Ella. ¿Qué más da? Ya no está. Fíjate si no está que no tengo ni un cuerpo que visitar. No puedo ni llevarle flores, como haría una madre normal. —Me aparto de ella, de las aristas afiladas de su voz—. Pero no importa —continúa; su risa ha perdido firmeza, se está convirtiendo en otra cosa—, porque no sé ni cuáles eran sus flores preferidas. ¿Qué clase de madre no sabe eso? —De repente, me mira a los ojos—. Pero seguro que tú sí que lo sabes. ¿A que sí? —Su voz es letalmente queda.

—Los girasoles —susurro preguntándome si sabe que Hayley llevaba un pequeño girasol tatuado en el tobillo izquierdo. Si no lo sabe, ya nunca lo sabrá.

—Los girasoles. —Phoebe parpadea, como si acabase de recordar dónde está—. Ya, los girasoles —repite dando un paso atrás—. Quédate lo que quieras —añade con la voz súbitamente neutral—. Lo demás lo donaré.

Y entonces da media vuelta y vuelve a la cocina, dejándome sola con lo que queda de Hayley.

Capítulo 6

Ella

Respiro hondo. El dolor me revolotea en el pecho, pero tengo una obligación que cumplir y no puedo derrumbarme ahora. Gano un poco de tiempo quitando con cuidado las fotos de la puerta e intentando no concentrarme demasiado en esa foto nuestra.

Luego arranco la tirita de golpe y giro el pomo.

Lo primero que me golpea es el olor a jazmín. El perfume de Hayley. Eso basta para que, de repente, esté en la habitación conmigo. Por un instante, creo de veras que se encuentra escondida debajo de sus mantas, riéndose mientras lee *fanfics* guarros de Pokémon.

¿Cómo voy a hacer esto si siento que Hayley podría entrar en cualquier momento? ¿Si esta habitación es una cápsula del tiempo perfectamente conservada de cuando estaba viva?

Sus lucecitas todavía siguen encendidas. Las bombillas LED brillan tanto como siempre. En su cómoda, hay una lata de Sprite abierta con el borde manchado de pintalabios color malva. En la pizarra que cuelga sobre su cama hay unas palabras escritas en su letra: «Objetivo del último año: conseguirle a Ella un aperitivo en forma de tío que esté bien bueno, que se lo merece», pero había tachado «aperitivo» y había escrito «festín».

La regresión es tan fuerte que incluso me mareo. Doy un paso atrás para no perder el equilibrio y me doy de bruces contra una lámpara que hay junto a la puerta. Se cae hacia atrás, contra la pared, y la bombilla se rompe.

El ruido me sobresalta. De repente, mi mejor amiga vuelve a estar muerta. Estoy aquí, en el cuarto de Hayley, y tengo un trabajo que hacer.

—¿Por dónde empiezo? —murmuro para mí mientras miro a mi alrededor en busca de algo sencillo y no demasiado sentimental. Su armario y su cómoda están repletos de anécdotas y bromas privadas. Ni hablar. Su mochila del instituto se encuentra junto a un montón de ropa en el sillón en el que siempre me sentaba yo. Aún menos. Su escritorio me parece la opción más segura. Se suponía que debía usarlo para hacer los deberes, pero nunca la vi utilizarlo para nada que no fuese dejar basura.

Me acerco al escritorio con cuidado, como si estuviera en un campo de minas. Por supuesto, hay un montón de papelitos arrugados. Entre los primeros hay un surtido de cupones para depilarse las cejas y quitarse la cera de las orejas en el centro comercial.

—Puaj, Hayley… —Me río en voz baja.

Los cupones me ayudan a centrarme, aplacan un poco mi pena, así que logro ponerme manos a la obra. Casi todo lo demás es basura, cosas inútiles que se había metido en la mochila solo para tirarlas en su escritorio al llegar a casa. Hay varios folletos de las ferias para recaudar fondos para los clubes y los equipos que organiza el instituto North Davies.

A Hayley le encantaban esas ferias, sobre todo porque son una de las razones principales por las que Sawyer y ella empezaron a salir juntos. Él no tenía ninguna clase con nosotras, así que durante meses no había sido más que «el chico guapo de la cafetería». Entonces, un día, ella se presentó en nuestra mesa junto a él. Se habían conocido en una feria que yo me había perdido porque estaba enferma y, en apenas una semana, «el chico guapo de la cafetería» se convirtió en un pilar en nuestras vidas.

Revisar el montón de basura (seamos sinceras, Hay) me lleva muy poco tiempo, así que al final no tengo más remedio que enfrentarme a la pared que he estado ignorando desde que he entrado, la de encima de su cama, que está forrada de fotos, dibujitos y notitas que nos escribíamos la una a la otra en clase.

Me subo en el colchón y acaricio los bordes de una fotografía en la que yo le saco la lengua a la cámara. Debajo hay un pequeño *haiku* que escribí. Me dio vergüenza que Hayley lo colgara en su pared, pero me mandó callar y me dijo que era una obra de arte.

Hoy no has venido.
A mi lado está Will.
Se tira pedos.

No es una obra de arte, pero no puedo evitar reírme y, de repente, me siento eternamente agradecida por que Hayley nunca tirase nada a la basura.

No muy lejos hay una foto que Jess nos hizo a las dos en la mesa de mi casa, con las bocas llenas de comida. Nunca me había fijado en que mi madre sale en el fondo y que parece ligeramente horrorizada. Debajo de esa foto hay otra hoja arrancada de una libreta en la que Hayley y yo nos estuvimos escribiendo notitas.

E, tengo la regla y creo que si no puedo cenar lumpiás de tu madre asesinaré a alguien
☹
Me acabas de dibujar una cara enfadada?
Sí! Ya sabes que mamá solo cocina eso para cumpleaños y ocasiones especiales y siento decirte que tu regla no es ninguno de los dos
Vale, pues cuál es la receta? Los hacemos nosotras
Necesitamos los ingredientes y el Supermanila está superlejos, tía, y el tráfico es horrible, así que llegaríamos supertarde ☹ ☹ ☹
E, mi pobre pajarillo ansioso, no te preocupes, todo irá bien

Sonrío al recordar que esa tarde, mientras Hayley y yo hacíamos la lista de la compra en la mesa de la cocina, mamá se nos acercó, vio lo que estábamos escribiendo y puso los ojos en blanco. Resultó que tenía masa para los rollitos en el congelador y, como había tenido el día libre y estaba de buen humor, nos ayudó a preparar un montón de *lumpiás* crujientes y deliciosos. Disfrutó mucho enseñándonos a enrollar la carne y a no poner demasiada en cada rollito.

Lo que no disfrutó tanto fue cuando Hayley apostó a que yo no era capaz de meterme tres *lumpiás* en la boca a la vez y le demostré que, en realidad, podía meterme cuatro.

También hay muchas cosas que había olvidado, como una foto que nos hicimos en el parque Centennial. Estábamos todos. Nia, tan guapa como siempre, llevándose algodón de azúcar rosa a la boca. Beth está a su lado, rodeando con los brazos a Rachael, que luce una sonrisa de oreja a oreja. Y, por supuesto, también está Scott. En la foto, tiene un brazo sobre mis hombros, pero está mirando a Hayley, que le está mordiendo el hombro a Sawyer con aire juguetón.

Hay más fotografías de todo tipo. Sawyer inclinando a Hayley hacia atrás bajo la lluvia, ambos empapados. Scott dándole un beso en la mejilla a Hayley, que tiene la cara arrugada de la risa o del disgusto; es imposible saberlo. Hay otra en la que él le hace una peineta a la cámara y en la que varios mechones de pelo le tapan la mirada. Hayley corriendo por la pista al lado de Nia, ambas a meros pasos de la línea de meta mientras los demás las animamos desde las gradas. Beth y Rachael vestidas de los personajes de *Schitt's Creek* en Halloween.

La tristeza se acrecienta porque me doy cuenta de que, incluso antes de la muerte de Hayley, hacía meses desde la última vez que recordaba que hubiéramos sido felices todos juntos, como en estas fotos. Hacia el final, casi siempre estábamos solo Hayley, Sawyer y yo.

Yo estaba ocupada con el equipo de natación y estudiando para los exámenes avanzados, y Hayley era la capitana del equipo de atletismo, lo que, hacia el final, la estresaba bastante. Su entrenador la estaba presionando mucho. «Ya casi no me divierte», me dijo con una expresión de derrota que nunca le había visto.

Frunzo el ceño mientras aliso una esquina arrugada de una foto. Ahora que lo pienso, hacia el final, Hayley siempre estaba estresada. ¿O no era así? El instituto, los deportes, la mierda de siempre por parte de Phoebe… El último mes del curso había causado estragos en ella. Yo esperaba que, cuando empezara el verano, pudiera relajarse y volver a ser la Hayley feliz de siempre.

Pero nunca tuvo esa oportunidad.

Durante las horas siguientes, me dedico a desmontar en silencio la vida que Hayley y yo construimos juntas. Meto cuidadosamente las fotografías en una caja y aparto las que creo que a ella le habría parecido bien que le diera a su madre.

La ropa no me cuesta tanto como pensaba. Conozco su armario tan bien que me resulta fácil separar qué prendas quedarme y cuáles donar. Hay una camiseta del Día de Actividades al Aire Libre del colegio donde hicimos la primaria que ella se ponía como un top corto que aparto para Phoebe, junto a las joyas de Hayley. Algunas son reliquias familiares que le había regalado su abuela. Casi nunca las lucía; prefería tenerlas a salvo en su joyero. «Al fin y al cabo —me dijo una vez con una sonrisa burlona— es lo único que puedo heredar de Phoebe que no implique traumas y alcoholismo».

Ahora, el legado de Phoebe termina con ella.

Solo me quedo una joya, uno de los collares de Hayley. Es una delicada cadenita de oro con un colgante, un pequeño círculo dorado con la forma del estado de Georgia grabado en el centro. Me sorprendí mucho cuando se gastó su primer sueldo en comprárselo. «¡Pero si siempre te estás quejando de que este estado es un asco!», le dije. Ella me pellizcó la nariz y contestó: «Pero es donde nos conocimos y nos enamoramos».

Me lo abrocho alrededor del cuello y presiono el circulito dorado en el hueco de mi garganta. Es muy pequeño, pero noto un calorcillo en el pecho al pensar en que le pertenecía a ella.

Tras horas de trabajo, he reducido todo lo que queda de Hayley y su habitación a varias cajas de cartón. Me siento entumecida. Me dejo caer en el colchón desnudo y miro la habitación con atención en busca de algo que me resulte familiar, de cualquier cosa que me recuerde a ese rinconcito del mundo que tallamos juntas.

Dentro de poco, aquí se mudará otra familia para construir sus propios recuerdos, sin saber que una chica llamada Hayley y otra llamada Ella se enfrentaron a los grandes misterios de la vida bajo este mismo techo.

Entonces me cae encima como una losa: ni cuerpo ni habitación ni casa.

Será como si Hayley nunca hubiera existido.

Siento que las lágrimas me trepan por la garganta; se adueña de mí una terrible sensación de vacío. Pero entonces noto algo extraño bajo la mano. Aprieto el colchón y compruebo que no, no me lo he imaginado. Hay algo duro y plano debajo.

Frunzo el ceño y meto la mano en el estrecho espacio entre el somier y el colchón. Rozo algo duro con los dedos. Saco un cuaderno negro con las cubiertas de tela lisas, sin dibujos. Lo abro por la primera página, donde leo las palabras: «Este diario pertenece a Hayley». Lo cierro de inmediato.

Es el diario de Hayley.

Oigo un movimiento en el pasillo. Pasos. Es Phoebe. Si Hayley descubriera que su madre ha leído su diario, se levantaría de su tumba solo para volver a morirse de la vergüenza.

Me lo meto en la mochila sin pensármelo dos veces. Luego apago la luz y salgo del cuarto de Hayley por última vez.

Capítulo 7

Ella

El jueves siguiente, cuando el reloj marca las 15.15, suena la campana. Un día de clase menos.

Recojo mis cosas poco a poco y, al salir, saludo con la cabeza al señor Wilkens y a la señora Langley, que están charlando en la puerta del aula de ella. Más adelante, veo a Nia, Rachael y Beth, que se despiden con un abrazo. Nia tiene tenis y Rachael y Beth seguramente vayan a casa de la segunda en su Honda vieja.

Todo el mundo va corriendo a su siguiente actividad menos yo. Mamá tiene un turno largo en el hospital, papá trabaja hasta tarde y Jess está en casa de Kelly. Por duro que me resulte estar con mis padres, sentir el peso de su decepción, tampoco soporto la idea de pasar horas en silencio, sola en casa.

Con la cabeza gacha y mis pensamientos en cualquier lugar salvo el presente, camino sin prestar atención a hacia dónde me llevan los pies. Sin embargo, por retorcido que sea, el destino sabe lo que hace: llego a las gradas que hay junto al campo de fútbol y la pista de atletismo.

Aquí es donde solía esperar a que Hayley terminase el entrenamiento. Me instalaba en las gradas y hacía los deberes, leía o escuchaba música, mirando a Hayley de vez en cuando. Normalmente estaba concentrada en los tiempos de sus carreras de doscientos metros, pero de vez en cuando cruzábamos una mirada y le hacía alguna mueca o señalaba a algún tipo y le decía moviendo los labios: «Este es el idiota del que te hablaba antes».

Sin embargo, mi sitio de siempre está ocupado por unos chicos de segundo. Están despatarrados en los asientos, vapeando y soltando nubecillas con olor a frutas que luego sobrevuelan sus cabezas. Están haciendo una competición de aros de humo que empapa el aire de olor a caramelo y no se percatan de mi presencia. Sus cosas están por todas partes y tienen las largas piernas y los brazos apoyados en los asientos de metal, así que no tengo forma de pasar sin invadir su espacio.

Por unos instantes, me quedo ahí plantada, mirándolos.

Uno de los chicos me descubre justo después de exhalar un aro particularmente impresionante.

—¡Ay, mierda! —grita a punto de caerse. Sería más divertido si no me estuvieran mirando (o, mejor dicho, no mirando) como si fuese una gorgona a punto de convertirlos en piedra con los ojos.

Me aclaro la garganta.

—¿Me dejáis pasar?

Como respuesta, los chicos se levantan de golpe y empiezan a recoger sus pertenencias. Nunca había visto chicos de quince años tan eficientes.

Me siento en el banco de siempre y miro el entrenamiento. Estamos en otoño, lo que significa que es la temporada de campo a través, y el equipo está calentando, haciendo estiramientos y saltando para soltar los músculos.

A pesar de la maraña en la que se han convertido mis pensamientos, hay una cosa en particular que no se me borra de la mente desde que recogí la habitación de Hayley el viernes pasado. De hecho, ahora mismo me está llamando, abriendo un agujero a fuego en mi mochila.

Su diario.

No debería atreverme siquiera a contemplar la posibilidad. Estoy guardando el libro que contiene los pensamientos más íntimos de Hayley como si fuera el Anillo Único. Para Hayley, si ese libro cayera en las manos equivocadas, destruiría todo su universo.

En muchos sentidos, ella era un libro abierto. Una vez, Sawyer bromeó sobre ver si ahí dentro había algo sobre él y a los dos nos sorprendió la vehemencia de su respuesta. «Absolutamente no —saltó—. Solo necesito un sitio, un único sitio, donde pueda vomitarlo todo. Todo. Hasta mis confesiones más viles y oscuras, sin pensar en que nadie pueda juzgarme».

Llevo una mano al collar que rodea mi cuello y recorro con el dedo el borde del colgante.

Su diario, sus pensamientos, su letra. Es lo más cercano que tendré nunca a una resurrección. Además, de todos modos, ahí dentro no habrá nada que ella no hubiera estado dispuesta a compartir conmigo.

¿No?

Con un cosquilleo en los dedos, bajo la cremallera de la mochila y saco con cuidado el cuaderno negro. Acaricio la cubierta de tela con la mano, recorro el lomo con un dedo. Su elección me sorprende. Hayley era más de poner pegatinas de colores en todas partes, aunque, si de verdad necesitas ocultar tus pensamientos, supongo que un cuaderno negro y discreto es la mejor opción.

En cualquier caso, me resulta extraño. Lo que probablemente es otra razón por la que no debería leerlo.

Y aun así…

Deslizo un dedo por debajo de la cubierta y le doy un golpecito para que salte hacia arriba.

«Solo una página, Hayley. Y te prometo que me llevaré a la tumba lo que hayas dicho en ella. Solo te necesito durante una página».

Abro el cuaderno.

En ese momento, unos fuertes pasos en las gradas metálicas me sobresaltan. Meto el diario en mi mochila y me vuelvo hacia el ruido. Sawyer está de pie ante mí, mirándome.

—¡Mierda! —grito, y no se me pasa por alto que parezco ese bobo de segundo de antes—. Perdona. No te esperaba.

—Es evidente. —Sawyer hace una mueca—. Deberíamos dejar de encontrarnos así, ¿no crees? Veamos… —Cuenta con los dedos—. El primer día de clase estuviste a punto de provocarme un ataque al corazón. Luego yo te asusté en aquel grupo de duelo. Y ahora mismo acabas de reaccionar como si yo fuese el asesino de una peli de terror para adolescentes. Te gano por una, así que solo tienes que asustarme una vez más para que estemos empatados.

Se sienta y se apoya en las gradas de detrás, dejando caer los codos en los asientos de metal. Lleva los vaqueros bajos y, cuando se inclina hacia atrás, atisbo una franja de piel plana y bronceada entre el cinturón y el dobladillo de la camiseta. Aparto la vista a toda prisa.

—Un susto —digo—. Entendido. Eso lo puedo hacer.

Me mira de reojo.

—La verdad es que me estás quitando el sitio, Graham. A veces vengo aquí. Suele estar vacío. Me gusta la soledad.

Noto que me arden las mejillas.

—Ah, pues ya me voy… —Me inclino para coger mi mochila, pero entonces su mano cubre la mía.

—Era una broma.

—Ah. Claro. Perdón. —Respiro hondo; me siento tonta. Y ¿qué se supone que tengo que hacer con las manos? ¿Sobre todo teniendo en cuenta que la suya sigue sobre la mía?

Sawyer aparta la mano.

—¿Sabes qué? Antes me preguntaba si esa habría sido tu primera palabra.

—¿Qué palabra? —pregunto. Me da vueltas la cabeza—. ¿«Ah»?

Se echa a reír.

—«Perdón». Es tu palabra preferida, sobre todo cuando no hay nada que perdonarte. Deberías decirla menos.

Mi respuesta es automática.

—Tienes razón. Per… —Me tapo la boca con las manos. Él echa la cabeza hacia delante y se ríe por la nariz.

Por un momento, nos limitamos a mirar al equipo de campo a través, que ha empezado a correr por la pista. Se oye el eco lejano de los silbidos y los gritos, que resuenan en el aire húmedo. De algún modo, el silencio junto a Sawyer es expansivo, liberador. Muy diferente al silencio tenso y claustrofóbico que reina en mi casa.

Y entonces me doy cuenta de una cosa.

—Un momento… ¿No deberías estar ahí abajo? —pregunto señalando la pista.

—¿Cómo?

—¿No corrías campo a través? Creo recordar a Hayley dándome plantón varias veces para poder ir a tus competiciones.

Algo destella en su mirada.

—Tú también podías venir, ¿sabes?

—Tentador. Suena trepidante, mirar una línea de meta vacía mientras tú corres cinco kilómetros —lo chincho.

Sawyer me dedica una sonrisa fugaz.

—He tenido que dejarlo. El día no tenía suficientes horas. El instituto, el deporte, servir mesas… Solo podía elegir dos.

Sigo su mirada hacia la pista.

—Debes de echarlo de menos —le digo en voz baja.

Se encoge de hombros.

—No hay para tanto. Las propinas están bien y el encargado de La Michoacana me da las horas que quiero. De todos modos, tampoco iba a ganar una medalla olímpica. Además… —La media sonrisa vuelve a hacer acto de presencia—. Tengo derecho a nachos y salsa ilimitados.

—Ah, bueno, tendrías que haber empezado por ahí. Eso lo explica todo.

Ambos nos echamos a reír. Lo miro de reojo y me detengo en sus oscuras pestañas y la cicatriz plateada que corta su ceja en dos. Tiene una cicatriz nueva en la palma de la mano que todavía está roja e hinchada. En ese momento, se pone serio.

—A ella sí la echo de menos —admite en voz baja.

Noto una presión en el pecho.

—Yo también. Tanto que a veces siento que no puedo ni respirar —respondo. Él cierra los ojos y una sombra se alarga sobre su rostro. Una parte de mí está desesperada por saber qué está pensando; la otra lo está por no saberlo—. ¿Qué fue lo último que le dijiste? —le acabo preguntando.

Sawyer cambia de postura y se pasa una mano por la mandíbula. No me mira a los ojos.

—¿Quieres saber la verdad?

—Siempre.

Suspira.

—No tengo ni la menor idea. Odio que seguramente fuera algo mundano, pero... En fin, los últimos dos meses fueron... —Carraspea—. No sé, estaban pasando muchas cosas. Se me ha mezclado todo en la cabeza, todo lo de las últimas semanas. Quizá sea mejor que no recuerde bien las partes más dolorosas.

—Yo sí que querría recordarlas —contesto. Se me rompe la voz—. Lo doloroso, lo malo, lo que sea. Porque..., Sawyer, yo no recuerdo mi último día con Hayley. No me acuerdo de nada. No recuerdo arreglarme con ella, ni la fiesta, ni... ni el trayecto a casa... Todo está envuelto en una niebla brillante y cegadora. No sabes cuánto quiero recuperarlo. Quiero recuperarla a ella...

La voz no me funciona y entonces me doy cuenta de que estoy sollozando con demasiada fuerza para continuar.

De repente, estoy envuelta en Sawyer. Desliza sus brazos alrededor de mí; uno me rodea la cintura y la otra mano me acuna la nuca, enredando los dedos en mi pelo. Me atrae hacia sí y me abraza con fuerza, presionándome contra él. Noto los latidos de su pulso en la mejilla y el olor de su colonia me marea.

—Ya lo sé —me murmura al oído—. Ya lo sé, Ella.

Y así es; lo sabe. Tal vez él sea el único que lo sabe.

—Todo esto es culpa mía. —Respiro de forma temblorosa—. Si hubiese conducido más despacio, si hubiera sido más responsable, más cautelosa...

—Oye... No. —Se aparta para mirarme a los ojos con fervor—. Escúchame bien. —Me aprieta tanto los hombros que me hace daño—. Nada de esto es culpa tuya. —Con una suavidad imposible, me acaricia la mejilla con el pulgar para enjugarme las lágrimas. Tiene el semblante serio, grave—. Nada —murmura.

Y quizá sea que llorar purifica o que las primeras luces del crepúsculo me han hecho sentir como si fuéramos las únicas dos personas en este mundo, confiriendo cierta ceremonia a sus palabras. O quizá sea simplemente la forma como Sawyer me está mirando, como si, por primera vez, quien tengo delante no sintiera pena por mí, sino conmigo.

Sea lo que sea, lo creo.

—Gracias —susurro.

El sol ha teñido el cielo de un suave escarlata dorado. Los equipos van entrando en el edificio de atletismo y la pista se queda de nuevo en silencio. Mientras tanto, los grillos calientan para salir a tocar sus canciones nocturnas y la música de las ranas que emana de algún matorral húmedo se difunde a través del campo. A medida que los tonos rosáceos del cielo se tornan púrpuras, tengo la sensación de que están acelerando la llegada de la noche solo para nosotros. La brisa nos trae el aroma a glicinia y madreselva al tiempo que nos alborota gentilmente el pelo. Contemplo los mechones gruesos y oscuros de Sawyer, danzando al viento, y, de repente, soy muy consciente de que sus pulgares aún me acarician las comisuras de los labios de lo cerca que están nuestras caras.

El pensamiento aflora en mi mente sin invitación. «A Sawyer le queda muy bien la hora mágica».

Recuerdo lo ridículamente feliz que estaba Hayley cuando empezó a salir con Sawyer. Cada caricia, mirada o palabra que compartían la dejaba descentrada, mareada y sonriente. Tenía que insistirle para que hiciera los deberes o repetirle cosas que ya le había dicho. Me molestaba, pero entonces ella me cogía de las manos y daba vueltas conmigo. «Algún día lo entenderás, E», me decía.

Y, que Dios me ayude, pero ahora lo entiendo.

Capítulo 8

Sawyer

Cuando llego a la puerta de casa, ya es noche cerrada. Me apoyo en la madera desgastada y me tomo unos instantes antes de entrar. Cuando abro el cerrojo y entro, el corazón ya me late un poco más despacio.

—¡Dios mío! Madre mía, Callan, ven aquí, ¡no te lo vas a creer! ¡Por fin ha llegado el presidente! —exclama una voz desde debajo de la mesa de la cocina—. ¿Te puedes creer que tengamos el honor de cenar con él?

Pongo los ojos en blanco.

—Tú tienes la culpa de que Callan sea tan dramático, mamá.

Mamá asoma desde debajo de la mesa con los ojos avellana muy abiertos, fingiendo sorpresa.

—*Moi?* ¿Dramática? ¡Jamás! Y ahora ven aquí, que necesito que me ayudes a arreglar esto. —Su cabeza vuelve a desaparecer.

—Mierda, pensaba que ya lo había arreglado —mascullo mientras acudo junto a ella.

—Esa boca… —me reprende sin mucho entusiasmo mientras forcejea con la pata rota de la mesa—. Aguántala mientras voy a por el pegamento para madera.

Esta será la tercera vez que reparemos esta pata. Ninguno de los dos dice lo evidente: necesitamos una mesa nueva. Pero justo el mes pasado nos subieron el alquiler, y tampoco es que mamá pueda buscarse un cuarto trabajo.

Cojo la pata con las dos manos y miro a mi madre, que aplica el pegamento con el ceño fruncido de concentración. Se ha apartado el fino pelo castaño de la cara y me fijo en su ligero maquillaje. Hace ya años que cada vez que vamos juntos a algún lado la gente se cree que somos hermanos. Cuando se enteran de que es mi madre, les cuesta creerlo. «¡Pareces demasiado joven para tener un hijo tan mayor!».

Y tienen razón. Mamá solo tiene treinta y tres años y yo cumpliré los dieciocho el próximo mayo. Haz los cálculos.

Parece joven porque lo es. Aunque, ahora que la veo hacer muecas del esfuerzo, me doy cuenta, angustiado, de que últimamente carga con demasiado. Tres trabajos, dos hijos y ninguna ayuda. Empieza a afectarle.

—Noto tu preocupación desde aquí —gruñe—. Para. Estoy bien. —Aplica los últimos toques de pegamento con un gesto teatral—. ¡Listo! —Arruga la nariz. Se acerca a mí y olisquea—. Uf, Saw-Saw. Pensaba que me había olvidado de ponerme desodorante, pero ¡eres tú!

—¡Mamá! —¿Cómo lo hace? ¿Cómo se las arregla para hacerme sentir como si tuviera ocho años otra vez?

—¿Has salido a correr? —pregunta mientras sale de debajo de la mesa.

Me pongo de pie y me sacudo los vaqueros.

—Algo así —murmuro.

—¡Qué bien! —Coge su delantal de la Casa de los Gofres y su bolso. Hace una pausa; el rostro se le ensombrece un poco—. Supongo que echas de menos el campo a través.

Es casi lo mismo que Ella me ha dicho en las gradas, pero la verdad es que no me había dado cuenta de que estaba corriendo hasta que no llevaba más de un kilómetro. No tenía intención de hacerlo. Un segundo acunaba el rostro de Ella entre las manos y al siguiente estaba balbuceando que llegaba tarde a cenar. Casi me caigo gradas abajo de lo rápido que he intentado escapar.

«Es una de tus mejores amigas —pensaba. Calma y sentido común—. Solo estabas apoyando a tu amiga en un momento de necesidad». Y justo en ese momento me he dado cuenta de que me escocían los ojos por la acción del viento y de que me ardían los pulmones.

Estaba corriendo a velocidad de *sprint.*

Supongo que he pensado que, tal vez, si corría lo bastante rápido, conseguiría consumir este maldito sentimiento, sea lo que sea, ese que se niega a ser ignorado. Cuanto mayor era la potencia con la que movía las piernas, cuanto más me dolían los pulmones, más fácil me resultaba concentrarme solo en el esfuerzo de mis músculos.

Pero con un *sprint* de cinco kilómetros lo único que he conseguido es llegar a la puerta de casa exhausto y sin aire. En cuanto me he detenido, el recuerdo de Ella entre mis brazos, el recuerdo del calor de su cuerpo, ha vuelto como una bofetada. Veo sus enormes ojos ámbar anegados en lágrimas, mirándome como si yo tuviera la respuesta a todo.

Mierda.

«No puedo sentir algo por Ella. Eso no puede pasar».

—Eh, señor taciturno, le estoy hablando. ¿Qué piensas de ella? ¿Te gusta?

—¿Qué? —Presa del pánico, me pellizco el puente de la nariz—. ¡No! Es posible. ¿Sí? Uf, pero no puedo… —Bajo la mano—. No. La respuesta es no.

Mamá me mira y parpadea.

—Hum… Tienes sentimientos muy complejos por nuestra cafetera nueva. —Mi madre está al lado de la pila con la mano sobre una cafetera que esta mañana no estaba aquí. Mamá siempre se refiere a todo objeto inanimado como «ella». Lámparas, hamburguesas, cepillos de dientes… Dice que la hace sentir mejor, como si se la estuviera devolviendo al patriarcado, o algo así—. Siento que no te guste, pero me la ha regalado Linda, del trabajo. Se acaban de comprar la última Keurig y la nuestra ya estaba muy cascada. —Me mira con perspicacia—. A no ser que no te refirieras a la señorita cafetera…

—Uf, mamá… —Me doy la vuelta para que no se dé cuenta de que me arden las mejillas—. Ya sabes que la cafeína detiene el crecimiento.

—Muy bien, señor presidente, si tus labios están sellados… —Se aparta un mechón de pelo de la cara—. ¡Callan! —grita de repente—. Si tengo que ir a por ti, te juro que…

Un pequeño remolino azul choca con mi barriga dejándome sin aire.

—¡Por fin! —suspira mamá mientras yo me llevo una mano al pecho, respirando con dificultad.

—¡Señor presidente! ¡Señor presidente! —corea contra mi camiseta mi hermano pequeño, Callan, que lleva un pijama del tren Thomas. Salta una y otra vez, cogido con fuerza de mi cintura.

—Hola, colega —le digo alborotándole el pelo castaño. Aunque me esté causando daño físico, nadie es capaz de hacerme sonreír con tanta facilidad como Callan.

—¿Qué estabas haciendo, Callan? —pregunta mamá con recelo—. ¿Estabas comiendo crayones otra vez? Por favor, dime que no…

—¡No! —exclama Callan, y luego echa la cabeza hacia atrás y me dedica la sonrisa más colorida que he visto nunca. Hay negro, azul, rojo, magenta… El arcoíris entero. Me maravilla que sea capaz de hablar con toda esa cera entre los dientes.

Mamá suspira.

—Encárgate de que no trague demasiado, Saw. —Echa un vistazo a su reloj—. Mierda, llego tarde.

—¡Mierda! —grita Callan con júbilo—. ¡Mierda, mierda, mierda! Entra en el salón con paso firme, saludando con cada palabra. Mamá me mira con una expresión de sufrimiento.

—Yo me encargo —le aseguro.

—Gracias, Saw. —Me dedica una sonrisa cansada—. Tienes la cena en el horno. ¿Mañana podrás esperar el autobús con él?

—Por supuesto. —Una nota pegada en un lado de la nevera llama mi atención. Leo las palabras «convocada» y «tercera fase de entrevistas». La arranco de la nevera y detengo a mi madre en la puerta—. ¡Mamá! —Sacudo la nota delante de su cara—. Mamá, esto es genial. ¿Por qué no me lo habías dicho? ¡Es increíble!

—Ay, Sawyer, no es para tanto. Sería secretaria de dirección, no astronauta.

—Mamá, leí la descripción del puesto. Vi cuántos ceros había en ese sueldo. Y los beneficios…

—Sawyer, no te hagas ilusiones…

—Si has llegado tan lejos… Una vez en este punto, se trata solo de que encajes en la empresa, ¡y nadie cae mejor que tú! Mamá, si consiguieras este trabajo…

—No lo digas en voz alta. —Su expresión se suaviza; le brillan los ojos—. Pero gracias, Saw. Inclina la cabeza hacia atrás y grita—: ¡Callan, mami se va, vienes a decir adiós o qué?

El remolino azul se acerca otra vez como una exhalación, pero logro atraparlo antes de que embista a mi madre. La abraza con fuerza y ella le da al menos diez besos en la cabeza. Yo habría protestado, incluso cuando tenía su edad, pero él se limita a abrazarla aún con más ímpetu.

—Uf, ahora llego tan tarde que casi sería mejor que no me presentara. —Mamá se aparta y suspira—. Es broma. Por desgracia. ¡Adiós!

La saludamos con la mano mientras se marcha con el coche. Está empezando a chispear. Oigo el chirrido de los limpiaparabrisas al restregarse contra el cristal.

«Tengo que cambiarlos», pienso.

Sé que hacerse ilusiones es peligroso, pero no puedo evitar imaginar cómo sería nuestra vida si mamá consiguiera ese trabajo. No tendría que darle prioridad a todas las cosas que hay que cambiar o arreglar en casa. Podría ir a un taller, sin más, y comprar los limpiaparabrisas y quizá incluso un repelente para la lluvia para los cristales. No tendría que seguir preocupándome por que mamá tenga que conducir cuando le pilla una tormenta inesperada.

Podríamos cenar en la mesa sin miedo a que nuestros espaguetis acabasen desperdigados por el suelo de un momento a otro. Mamá podría tener un día libre…, qué digo, ¡los fines de semana! ¡Dos días enteros! Podría llevar a Callan a la biblioteca o al parque, incluso al zoo. El gran sueño de Callan es ver un gorila de montaña.

Y el gran sueño de mamá es dormir siete horas seguidas. Ese trabajo le permitiría eso y mucho más.

Alguien tira de mi camiseta.

—Saw-Saw —susurra Callan.

—Dime, colegui.

—¿Tenemos que seguir esperando en la puerta? Tengo hambre —susurra.

—Perdona, Cal. —Cierro la puerta y echo la llave—. Antes debemos quitarte todos esos crayones de los dientes. Primero, crayones. Segundo, cena. ¿Vale?

Callan gimotea durante todo el camino hacia el baño, coreando: «¡Primero, cena! ¡Primero, cena!». Por lo demás, es bastante obediente: deja la boca abierta mientras le saco los pedazos de cera de colores de los dientes con el cepillo. Lo hago lo mejor que puedo, pero hay partes que están muy encalladas. Miro el arcoíris que queda en los huecos entre sus dientes y me pregunto qué puedo hacer.

—Pareces enfadado —dice Callan.

Me echo a reír.

—No estoy enfadado, colegui. Esta es mi cara de pensar.

Al final, decido esperar a ver qué pinta tiene después de cenar. Quizá la comida afloje un poco la cera. Además, no es la primera vez que se come los crayones, aunque creo que la última vez fue una caja de ocho. Cometimos el error de comprarle una caja de dieciséis para reponerla. Callan ha sido paciente, pero de ningún modo me va a dejar que le pase el hilo dental, así que tendremos que cenar primero.

Me habla de su día en el cole mientras saco el guiso del horno y lo apago. El aroma de ternera y cebolla se extiende por la cocina. Incluso Callan se calla un momento para apreciar lo bien que huele.

No me puedo creer que, con todo lo que lleva encima, mamá se haya tomado el tiempo de prepararnos la cena. Hace tanto tiempo que se encarga de todo ella sola que seguro que diría que está acostumbrada. Con todo lo que ha sufrido, y con todo lo que debe hacer para mantener a esta familia a flote, no puedo evitar pensar que ningún ser humano debería acostumbrarse nunca a esto.

Callan interrumpe mis pensamientos apuntándome a la cara con un dedo.

—¿Cara enfadada o de pensar?

«Ambas».

—De pensar —respondo—. Callan, ¿qué te parece si hacemos un pícnic en el salón?

—¡Una idea genial! —Callan aplaude y se pone a saltar.

—Muy bien. Sabía que eras un chico listo. —Mi hermano parece tomárselo muy en serio—. ¿Por qué no vas a buscar unos cojines y los pones delante de la tele? ¿Quieres elegir algo en Netflix?

Casi no he terminado la frase cuando sale de la cocina como un rayo. Mamá odia que comamos delante de la tele, pero tenemos que dejar que el pegamento de la mesa se seque durante la noche y no quiero arriesgarme a que nada le caiga encima a Callan.

Nos sirvo un plato a cada uno y guardo el resto para mamá. Luego cojo un puñado de servilletas que se trajo de la Casa de los Gofres y llevo los platos al salón.

Tal y como pensaba, vamos a ver *Avatar: la leyenda de Aang* por cuadragésima vez, lo que a mí no me entusiasma.

—Primero mastica y traga, colegui —le digo a Callan con un suspiro al ver que intenta representar los créditos con la boca llena de ternera y fideos.

Cuando Callan se queda tranquilo, mirando la tele con la barbilla apoyada en las manos y el plato vacío, caigo en la cuenta de que he llegado a esa parte de la noche que tanto miedo me daba.

La parte en la que no hay nada que me distraiga lo suficiente para no pensar en Ella.

Estoy sentado en el suelo, con la espalda apoyada en nuestro sofá viejo y harapiento, y el resto del salón se emborrona para que las imágenes de esta tarde afloren en mi mente.

«Quería besarla».

En cuanto ese pensamiento aparece en mi cabeza sin invitación, sé que es cierto.

«Y no es la primera vez».

Ese hace que cierre las manos en dos puños, porque, maldita sea, también es cierto.

Pero yo nunca… O sea, cuando Hayley y yo estábamos juntos, había una línea muy clara en mi cerebro que jamás me habría atrevido a…

Aunque el año pasado ocurrió una vez. Ella estaba lamentándose porque un imbécil la había rechazado cuando le había pedido que la acompañase al baile de bienvenida. Estábamos en el cuarto de Hayley;

yo estaba sentado en el suelo, Ella, ovillada en la cama y Hayley se paseaba indignada de un lado a otro, repitiendo una y otra vez que no se podía creer que hubiera nadie en el mundo capaz de rechazar a Ella.

—¡Sawyer! A ver, ¡pero si Ella es preciosa! ¿Verdad? ¡Es un hecho objetivo! ¿No crees que Ella es preciosa? —preguntó Hayley.

La susodicha se puso como un tomate.

—Sawyer, no contestes —me rogó.

—Es como una hermana para mí, Hay —le dije. El corazón me latía inexplicablemente rápido. Me volví hacia ella y añadí—: Eres como una hermana para mí. Sería raro que dijera…

—¡No digas tonterías, Sawyer! —gritó Hayley. Salió de la habitación y cerró de un portazo.

Entonces, Ella y yo nos quedamos a solas, envueltos en el silencio más incómodo del mundo. No sabía por qué, pero no podía ni pensar en la pregunta de Hayley. Simplemente, no podía. Algo me lo impedía, me bloqueaba o algo así. Sin embargo, sí que le dije:

—Ella, ese tío es un idiota. El idiota más grande del mundo.

Ella se puso boca abajo y enterró la cara en una almohada.

—No tienes por qué decir eso solo para hacerme sentir mejor. Me siento patética.

Me froté la nuca.

—No eres patética. Y no… No lo digo por eso.

Pero eso lo dije en voz muy baja, así que no creo que me oyera, y recuerdo que pensé que tal vez fuera mejor así.

Y quizá siga siendo mejor así.

Porque cuando estoy tan cerca de Ella me cuesta mucho ignorar lo que es.

Preciosa. Ese día no fui capaz de decirlo, pero Ella es preciosa. Y lista, y buena, y divertida, y huele a vainilla, y es…

La mejor amiga de Hayley.

Sobre todo, Ella es la mejor amiga de Hayley.

Y esa es la razón por la que voy a coger todos estos pensamientos que se acaban de agolpar en mi mente, los voy a meter en una caja y la voy a guardar en el rincón más oscuro de mi mente para nunca, nunca, volverla a abrir.

Capítulo 9

Ella

El lunes, saco mi mochila de gimnasia de la taquilla y cierro la puerta con más fuerza de la necesaria.

Han pasado varios días y no puedo dejar de reproducir lo que ocurrió en las gradas con Sawyer. Cada vez que cierro los ojos, noto su aliento cálido contra mi oreja, su pulso contra mi piel. También puedo ver el terror que flotaba en sus ojos cuando recuperó la compostura y se apartó de mí de golpe, balbuceando no sé qué sobre la cena, y echó a correr. Como si no pudiera alejarse de mí lo bastante rápido.

Es un buen recordatorio. De que me ve como a una amiga, solo como a una amiga. O sea… Yo estaba llorando como un bebé. ¿Qué se suponía que tenía que hacer? ¿Darme unos golpecitos en la cabeza y largarse? No lo hizo porque estaba comportándose como un buen amigo.

Entonces ¿por qué no puedo dejar de pensar en él? ¿Por qué?

Cuanto más trato de evitar pensar en Sawyer, más detallados se tornan mis pensamientos. Por ejemplo, ahora recuerdo esa sombra de verdadera comprensión en sus ojos cuando le confesé que me sentía culpable. El calor de las palmas de sus manos sobre mis hombros, el callo de su pulgar cuando me enjugó las lágrimas de la mejilla mientras me decía que yo no tenía la culpa…

Tengo que parar, pero no tengo ni idea de cómo hacerlo.

Le pido al universo que me ayude a quitarme a Sawyer de la cabeza... y el universo cumple.

De camino a clase de Educación física, noto que me viene la regla.

—Mierda —maldigo entre dientes mientras entro a toda prisa en el vestuario de las chicas—. Mierda, mierda, mierda.

¿Por qué se me ha adelantado tres días? ¿Por el estrés? ¿Estaré maldita? Sea como sea, como no me lo esperaba, lo más probable es que no tenga tampones.

Y entonces recuerdo otra cosa. Rebusco en la mochila de gimnasia, presa del pánico, mientras susurro por lo bajo: «No, por favor, por favor, por favor», pero no hay suerte. Efectivamente, hoy he traído unos pantalones cortos blancos para la clase de gimnasia. ¿En qué estaba pensando? Es más, ¿por qué existen siquiera los pantalones cortos blancos? ¿Por qué existen las sillas blancas, las moquetas blancas, los pantalones blancos o cualquier cosa blanca?

Rebusco con violencia tanto en mi mochila para clase como en la de gimnasia, metiendo los dedos en cada rinconcito y en cada bolsillo, pero resulta que la Ella del pasado no ha sido muy amable con la Ella del presente, ya que decidió no meter ningún tampón para emergencias.

Me dejo caer en uno de los bancos de cemento frío y lucho para contener las lágrimas. Hace seis meses, esto no habría sido ningún problema. Hayley siempre llevaba tampones y compresas de más en los bolsillos pequeños de su mochila porque «nunca se sabe cuándo llega la semana de la masacre y nunca se sabe cuándo una de tus hermanas va a necesitar ayuda».

Pues esta hermana necesita ayuda urgentemente.

Miro a mi alrededor con aire sombrío. Hay varios grupitos de chicas por el vestuario. Se están poniendo desodorante, acomodándose los pantalones cortos, mirándome y susurrando. Bajo la vista. No quiero darle a nadie más de lo que hablar ni más razones para sentir pena por mí.

Entierro la cabeza en las manos. Esperaré a que hayan salido todas, me meteré una bola gigantesca de papel en las bragas y rezaré.

Noto un golpecito en el hombro.

Me vuelvo y veo a Seema Patel, la chica que me ofreció gominolas ácidas el primer día de clase.

—Igual me equivoco —dice—, pero ¿no será esto lo que necesitas?

Me pone un surtido de tampones delante de la cara mostrándolos como una mano de cartas. Tiene de los light, de los regulares, de los súper y de los superplus.

Seema y yo éramos amigas en la escuela primaria. Venía a casa a jugar muchas veces, y sé que en el fondo de mi armario todavía debo de tener la pulsera de la amistad que me hizo en un campamento de verano. Sin embargo, perdimos la relación cuando me hice amiga de Hayley. Las dos nos alejamos la una de la otra, retirándonos en respectivos grupos de amigos. No la había visto mucho hasta hace unos meses, cuando la contrataron también a ella como socorrista en la piscina municipal. Y ahora está aquí, como si fuera un ángel de la guarda.

Me observa mientras contemplo los tampones y parpadeo.

—Si te lo sigues pensando, vas a dejar la huella sangrienta de tu culo en ese banco.

Me río, sorprendida, cojo uno de los regulares y la ropa de gimnasia y me dirijo a uno de los lavabos.

—¿Estás segura? —me pregunta—. Que no te dé vergüenza coger un superplus, sobre todo de los míos. Joder, hay días que destruyo los gigantes, tía, no veas cuánta sangre. A veces pienso que no sé ni cómo es posible que sigua viva.

Cuando salgo del baño, sigue ahí, apoyada en una de las taquillas, que están recubiertas de carteles sobre la feria de otoño, que siempre ha sido mi evento preferido del año. Hay laberintos de maíz, manzanas de caramelo y balas de paja dispuestas por ahí. Hayley y yo solíamos presentarnos voluntarias para el puesto de *s'mores*. El año pasado se las arregló para convencer a Scott de que se encargara de esa atracción en la que si aciertas con la pelota en el punto clave hundes al voluntario en un tanque de agua. Había sido genial ver cómo el equipo de béisbol acertaba una vez tras otra, mandando a Scott directo al agua. Ahora ni se me pasa por la cabeza ir.

—Gracias, Seema. La verdad es que me impresiona tu falta de... repelús con este tema —le digo.

Más que impresionada, la verdad es que estoy directamente sentimental. Porque solo he conocido a otra persona que no sintiera ningún pudor con esos temas injustamente estigmatizados.

—¿Qué? Esto no es nada. —Seema mueve la mano con impaciencia—. He trabajado como asistente veterinaria en el Hospital Veterinario Cedarbrook los dos últimos veranos. Lo que más me gustaba era ayudar a extirpar abscesos a los gatos. La regla no es nada.

Sorprendida, suelto una carcajada de buena gana. «A Hayley le habría encantado esta chica». El pensamiento se me clava en las entrañas de inmediato, envuelto de pena, de culpa, de... ¿envidia? Niego con la cabeza e intento que estos sentimientos tan desagradables desaparezcan.

—Bueno..., te debo una —añado mientras vamos hacia las puertas del gimnasio, incómoda.

—¡Pues me lo apunto! —contesta en tono juguetón. Cuando pongo la mano en el pomo de la puerta, me detiene y añade—: Dame tu móvil.

—¿Qué? ¿Por qué? —Doy un paso atrás.

Pone los ojos en blanco.

—Madre mía. Solo quiero que nos demos los números. Trabajamos juntas, vamos juntas a Educación física y a Lengua y ahora también compartimos tampones. Me parece que eso significa que volvemos a ser amigas. Además, no pienso cargar con Robert en los trabajos de grupo.

Oigo al entrenador Cud, el profesor de Educación física, tocar el silbato al otro lado de la puerta. Si no salimos en cinco segundos, nos apuntará un retraso y nos castigarán.

Pero Seema sigue esperando mi móvil con la mano tendida.

—Vale, toma.

Intercambiamos los números y entramos en el gimnasio. El entrenador Cud nos fulmina con la mirada, pero no nos marca el retraso. Era el entrenador de atletismo de Hayley y él mismo fue uno de los velocistas estrella del instituto North Davis. Es lo bastante joven como para recordar lo que es ser adolescente y no quiere que pensemos que es un capullo. Hayley lo amaba y lo odiaba a partes iguales. «¿Entrenador duro o entrenador capullo? Ese tío tiene que elegir un bando», solía decirme cuando protestábamos. Pero otras veces, como hoy, su necesidad de ser un profe guay juega en nuestro favor.

Gimo al ver a los demás regateando y lanzando balones de baloncesto a la canasta. Odio el baloncesto. Se me da fatal y hoy no estoy de humor para quedar en ridículo.

—¿Vas conmigo? —me pregunta Seema, pero apenas la oigo, porque en el otro extremo de la pista, con una camiseta gris oscuro y unos pantalones cortos, está Sawyer Hawkins haciendo una competición de dominadas con Thomas Jones. Por la expresión avinagrada en el rostro pecoso de Thomas, es evidente que Sawyer está ganando. Me da un vuelco el corazón al ver cómo flexiona los músculos de los brazos esculpidos cada vez que ejecuta una dominada.

El otro día, en las gradas, fue muy cuidadoso.

Pero ¿y si no lo fuera? ¿Cómo sería entonces? ¿Y si, en lugar de la barra de metal, me estuviera agarrando a mí de las muñecas con esa misma fuerza? ¿Y si las estuviera inmovilizando contra una pared?

¿Y si me estuviera inmovilizando a mí contra una pared?

Por el amor de Dios, ¿qué me pasa? Me llevo los dedos a las mejillas y descubro que tengo la piel ardiendo. Rezo por que nadie se dé cuenta.

A ver, no soy ninguna monja. Bradley Clark y yo salimos juntos durante casi todo el segundo año del instituto. Nos besamos e hicimos cosas... Sexo no —eso todavía no lo he hecho—, pero... algunas otras cosas sí. Con Brad, todo era sencillo y limpio. Cuando se fue a vivir a otro estado, ni siquiera lloré. Hayley me preguntó si estaba bien y le contesté que estaba estupendamente. Al fin y al cabo, lo mío con Brad había sido bonito.

Había estado bien.

Pero cuando se lo dije a Hayley, cuando elegí usar la palabra «bien», sobre todo para describir cuando me enrollaba con Brad, me llevó a su coche y condujo hasta una tienda que vendía incienso y vibradores. Se cabreó un montón cuando no nos dejaron pasar por ser menores de dieciocho.

—¡Las chicas también merecen tener orgasmos, gilipollas! —gritó al escaparate antes de sentarse conmigo en el suelo.

—¿Cómo has sabido que nunca he tenido ninguno? —le pregunté mientras jugueteaba con los cordones de mis zapatos—. Porque, no sé... Era bastante agradable, así que puede que sí que lo tuviera.

—Por favor... —Se echó la larga melena roja por detrás de los hombros—. Cuando lo sabes, lo sabes. Y tú te mereces saberlo, maldita sea. —Fulminó con la mirada al dependiente a través de la ventana.

—¡No pasa nada! No me importa, te lo prometo. —Me encogí de hombros—. La verdad es que no me importa nada..., eh..., tener un orgasmo.

¡Cómo me miró Hayley entonces! Me atrajo hacia su pecho y me meció de un lado a otro.

—Ay, ¡mi dulce y diminuta fresa de invernadero!

—¿Por qué eres así? —le pregunté con la voz amortiguada por su camiseta.

—Algún día. Algún día lo entenderás, mi pajarillo bebé. —Y me dio un beso en la frente.

No había vuelto a pensar en las palabras de Hayley, pero, por alguna razón, mientras veo cómo Sawyer estira los gemelos, acaban de resurgir en mi recuerdo.

Hayley nunca me hablaba de su vida sexual con Sawyer. Ella quería, por supuesto. Pero, no sé, saber que estaría hablándome precisamente de Sawyer, y que luego tendría que sentarme a su lado en el sofá cuando quedáramos para ver una peli, o enfrente de él en el Starbucks... Me daba vergüenza, me sentía incómoda al pensar en el momento en el que me pasara el kétchup, me quedase mirando su mano y pensara: «¿Y le ha hecho eso a Hayley con esos dedos?».

Sin embargo, ahora me gustaría saberlo...

Justo en ese momento, un dolor explota en un lado de mi cabeza. Algo me ha golpeado con tanta fuerza que me caigo de rodillas. Al principio creo que ha sido una acometida directa del karma... hasta que veo el balón de baloncesto que se aleja de mí rodando.

—¿Qué coño haces, Scott? —Seema aparece delante de mí y se agacha para mirar mis ojos llorosos—. ¿Estás bien, Ella?

—Ha sido un accidente. —Scott aparece en mi campo de visión, pero la mueca cruel de sus labios no se me pasa por alto—. Y Ella sabe muy bien lo que es un accidente. ¿A que sí, Ella? Al menos ha sido un accidente pequeñito, de esos en los que no muere nadie.

—Cállate, gilipollas —le espeta Seema.

Se me cierra la garganta. Tengo los ojos llenos de lágrimas y debo de haberme mordido la lengua, porque noto el sabor de la sangre. El rechinar de las zapatillas deportivas, los gritos de los adolescentes escandalosos que resuenan por el gimnasio, el brillo acusador en la mirada de Scott… Necesito salir de aquí.

Me pongo de pie y voy tambaleándome hacia la puerta.

—Entrenador Cud, necesito ir a la enfermería —me justifico con la voz temblorosa. Mi mirada se desvía hacia Sawyer, que está observando a Thomas sufrir por completar otra dominada. Gracias a Dios, no ha visto mi numerito vergonzoso.

—Coge el pase para salir, Graham —contesta el entrenador—. Y tú, Logan, corre cinco vueltas por capullo.

—¿Quieres que te acompañe? —se ofrece Seema por encima de las protestas de Scott.

Pero yo solo quiero a Hayley.

Ella sabría qué hacer. Me ayudaría a levantarme, me sacudiría el polvo y me diría que tendría que haberme sacado el tampón para tirárselo a Scott a la cara.

Puaj. Me río y me seco las lágrimas de los ojos. Y es entonces cuando sé qué es lo único que me hará sentir mejor.

—Estoy bien —le contesto—. Pero muchas gracias, de verdad.

Corro al vestuario de las chicas, me cambio de ropa y voy en la dirección opuesta a la enfermería.

Uno de nuestros sitios preferidos para escondernos era el pasillo de las enciclopedias de la biblioteca. No creo que nadie haya abierto una enciclopedia desde que inventaron Google, así que era el sitio perfecto para acurrucarnos en una esquina y comer gominolas ácidas.

De camino a la biblioteca, paso junto al despacho del señor Wilkens y vacilo un segundo, preguntándome si debería intentar hablar con él sobre lo que siento. Sin embargo, tiene la puerta cerrada y hay un cartel en la puerta en el que se lee: «SESIÓN EN CURSO».

Así que, como no hay nada más que me detenga, abro las puertas de la biblioteca y me dirijo al fondo. Me acomodo en el suelo, apoyada contra las estanterías, abro la mochila y poco a poco, de forma reverencial, saco el diario de Hayley. Acaricio las esquinas con los dedos; lo acuno como si fuera una reliquia. Cierro los ojos.

«Perdóname, Hayley. Por todo. Por Sawyer. Por esto. Estoy hecha polvo. No sé cómo sobrevivir a esto. La verdad es que no creo que pueda. Estoy destrozada sin ti, y la única persona que puede ayudarme a superar tu pérdida… eres tú».

Y con ese ruego final y desesperado, abro el diario de Hayley y empiezo a leer.

Capítulo 10

El diario de Hayley

Antes siempre me burlaba de las películas o las historias en las que una chica terriblemente ordinaria está desayunando cereales antes de ir a clase, en un martes terriblemente ordinario, y, de repente, ¡bum!, descubre que es una princesa. Bueno, debería aclarar que me burlaba de ellas en público, porque en el fondo de mi tierno corazoncito anhelaba con desesperación que me ocurriera una cosa parecida, solo porque sabía que nunca, jamás, ocurriría.

Hasta ahora.

Me tiembla tanto la mano que casi no puedo sujetar el bolígrafo, porque…, porque esto es mucho mejor que descubrir que he sido siempre la princesa de un país inventado.

Estoy absoluta, loca e irremediablemente enamorada. Y sé que es cierto porque es un sentimiento increíblemente potente y porque me da igual haber escrito algo tan azucarado. La Hayley de antes jamás habría escrito algo tan empalagoso, pero ahora lo único que quiero es retozar en un prado verde e imaginar sus labios y… Pero será mejor que retroceda un poco.

Todo empezó en esa feria para recaudar fondos para la que E y yo nos apuntamos como voluntarias. Ojalá recordase cuál era, pero, después de tres años, todas están mezcladas en una única nube encantadora, pegajosa y con sabor a algodón de azúcar.

Además, de eso se trataba, ¿no? De que fuese una feria terriblemente ordinaria en el aparcamiento terriblemente ordinario de un instituto... Pero fortuito de todos modos. E se puso enferma, así que tuve que hacer sola mi turno en el puesto del juego de acertar las anillas. La velada olía a hierba y a churros y yo estaba gestionando el puesto de las anillas espectacularmente bien. Me estaba sujetando la melena con una mano y abanicándome con la otra cuando S se acercó al mostrador comiendo palomitas de un cucurucho de papel.

Me golpeó el olor a colonia y a mantequilla caliente; era tan guapo que me vi obligada a apartar la vista un segundo.

Echó un vistazo al puesto, recorriendo con la mirada las botellas de cristal, las anillas de plástico barato y, por fin, a mí. Juraría que sus ojos se detuvieron un segundo más de la cuenta en la piel desnuda de mi cuello, pero estaba segura de que mis ilusiones me habían llevado a imaginarlo.

En cualquier caso, me ruboricé, y me descubrí preguntándole:

—¿Quieres jugar?

Dejó sus palomitas sobre el mostrador y cogió una de las anillas de plástico que había desperdigadas por el mostrador de madera.

—Me parece que si no lo hiciera me estaría perdiendo algo. —Lanzó la anilla al aire y la atrapó—. Todo el mundo dice que es el mejor juego de toda la feria.

—Entonces ¿a qué esperas? —Me solté la melena y la dejé caer sobre uno de mis hombros desnudos. No se me pasó por alto cómo siguió el movimiento con la mirada; de hecho, se me cayó una de las anillas de las manos temblorosas.

Cogí un montón de anillas y las dejé apiladas ante él. S logró atrapar dos antes de que se cayeran del mostrador.

—Son cinco dólares —le informé tendiéndole la mano.

—¿Solo efectivo?

—No, pero, si pagas con tarjeta, son quince —repuse.

Soltó una carcajada, pero, al ver que yo me limitaba a enarcar las cejas, se calló.

—Tendría que haberme imaginado que no era broma —murmuró. Se metió la mano en el bolsillo y rebuscó. Oí el tintineo de las monedas—. Deja que lo adivine... Acabas de descubrir que la empresa que

procesa los pagos utiliza las tasas para financiar un terrible grupo antihongos y tú eres amiga de toda seta que haya sobre la faz de la tierra.

Esta vez fui yo quien soltó una carcajada.

—Me encantan las setas, pero no, no es eso. No tengo ningún problema con la empresa que procesa los pagos. Es bastante práctica para los negocios pequeños —contesté—. La verdad es que me he olvidado de pedirle el datáfono a la señora Langley y no solo tendría que descubrir dónde está, sino que después debería buscar al director Cantrell para que me diera un adaptador porque mi teléfono no tiene el puerto adecuado. Pero sobre todo... —Cogí el billete de cinco dólares que me ofrecía—. Porque me he olvidado de bajar la aplicación y eso sí que es una molestia.

S apretó los labios, como si estuviese conteniendo una carcajada, pero fue como si esta naciera en su pecho y asomara en sus ojos, haciéndolos relucir.

Se aclaró la garganta.

—Es comprensible.

Le expliqué las reglas del juego y me hice a un lado. Contemplé cómo se apartaba el pelo de los ojos y se concentraba en la hilera de botellas de cristal. S lanzó cuidadosamente diez anillas y falló cada uno de los lanzamientos. Cuando se metió la mano en el bolsillo para volverlo a intentar, le puse un balón de baloncesto de los St. Louis Cardinals en la cara.

—¿Qué es esto? —Me miró con recelo.

—Tu premio.

—Pero no he encestado ninguna anilla.

—Porque el juego está trucado. —Dejé el balón en el mostrador con un golpe—. No puedes ganar. —Levanté la anilla y le enseñé que solo era ligeramente más ancha que el cuello de la botella—. Estoy cumpliendo con mi parte para devolverle el poder al pueblo.

S bajó la vista con una sonrisa y negó con la cabeza.

—Ahora todo tiene sentido. Te has pasado la noche regalando premios.

—Solo devuelvo lo que los juegos de lanzamiento de anillas le han robado a los inocentes durante décadas.

Me miró entornando los ojos y se apoyó en el mostrador.

—¿Y no tienes miedo de que el director Cantrell se enfade?

—¿Por? ¿Me vas a delatar?

—Por supuesto que no. Además… —Un destello ardiente y oscuro asomó en su mirada—. Me gusta que compartamos un secreto.

Yo no me desmayo. No soy de esas. Pero la manera en que lo dijo, esa forma de bajar la voz, hizo que me marease un poco. Mientras lo observé alejarse, tuve que sacudir la cabeza y aclararme las ideas, porque ¿me lo había imaginado o S estaba tonteando conmigo? Porque sí, lo sé, no es propio de mí, pero lo cierto es que había dado por hecho que yo no era su tipo.

¿Y él? ¿Era el mío?

Esa es la magia de S: es el tipo de todo el mundo.

Incluso cuando no crees que pueda serlo.

Y esa es la razón por la que, tras aquella noche en la feria, no pude dejar de pensar en él. Empecé a perder la esperanza cuando no lo vi en el instituto en toda la semana siguiente. Empecé a imaginar que tal vez todo estuviera en mi cabeza.

Pero entonces, un día, después de clase, cuando el empleado del Honey Bean me dio mi café con hielo y me giré para irme, me di de bruces contra S y se lo derramé en la camiseta.

—¡Mierda! ¡Lo siento mucho! Espera, que… puedo ir a por… —Me incliné hacia el servilletero más cercano y cogí un puñado de servilletas para luego empezar a frotarle la camiseta empapada de café como una loca. Él me cogió de la muñeca con suavidad. Estaba intentando evitar mirarlo a la cara, pero cuando hizo eso me quedé quieta y levanté la vista.

Se estaba riendo y negando con la cabeza.

—No pasa nada, Hayley. Justo venía de ir a correr. —Y entonces reparé en lo que llevaba puesto y el estómago me dio uno de esos saltos mortales que me hacen apretar los puños. Su ropa de entrenar era bastante sencilla, unos pantalones cortos y una camiseta gris, pero sus brazos y sus gemelos eran una obra de arte. Estaban esculpidos, tallados en piedra. Me habían dejado tonta—. Lo digo en serio —continuó—. Estoy sudado y asqueroso. Creo que gracias a ti huelo mejor. —Todavía no me había soltado la muñeca—. Deja que te compre otro café.

Así que me invitó a otro café con hielo, y yo suponía que tenía cosas que hacer, amigos a los que ver, pero consiguió agenciarse un par de sillones en un rincón acogedor y simplemente… charlamos.

Bueno, yo charlé. Él me escuchó. Me escuchó de verdad. Bajo aquella mirada tan atenta y bonita, me descubrí contándole cosas que solo me habría atrevido a contarle a E. Tenía cierto talento para persuadirme si soy sincera. Para hacerme sentir vista, para hacerme sentir… fuerte. Como si ninguna de la mierda que salpicaba mi vida fuese culpa mía en realidad.

Quería su número de teléfono, pero me daba demasiado miedo darle el mío. Me aterrorizaba demasiado obtener un «oh, solo estaba siendo agradable» como respuesta.

Pero resultó que no me hizo falta.

—Dame tu móvil —me pidió.

Y, cuando obedecí, guardó su número en mi agenda.

—Ahora tienes mi número. Si alguna vez necesitas algo… Cualquier cosa. Llama. Escribe.

«¿Y si lo que quiero es tu boca sobre la mía?», me apetecía preguntar.

S me dedicó una sonrisa amable. Una sonrisa caritativa. Me dije que solo se estaba comportando como una buena persona, como un buen amigo.

Sin embargo, una noche acabé en uno de los bares del pueblo, en la noche de micro abierto. P había hecho algo que me había cabreado (qué novedad…) y todo el mundo estaba en la cama porque era entre semana. No quería molestar a nadie, a E menos que a nadie. Al día siguiente tenía un examen y sus notas me importan más que las mías.

Estaba sentada en la barra, escuchando un monólogo de mierda mientras bebía cubatas de vodka. Al camarero le gustaba mirarme el escote, así que no me había pedido el carnet de identidad y yo me estaba emborrachando poco a poco. En realidad, no era algo que hiciera a menudo, pero las últimas dos semanas habían sido duras.

No me lo había pensado bien. Un minuto, P me estaba chillando, y al siguiente estaba inclinada sobre mi segundo vodka.

Cuando llegué al tercero, supe que estaba metida en un lío.

Necesitaba que alguien me llevara a casa, pero me daba demasiada vergüenza llamar a ninguno de mis amigos. No podía hacerles eso. No podía despertarlos por no ser capaz de gestionar mi propia mierda.

Y entonces recordé una oferta que me habían hecho hacía poco.

Le estaba escribiendo antes incluso de decidirme a hacerlo.

«Si estásss pr el barrio, no me iría mal q me llevaras. Pero SOLO si t viene biien…». Veía la pantalla borrosa y los dedos me parecían demasiado gordos para los botones.

«¿Dónde estás, Hayley?».

Aquellas tres palabras bastaron para que me atravesara un subidón de adrenalina.

Llegó rapidísimo, como si de verdad hubiera estado por el barrio. Pagué la cuenta y salí al aparcamiento del bar, donde se encontraba él, con el semblante oscuro y serio. Cuando me vio y se fijó en que necesitaba apoyarme en la barandilla para caminar, se acercó a mí.

—Hayley, ¿estás bien? —Intenté ponerme recta, pero me fui hacia delante de inmediato. S me cogió y el peso de mi cuerpo se desplomó contra el suyo—. No, supongo que no —murmuró con la cara pegada a la mía.

—Has venido —dije con un suspiro.

—Claro que he venido —respondió.

Me ayudó a llegar a su coche, me depositó con cuidado en el asiento del copiloto y me abrochó el cinturón. Le dije dónde vivía y supongo que me quedé frita, porque lo siguiente que recuerdo es a él ayudándome a salir del coche. Cuando estuve fuera, dejé los brazos alrededor de su cuello.

—Eres perfecto —le susurré al oído.

—El que habla es el alcohol. ¿Está tu madre en casa?

—Sí, pero seguro que está frita. Nos hemos peleado, así que se ha hecho un Xanax con vino. —Enterré la cara en su cuello—. Hueles perfecto.

—Mierda, no quiero que tu madre… No hagas ruido, ¿vale?

Cogió mis llaves y entramos en casa. Mientras yo me cambiaba, él fue a la cocina a buscar agua y se las arregló para encontrar un bote de ibuprofeno. Cuando volvió, yo ya estaba en la cama, con mis pantalones cortos y el top de dormir. S se quedó paralizado en la puerta al verme; su mirada recorrió mis largas piernas desnudas para luego detenerse en mi ombligo al aire. Cerró los ojos un instante y, cuando volvió a abrirlos, volvía a estar serio.

Pero esa mirada no se me había pasado por alto. Y, Dios, cuánto deseaba volver a verla.

—Ponte de lado, anda. Y ponte unos cojines en la espalda para no acabar boca arriba. Aquí tienes agua e ibuprofeno. Te los dejo en la mesilla de noche por si lo necesitas.

Se arrodilló para que nuestros ojos quedaran a la misma altura. La luz de la luna se colaba por las persianas y una franja de luz caía sobre sus ojos, iluminando su mirada.

—¿Te parezco guapa? —susurré.

Su mirada se suavizó.

—Me parece que estás muy borracha, Hayley —murmuró, pero me apartó el pelo de la cara—. ¿Me escribes mañana para que sepa si estás bien?

Alargué una mano y le cogí la cara para atraerla hacia la mía. Levanté la cabeza y me detuve a escasos centímetros de sus labios. Me di cuenta de que había dejado de respirar.

—Quiero besarte —confesé—. ¿Qué harías si te besara ahora?

Cerró los ojos y exhaló con fuerza.

—Hayley... —La voz de S sonaba más ronca que antes—. Pregúntamelo en otro momento. Si te acuerdas de esta conversación.

Por supuesto que me acordé.

Al día siguiente me desperté resacosa y horrorizada. Quería que se me tragase la tierra. ¿Lo habría estropeado todo con S?

Recordé que me había pedido que le escribiera. Que se lo preguntara «en otro momento».

Cuando me sentí un poco más yo, le mandé un mensaje para preguntarle si podíamos vernos más tarde y me dijo que fuese a su casa después de clase.

Me puse un vestido veraniego amarillo y sin mangas con mucho escote. Resaltaba mis ojos y el fuego de mi pelo. Cuando me abrió la puerta, puso los ojos como platos. No esperé a que me invitara a pasar. Lo deseaba tanto que estaba temblando.

Entré en su cocina y apoyé las manos en la encimera para tranquilizarme.

—¿Hayley? —S estaba detrás de mí. Noté el calor de su cuerpo.

Me di la vuelta.

—Te lo voy a preguntar otra vez —le dije con brusquedad—. ¿Qué harías si te besara ahora?

Su pecho subía y bajaba despacio, de forma deliberada, como si estuviera intentando conservar la calma. Sin embargo, en sus ojos había una tormenta.

—Sería más fácil si te lo mostrara —contestó por fin, y dimos un paso hacia el otro al mismo tiempo.

Cuando sus labios se encontraron con los míos ya estaban abiertos, ávidos. Su lengua recorrió mi labio inferior y abrí la boca para él con la esperanza de que me consumiera, de que me engullera.

Le agarré del pelo, cerré los puños y lo atraje hacia mí. Él gruñó complacido y, cuando me lamió la boca y solté un gemido, me agarró de los muslos con sus fuertes manos y me subió a la encimera.

Se puso entre mis piernas y las enrollé a su alrededor para acercarlo, para encajarlo contra mí.

Ahogué un grito cuando lo noté.

—Esto es lo que pasa cuando me besas. Dios, pasa solo con pensar en besarte. —Su hermoso rostro estaba desencajado de tanto deseo. Estaba despertando en mí algo que no sabía que existía. Me recorrió el cuerpo con las manos, agarró mis muslos desnudos y me acercó más a él—. No eres guapa, Hayley —dijo acalorado besándome el cuello, la mandíbula y la clavícula—. Eres preciosa.

Yo temblaba como una hoja.

—Necesito…

—Chis —me acalló. Atrapó mi labio inferior con los dientes y succionó—. Ya sé lo que necesitas. Ten paciencia.

Cuando empezó no era más que un pequeño fuego, unas pocas llamas cálidas en un círculo de piedras.

Ahora es una conflagración, un incendio que arrasa bosques, países y planetas. No tiene fin. Ni quiero que lo tenga jamás. Estoy completamente segura: esto me consumirá hasta que no quede nada.

Capítulo 11

Ella

Son las cinco y media de la tarde. Es hora de que haga sonar el silbato para marcar que los siguientes diez minutos les corresponde nadar a los adultos. Soplo tres veces y me seco el sudor de la frente. Seema, que está en el puesto del socorrista justo enfrente del mío, hace lo propio.

La piscina donde trabajamos es de tamaño olímpico, con un carril lento en un lado y una piscina para niños enfrente que tiene una cascada en forma de champiñón. Se armó mucho revuelo cuando la construyeron, y cuando yo era pequeña solía imaginarme que era realmente una piscina olímpica y me esforzaba por acabar cada largo, fingiendo que me esperaba una medalla de oro al final de cada carrera.

Parece que haya pasado una vida entera, que ese sueño pertenezca a otra persona.

Ahora, los niños salen con mala cara de la piscina por un lado y dejan el agua vacía, salvo por un puñado de adultos que se abren paso en sus respectivos carriles.

Me acerco a Seema, que está tamborileando los dedos sobre sus piernas con la mirada hacia el cielo, como si estuviese intentando recordar algo.

—No me digas nada —me suelta antes de que me dé tiempo a hablar—. Estoy a punto de recordar qué condiciones son necesarias para que una muestra de uranio sea supercrítica. Bueno, además de ser familia de una de mis tías.

Le dedico una sonrisa comprensiva.

—¿Química avanzada?

Ella suspira y se masajea la frente.

—Pues sí. Tengo un examen importante mañana. ¿Cómo narices me van a aceptar en Veterinaria si no entiendo esta mierda?

Sonrío para mis adentros. Resulta que sé perfectamente que Seema es brillante y que tiene un sobresaliente en Química avanzada. Pero lo que ella quiere es una matrícula de honor. Y lo entiendo. Me recuerda a una chica que conocía, una chica llamada Ella cuyo mayor miedo era sacar un notable bajo.

—¿Quieres un poco más de tiempo para estudiar? No me importa encargarme yo de cerrar.

—¿En serio? —Echa un vistazo a los vestuarios—. ¿Aunque esté por aquí el electricista ese? Parecías muy asustada cuando ha aparecido.

No se equivoca. Justo después de fichar, me he llevado una sorpresa desagradable: me he encontrado a Sean hablando con Kyle, mi jefe, sobre que las luces del vestuario están para el arrastre. No hay nada como intentar cerrar la piscina mientras las luces del vestuario se encienden y se apagan cuando les da la gana, como en una película de terror. Sean le ha asegurado a Kyle que lo arreglaría enseguida y apenas ha dado muestras de repararlas en mi presencia, salvo cuando me ha guiñado un ojo con descaro.

—Ah, no ha sido nada. —Me encojo de hombros. No merece la pena explicarle quién es Sean; además, la verdad es que todavía no me he hecho a la idea de que haya vuelto a la vida de Phoebe—. De todos modos, seguro que ya se ha ido.

Seema frunce el ceño escéptica.

—¿Estás segura, Ella? Porque puedo…

—¡Seema! No me obligues a ir a buscar a Kyle para que te mande a casa.

—Vale, vale. —Se ríe y una sonrisa de alivio y agradecimiento le ilumina el rostro—. Te dedicaré mi primer par cercenado de testículos de perro.

—No, por favor. —Me estremezco.

En cuanto la piscina cierra al público, obligo a Seema a irse a casa y empiezo con las tareas del cierre. Ahora que no hay nadie a quien socorrer, ni ninguna Seema con quien hablar, no hay nada que me impida obcecarme en la única cosa en la que no debería estar pensando, pero en la que deseo desesperadamente hacerlo.

El diario de Hayley.

Ha sido mucho más de lo que esperaba. Solo con pensarlo me ruborizo. Noto el calor en las mejillas, aunque ya haga rato que se ha puesto el sol.

No tenía ni idea de que la relación entre Hayley y Sawyer fuera tan… intensa.

Cada vez que recuerdo una frase o un detalle del texto de Hayley, noto un tirón en las entrañas. Pero me alegro de haberlo leído. Es un buen recordatorio. Siempre había sabido que Hayley y Sawyer se querían, pero no me había dado cuenta de que sus sentimientos fueran tan profundos. No les unía solo el amor; les unía el amor verdadero.

Había visto a Sawyer hacer con Hayley las cosas no románticas. Le aguantaba el pelo y le frotaba la espalda con suavidad cuando se pasaba con el tequila en alguna fiesta. Le había rebajado los 873 correos electrónicos no leídos de la bandeja de entrada a cero cuando ella tenía demasiada ansiedad para ver si se le había pasado alguna fecha de entrega importante. Había sido siempre un novio devoto y ferozmente protector, incluso cuando no estaban en un buen momento. Sobre todo, ese par de últimos meses antes de… En fin, antes.

No es que Hayley no estuviera nunca triste, más bien al contrario. Los llamaba sus pequeños «pozos de pesar». Estallaban como una bengala, intensos pero breves. Cuando se pensó que BTS se habían separado, no habló con nadie (¡ni siquiera conmigo!) durante dos días. Sin embargo, al tercero estaba mejor. «Ya he salido del pozo», me dijo alegremente.

Pero aquellos cambios de humor, aquel bajón que tuvo antes del final, parecía un poco distinto. Fue gradual y silencioso, tanto que casi no puedo ubicar cuándo empezó. Sawyer y yo compartíamos nuestras teorías en susurros, buscando desesperadamente algo que pudiéramos comprender, a lo que pudiéramos recurrir para ayudarla.

Yo, que también me estaba derrumbando bajo las presiones del tercer año de instituto, tenía claro que ser la capitana del equipo de atletismo y los exámenes de las clases avanzadas, que estaban cada vez más cerca, la estaban afectando mucho. Sin embargo, Sawyer no estaba tan seguro de que se tratara de eso. Cada vez que iba a buscar a Hayley a casa se la encontraba con los ojos rojos, como si hubiera estado llorando. Varias veces, Phoebe la había seguido hasta el coche, gritando todavía, normalmente borracha como una cuba. Cuando entraba en su casa, Sean siempre estaba allí, acechando desde un segundo plano. Miraba cómo Phoebe y Hayley se tiraban los trastos a la cabeza y de vez en cuando también se metía en las discusiones.

Pero, siempre que le preguntaba, Hayley se limitaba a encogerse de hombros.

—Phoebe es Phoebe y ya está. Nunca cambiará. En cuanto cumpla los dieciocho me largo, Ella.

Y yo no decía nada. Mis padres llevaban veinte años felizmente casados, así que no tenía ninguna autoridad con ese tema. ¿Qué consuelo podía ofrecerle yo, que tenía un padre que venía cada noche a cenar y una madre que se memorizaba mis horarios y se sabía los nombres de todos mis profesores?

Yo no sabía lo que era pertenecer a una familia desestructurada.

Pero Sawyer sí. Nunca me enteré de los detalles, pero Hayley siempre me lo decía. «Sawyer sabe de qué va esto».

Sawyer amaba a Hayley con una compasión y una comprensión que yo jamás habría podido ofrecerle. Y Hayley lo amaba a él.

Al terminar de cerrar, reparo en que llevo quién sabe cuánto tiempo de pie, mirando la piscina, plantada delante de la superficie negra y quieta del agua. Mis dedos buscan el colgante que hay en mi garganta. Es diminuto, pero ahora mismo me pesa tanto como una roca.

Una determinación sombría se adueña de mí. No hay ninguna duda. Un amor así, sobre todo el amor de mi mejor amiga, merece ser honrado, preservado. Cierro los ojos y exhalo largamente. La vergüenza que envuelve mis pensamientos es tan poderosa que necesito exhalar para expulsarla.

No es demasiado tarde. Puedo arreglarlo. No es la primera vez que juro hacerlo, pero esta vez lo digo en serio.

No volveré a hablar con Sawyer.

Todavía ensimismada en mis pensamientos, entro en los vestuarios chapoteando sobre las baldosas húmedas con las chanclas. Justo cuando estoy sacando la mochila de la taquilla, las luces se apagan de golpe.

De repente, estoy rodeada por la más negra oscuridad.

—¡Mierda! —grito asustada. Espero unos segundos a que vuelvan las luces.

Pero no vuelven.

Sean ha hecho una chapuza, por supuesto. Patético. Busco mi teléfono a tientas mientras me pregunto qué hacía la gente antes de tener linternas en sus aparatos, y entonces lo oigo. Un repiqueteo en la distancia, en una esquina lejana de la sala. Y luego oigo maldecir a una voz grave.

—¿Hola? —digo con voz temblorosa—. ¿Angus? —Angus es el conserje del turno de noche. Es un capullo, pero es inofensivo.

Los sonidos se detienen.

Y luego se oyen unos pasos que se acercan cada vez más.

—¿Angus? —repito en voz más baja. No hay respuesta; los latidos de mi corazón se multiplican por mil. Busco mi móvil otra vez, pero me tiemblan tanto las manos que no lo encuentro.

En ese momento, oigo un fuerte sonido metálico a la altura de mi hombro, terroríficamente cerca. Por instinto, me giro hacia el sonido y cierro los ojos para protegerme de un estrecho halo de luz cegadora.

—Solo soy yo, Ella. No te muevas.

Antes de que logre distinguir a quién pertenece la voz, alguien me zarandea por los hombros. Primero grito, y luego reparo en el pelo rubio sucio alrededor de una cara bonita pero descuidada y unos ojos de un intenso verde. Sin embargo, cuando lo reconozco, mi miedo no hace sino aumentar.

Porque quien me mira fijamente y me agarra de los hombros con tanta fuerza que no puedo ni moverme es Sean.

Capítulo 12

Ella

—Te he dicho que dejes de moverte, Ella. —Sean me clava los dedos en el brazo—. A no ser que quieras irte al otro barrio. —El corazón me late tan rápido que es un milagro que no me haya explotado—. Mira —añade y apunta con la linterna al final de la hilera de taquillas. Ahí, tirado en el suelo, hay un montón de cables con los filamentos negros y cobrizos de punta y enredados en los extremos. Uno de ellos suelta una chispa. Están electrificados—. No sabía que todavía quedaba alguien aquí —gruñe—. Sin ánimo de ofender, pero, cuando se trata de electricidad, tu jefe tiene la inteligencia de una ameba. La instalación eléctrica está jodida de pies a cabeza. Prácticamente he tenido que empezar de cero. ¿Ves esos cables?

Me lamo los labios. No he dejado de temblar.

—Si… si los hubiera tocado…

—Exacto. Frita. —Me suelta el brazo y me encojo sobre mí misma sin dejar de temblar. Técnicamente, Sean me ha salvado la vida.

Entonces ¿por qué todavía me siento en peligro?

Con el halo de la linterna, las sombras hacen el rostro de Sean más anguloso; su sonrisa más afilada.

—No pretendía asustarte, pequeña —murmura. Señala el montón de cables con la cabeza—. No tiene buena pinta, ya lo sé, pero lo creas o no ya casi he terminado. —Ladea la cabeza y me mira de arriba abajo—. ¿Eres la última? ¿Quieres que te lleve a casa?

—No —contesto demasiado rápido.

Él suelta una carcajada.

—Intentaré no tomármelo como algo personal. Ya sé que no nos conocemos bien, pero... En fin, eres una Miller honoraria. Y yo cuido de mis chicas.

Es un mentiroso de mierda. ¿O tal vez debería creerle? Técnicamente, está aquí por razones de trabajo y hay bastantes posibilidades de que, sin su intervención, ahora mismo estuviera carbonizada.

—Bueno —dice Sean interrumpiendo mi perorata mental ansiosa—. Si algún día cambias de opinión... —Mientras pronuncia esa frase, me recorre otra vez con la mirada, deteniéndola sobre mi cuerpo. Siento náuseas al caer en la cuenta de que lo único que llevo es mi bañador rojo de socorrista. Menos mal que no es un bikini.

De todos modos, es un bañador, y Sean no me quita los ojos de encima. Sin mediar palabra, cojo mis cosas, doy media vuelta y me largo lo más rápido que puedo.

Corro hasta la parada del autobús. Es una carrera incómoda, aterrorizada. Voy en bañador y medio chapoteo con las chanclas mientras corro con unos ojos como platos. Cuando llego me falta el aire, pero me siento aliviada de que no haya nadie más.

Pero ese alivio no tarda en convertirse en aprensión.

Al cabo de pocos segundos, la soledad me parece igual de amenazante. Es una parte de la carretera muy remota, iluminada solo por una farola que zumba y emite una luz lechosa y amarillenta. El silencio, roto solamente por el sonido seco de las hojas muertas al rascar sobre el cemento, me resulta opresivo.

Sean saldrá del aparcamiento de un momento a otro y, por una razón que no acierto a expresar, me da un miedo atroz que su furgoneta manchada de pintura se pare a mi lado cuando no hay ni un alma que sea testigo de lo que pueda pasar.

Quizá esté exagerando. Quizá, si hubiera aceptado su ofrecimiento, ya estaría en casa, acurrucada debajo de las mantas y limpia después de una ducha caliente.

Pero entonces pienso en la forma repugnante en la que sus ojos se deslizaban sobre mi piel, en la que ha hecho que me entrasen ganas de escapar de mi propio cuerpo. Me lo haya imaginado o no, haya tenido razones para ello o no, sé perfectamente cómo me he sentido.

Miro nerviosa el aparcamiento de la piscina. No veo la hora de que llegue el autobús.

Sin embargo, pasan otros diez minutos y sigue sin haber ni rastro del autobús. Estoy a punto de perder la cabeza cuando oigo un bocinazo detrás de mí.

Ahogo un grito y me doy la vuelta.

Unos faros brillantes se acercan a mí. Están cada vez más cerca.

Y, de repente, se produce un cambio repentino en mi cerebro; algo se parte en dos. Estoy aquí, pero a la vez no estoy, porque he retrocedido cuatro meses y estoy en mi coche, con Hayley a mi lado.

Unos faros en el retrovisor, como dos fraguas, tan brillantes como el día.

Tan brillantes que me obligan a entornar los ojos.

La carretera se curva hacia la izquierda. Giro el volante hacia la izquierda.

Pero el coche va a la derecha. Antes de que logre comprender por qué, el cristal estalla por todas partes, hay un grito y…

—¿Ella?

La voz penetra en la visión —¿el recuerdo?— y vuelvo a encontrarme en mi propio cuerpo. Abro un ojo. Hay un coche parado en la calle, frente a mí, con el motor al ralentí. Los faros dibujan dos círculos que se superponen sobre el asfalto.

El flashback, lo que imagino que es el primer recuerdo que recupero de aquella noche, me ha afectado tanto que apenas reparo en que quien está al volante es Sawyer Hawkins. Pero, cuando lo hago, noto un calor que se me extiende desde la barriga hasta el pecho. «Gracias a Dios».

—Bueno, ¿subes o qué? —Sawyer ladea la cabeza y sonríe.

Un enjambre de mariposas me danza en el estómago, pero entonces recobro el sentido y me quedo paralizada. «Oh, no —pienso—. Es Sawyer». Las mariposas se marchitan; se convierten en ceniza.

Sawyer espera mi respuesta mirándome con un gesto paciente.

—Estoy... estoy esperando el autobús —contesto con voz temblorosa. Él asiente, como si fuese una respuesta razonable. Mira la señal de la parada de autobús con los ojos entornados, saca el móvil y empieza a escribir con furia—. Llegará enseguida —digo para llenar el silencio.

No levanta la vista de la pantalla.

—Solo por curiosidad, Graham... ¿Cuánto tiempo estabas dispuesta a esperar?

—Hasta que llegue el próximo.

—¿Aunque tarde once horas?

—¡¿Qué?!

Sawyer me tiende el móvil para que pueda echarle un vistazo a la pantalla. Tiene abierta la aplicación del transporte público de Georgia, pero, donde suele estar la lista de la hora a la que llegan los próximos autobuses, solo se lee en gruesas letras negras:

RUTA NOCTURNA CANCELADA

Increíble.

Me masajeo las sienes. Sawyer espera pacientemente mientras proceso la información. Luego dirige una mirada penetrante al asiento del copiloto vacío y otra aún más penetrante a mí.

«No puedo».

—Vamos. Los servicios de este Uber podrían incluir aire acondicionado y una radio que funciona. —Hace una mueca—. Aviso: está encallada en la emisora de la universidad local. Y ten en cuenta que he dicho «podrían incluir».

¿Por qué tiene que ser tan mono? Niego con la cabeza con mucho esfuerzo.

—No quiero molestarte. La gasolina está carísima. Puedo llamar a mis padres...

Una enorme furgoneta blanca aparece en mi campo de visión; sus faros cada vez más brillantes a medida que se acerca.

Es Sean.

—Pensándolo bien… —digo con voz aguda mientras lanzo la mochila por la ventanilla, abro la puerta y subo a toda prisa.

—¿Graham? ¿Estás bien? —Sawyer me mira extrañado.

—Sí. Arranca. —Tiro del cinturón de seguridad, pero no se mueve. Tiro con más fuerza. Nada. El pánico empieza a adueñarse de mí.

—Vale, vale… A ver, déjame a mí. —Sawyer me quita el cinturón de la mano, lo recoloca y tira con suavidad. Luego me lo pasa por encima y me lo abrocha.

Me quedo paralizada.

El rostro de Sawyer está a centímetros del mío. Huele a cuero y a sudor. La cicatriz blanca que le corta la ceja está tan cerca que podría alargar una mano y acariciarla con el dedo.

Cuando me abrocha el cinturón, me roza la cadera.

—¿Lo ves? —dice con voz dulce—. Solo tienes que ir despacio.

Notar su aliento en la oreja me despierta algo poderoso en la piel y en la barriga, algo caliente, denso como la miel. Atisbo algo que me consume y que anhelo perseguir, algo que, por un instante, destierra de mi mente todos mis juramentos solemnes y mis promesas a los muertos.

Cuando Sawyer se echa hacia atrás y arranca, estoy temblando. Por un momento, me pregunto dónde está el verdadero peligro, si fuera o aquí mismo, dentro de este coche.

Capítulo 13

Sawyer

Echo un vistazo al perfil de Ella bajo la luz de la luna.

Tras ir juntos a clase durante años y, por supuesto, el gran número de horas que hemos pasado el uno en la compañía del otro gracias a Hayley, creo que la conozco bastante bien.

Se cruje los nudillos cuando está impaciente. Tuerce la boca hacia un lado cuando sabe la respuesta a algo que han preguntado en clase o tiene una buena mano de póker. Se mira los pies cuando esta triste (últimamente, lo único que hace es mirarse los pies). Y, cuando está asustada, sube y tensa los hombros. Y cuando mueve la rodilla como está haciendo ahora mismo…

Bueno, eso significa que Ella está al borde de un ataque de nervios.

—Bueno —le digo con la intención de tranquilizarla—. ¿Quieres que te ponga unos sonidos experimentales buenísimos?

Se vuelve hacia mí.

—¿Experimentales? Claro.

Enciendo la radio. Tras unos instantes de los sonidos entrecortados de las interferencias de la radio, nos llega con claridad el sonido de unos violines tocando notas discordantes. De repente, los violines se detienen abruptamente y el ronco gemido de un hombre llorando roba todo el protagonismo.

Ella se queda mirando la radio como si no pudiera creer lo que está oyendo.

Me aclaro la garganta.

—Y cuando decía sonidos quería decir sonidos. Es tarde y, de todos modos, nadie escucha esta emisora, así que le ceden esta hora a los estudiantes de arte que quieren ser el próximo Banksy.

Por fin, la «música» termina y el DJ empieza a hablar.

«Lo que acaban de escuchar es una obra llamada *Las consecuencias* compuesta para cuatro violines desafinados y el llanto de un bebé tras bajarlo exactamente dieciséis semitonos, que es el número exacto de pelos que dejaste en tu almohada, Helen. Lo único que dejaste. Por favor, Helen, vuelve. No volveré a ensayar en casa. Te promet...».

Ella apaga la radio y nos miramos.

Y, exactamente en el mismo instante, nos echamos a reír.

—No puede ser verdad —dice ella.

—Al menos este ha sido corto. Y tenía una historia, más o menos. La semana pasada emitieron veinte minutos de un piano mientras lo afinaban.

—¿Escuchaste veinte minutos enteros de alguien afinando un piano?

Me froto la nuca un poco avergonzado.

—Pensaba que acabaría pasando algo. Me gustan las improvisaciones de jazz y creía que estaban... construyendo poco a poco un gran número de jazz extravagante. —La miro avergonzado y me alegro de ver que ha dejado de mover compulsivamente la rodilla y que se le han relajado los hombros—. ¿Quieres que hablemos de ello?

Veo que se pone rígida por el rabillo del ojo.

—¿Hablar de qué?

Pongo los ojos en blanco.

—Venga ya, Graham. Estabas como si un tiranosaurio rex fuese a salir de entre los árboles de un momento a otro.

—Ya... Creo que habría preferido eso —masculla. Se retuerce los dedos sobre su regazo durante unos momentos de silencio—. La instalación eléctrica de la piscina está estropeada. Adivina a quién han contratado para hacer las reparaciones.

Aprieto la mandíbula. Me hierve la sangre.

—Sean —contesto entre dientes.

Ella asiente mordiéndose el labio.

—Estaba arreglando las luces de los vestuarios. Me tocaba cerrar a mí, así que me había quedado sola... O eso pensaba. Se ha ido la luz mientras recogía mis cosas, me he asustado un montón y entonces Sean ha aparecido de la nada... Me he cagado de miedo y he intentado salir corriendo, pero me ha cogido y...

—¡¿Que te ha cogido?!

—Sí, para que no acabase dándome de bruces contra los cables electrificados, Sawyer.

—¿Ese imbécil tenía unos cables electrificados tirados ahí en un vestuario?

—Se pensaba que ya no quedaba nadie, ¿vale? Solo estaba haciendo su trabajo. —Su voz es queda, insegura. Intento aplacar la rabia que siento y seguirle la corriente para que pueda explicarse. Ella esconde la cara entre las manos—. Dios, no sé por qué lo defiendo... La situación me confunde un poco. O sea, estaba arreglando las luces. Técnicamente, muy técnicamente, me ha salvado la vida. Se ha ofrecido a llevarme a casa y no ha insistido cuando me he negado. No me ha hecho nada, pero cuando me miraba tenía una sensación como si... Como si quisiera ser una tortuga y esconderme para siempre en mi caparazón. —Se vuelve hacia la ventanilla. Ha empezado a menear la pierna otra vez.

Por la mente me pasan todo tipo de pensamientos absurdos. ¿Podría diseñar un caparazón humano para Ella que fuese lo bastante portable para llevarlo encima, pero lo bastante grande para que tuviera un rinconcito para leer? ¿Habrá inventado alguno de esos gilipollas de SpaceX un traje de invisibilidad ya y, si lo han hecho, cuánto costará?

¿Le importaría realmente a alguien que Sean desapareciera misteriosamente?

Niego con la cabeza.

—Ella, yo tampoco sé si Sean te habría hecho algo, pero no hace falta que alguien haga algo para que esté mal. Que te haya hecho sentir así... no está solo en tu cabeza, y es asqueroso. Siento mucho que te haya hecho eso.

A Hayley le gustaba proteger a Ella siempre que podía. Intentaba mantener las partes más feas de su vida separadas de ella, en este caso, para perjuicio de la propia Ella. Necesita saber por qué Sean no es trigo limpio. Por qué no se está imaginando todo esto.

—Una vez, Hayley le rogó a Phoebe que rompiera con Sean —añado.

—¿De verdad? —susurra.

—Solo hablamos de ello en una ocasión. Ya conocías a Hayley, no le gustaba hablar sobre... Bueno, en fin. Sean siempre la estaba mirando. Siempre, decía ella. Cada vez que salía de la ducha, resultaba que él estaba en el pasillo para verla pasar envuelta en la toalla. —Ella se lleva una mano a la barriga. Parece estar a punto de vomitar, que es lo mismo que siento yo, pero, como no contesta, prosigo—: Hayley me dijo que lo peor de todo fue que, cuando se lo contó a Phoebe, a ella le dio igual. No rompió con Sean. De hecho, ¿sabes qué le contestó? «Disfrútalo mientras puedas. No tendrás ese aspecto toda la vida».

—No. No puede ser. Oh, Hayley...

—Ya —respondo. Porque ¿qué más podría decir? No soporto la idea de decirle nada más, de confesarle que sospechaba que había algo más que Hayley no me había contado sobre Sean, que quizá había incluso más razones por las que le tenía miedo.

—Phoebe ha vuelto con él, ¿sabes? —dice en voz baja.

Esta vez soy yo quien se queda sin respiración.

—No...

—Ya —susurra ella.

Noto una furia que me atraviesa solo de pensarlo. Pero ¿de qué me sorprendo? A Phoebe le daba igual lo que Hayley quisiera en vida, ¿por qué le iba a importar ahora?

Ella hace una mueca.

—Sawyer, yo pensaba que Hayley me lo contaba todo. ¿Por qué no me contó lo que pasaba con Phoebe y Sean? O sea, ¡yo pensaba que lo que la tenía tan estresada era el entrenador Cud y el equipo de atletismo! —Se tapa la cara con las manos—. Ahora que pienso en los últimos meses me doy cuenta de lo estúpida que fui. No puedo evitar preguntarme... ¿qué más no me contó?

Intento aplacarla, pero una potente oleada de culpa se adueña de mí. Sin embargo, hago lo que llevo haciendo ya un tiempo: la entierro y finjo que no existiera.

—Ella… —digo concentrándome en ella para reconfortarla—. Ella, Hayley era muy afortunada de que fueras su mejor amiga. De verdad. Mira… Si hubiera habido algo realmente importante…, te lo habría contado.

—No puedo evitar sentir que hay algo que se me escapa —repone ella con tono inseguro—. Quizá es porque no recuerdo el día del accidente… —Su expresión parece esperanzada por un instante—. Aunque creo que me he acordado de algo. Cuando he visto los faros de tu coche, me ha recordado a algo. Ha sido como una regresión. Y creo que tenía que ver con aquella noche.

Tamborileo con los dedos sobre el volante. Se me ha acelerado el corazón.

—Guau. ¿En serio?

—Sí. No recuerdo nada de ese día desde que me desperté en el hospital. La verdad es que había perdido toda esperanza de recuperar esos recuerdos, a pesar de lo que dijeron los médicos… Pero cuando he visto los faros de tu coche, cuando venías hacia mí, durante un segundo ha sido como si estuviera allí. —Se mira las manos—. He sentido como si tuviese el volante agarrado y todo.

Tengo las manos cada vez más resbaladizas, así que me las seco en los vaqueros.

—¿Y ya está? —pregunto.

—No había mucho más. Recuerdo ver unas luces brillantes en el espejo retrovisor. Lo que supongo que es parte del recuerdo que ha desencadenado la imagen de tu coche. Creo que debió de ser el momento exacto en el que perdí el control del vehículo, porque un segundo estoy mirando las luces en el retrovisor y el siguiente hay pedazos de cristal por todas partes. —Respiro hondo para apaciguar los latidos de mi corazón. Ella continúa—: Pero lo que me está volviendo loca ahora mismo es que creo que estoy a punto de recordar más. O sea, es como si me diera la sensación de que ese recuerdo está inacabado. Y no hago más que intentar tirar del hilo, pero es como si tratase de atrapar una burbuja. Cada vez que la toco con las puntas de los dedos, explota.

Me aclaro la garganta con suavidad.

—Entonces, igual no lo hagas… O sea, pensar en ello.

La miro y la descubro con el ceño fruncido.

«Ten cuidado, Sawyer», me digo.

—Has tenido un día muy completito, Graham —añado—. Y que hayas recuperado un pedacito de tus recuerdos, por pequeño que sea, es muy importante. Un paso adelante en el camino de tu recuperación. Pero… hay que ir paso a paso, ¿no? Dale un respiro a tu cerebro.

Noto sobre mí el peso de la mirada de Ella. Por fin, suspira y niega con la cabeza.

—Sí, tienes razón. ¿De qué me servirá saber más sino para causarme más dolor?

—Sí —contesto—. Sí, exacto. —Los latidos de mi corazón empiezan a ralentizarse.

—¿Estás bien, Sawyer? —Ahora es ella quien me mira a mí con preocupación.

—Sí, sí, por supuesto. ¿Por? —Trago saliva con fuerza. A mi corazón le ha durado poco la tranquilidad.

—No sé… —Se mueve incómoda en su asiento—. Me da miedo… Me da miedo que hablar sobre Hayley, sobre aquella noche, te moleste. No quiero molestarte.

Suelto una carcajada ronca.

—No, Ella —suspiro—. No me estás molestando. A ver, no me malinterpretes… Te mentiría si te dijera que este es mi tema de conversación preferido, pero, por lo que a ti respecta… Me costaría muchísimo odiarte. Posiblemente sea imposible.

«Pero tú me odiarías si lo supieras todo», pienso.

—¿Posiblemente sea imposible? O sea, ¿que existe la posibilidad de que consiga que me odies?

—Posiblemente.

Se echa a reír.

—Bueno, me conformo con eso.

Unos minutos después me detengo frente a su casa. Al ver que paro el motor, me mira con una ceja enarcada.

—¿Qué? —pregunto.

—Me sorprende que te hayas acordado de cómo llegar. —Baja la mirada y sonríe—. Ha pasado bastante tiempo.

—¿Cómo me iba a olvidar? Mi persona preferida vive aquí. —Me mira con unos ojos como platos y un tinte rosa se le extiende del pecho a las mejillas. Me agacho un poco y, en voz baja, la chincho—: No te lo creas tanto, Graham. Me refería a Edna.

Me da un cachete en un brazo.

—¡Mi gata se llama Midna, idiota!

—¡Ay, para! Vale, soy un idiota. —Me río. Ella me fulmina con la mirada y se cruza de brazos. Se ha puesto como un tomate y no me mira a los ojos. Sigue ruborizada.

Y, de repente, me doy cuenta de que Ella y yo estamos solos dentro de mi coche. Se me acelera el corazón al ver el rubor que se le extiende por el cuello y las clavículas. Sigue bajando más, debajo de su escote, y me asalta una necesidad repentina de cartografiar el camino que traza, de descubrir el punto exacto de su cuerpo donde termina.

Entonces caigo en la cuenta, horrorizado, de que le estaba mirando el pecho sin decir una palabra. Me dejo llevar por el pánico un segundo, pero ella no parece haberse percatado. Me está mirando la ceja.

—¿Dónde te hiciste esa cicatriz? —pregunta en voz baja. Luego cierra los ojos con fuerza—. Perdón. He sido una maleducada. No debería…

—Para. No pasa nada. Nada de pedir perdón, ¿recuerdas? —Espero hasta que abre los ojos y me mira. A pesar de que el coche está oscuro, sus ojos siguen siendo del color de la miel más fresca. Acaricio la línea blanca que me atraviesa la ceja izquierda—. Me la hice de pequeño.

Cuando no digo nada más, frunce el ceño. Las pecas se le agolpan en el puente de la nariz.

—¿Y ya está?

—Ya está.

—¿Fue en un accidente con la bici?

—No.

—¿Te peleaste con el hijo de los vecinos? —Ladea la cabeza y un mechón de pelo oscuro le acaricia la mejilla.

—No.

Ella se muerde el labio inferior, succionándolo con aire pensativo. «Dios santo», pienso.

—Ya sé. En realidad eres un príncipe, un maestro del fuego desterrado, que desafió a su padre a un Agni Kai. —Se suelta el labio causando un ruido húmedo—. Y perdiste.

—Algo así —murmuro. Tiene el labio inferior mojado, hinchado y sonrosado después de habérselo mordido. No puedo dejar de mirarlo. No puedo dejar de imaginar.

—¿Puedo tocarla? —susurra—. La cicatriz.

Me arde la piel. El anhelo apremiante que siento en las caderas empieza a ser insoportable.

Ya no puedo mirar nada que no sean sus labios.

Y ella ha dejado de fingir no darse cuenta.

No puedo evitarlo. Me acerco a ella.

Y entonces se oye un fuerte golpe en la ventanilla.

Ella y yo nos alejamos de un brinco.

Su hermana pequeña, Jess, la está saludando nerviosa desde el otro lado del cristal. Enciendo el motor para poder bajar la ventanilla.

—Mamá quiere que entres ahora mismo. Yo me daría prisa... No parece muy contenta.

Ella se alisa el pelo y presiona la palma de su mano contra una mejilla. Está sonrojada.

—Ya voy, dame un segundo. —Frunce el ceño, como si acabase de comprender lo que le ha dicho su hermana—. Espera, ¿por qué está enfadada? Sabía que hoy trabajaba hasta tarde.

Jess se muerde el labio.

—Es culpa mía, perdona. Estaba preguntando por qué no habías llegado a casa todavía y le he dicho que se tranquilizara porque hacía al menos diez minutos que estabas aquí, que te había visto dentro de un coche con un chico...

Ella empalidece.

—Oh, no. No, no, no… —Coge sus cosas a toda prisa y sale del coche dando un traspiés—. Muchas gracias por traerme, Sawyer. Lo siento mucho, pero mi madre me va a matar si no se lo explico. ¡Nos vemos en el insti!

Se va corriendo a casa y cierra de un portazo.

Jess me saluda con la mano antes de seguirla y yo me quedo plantado ante los escombros de la situación, preguntándome qué narices acaba de pasar.

Y qué narices ha estado a punto de pasar.

Y es entonces cuando hallo la respuesta. A cómo se supone que voy a mantenerme alejado de Ella.

No lo voy a hacer. No puedo. Es así de simple.

Capítulo 14

Ella

Todo empezó de forma bastante inocente después de que calmase a mamá y me encerrase en mi habitación.

E

¡Buenas noticias! No voy a ser ejecutada. Cuando mamá ha entendido que eras TÚ y que no estaba metida en el coche con un cualquiera, me ha pedido que te diera las gracias por traerme a casa. Y que saludara a tu madre y a Callan de tu parte.

S

Me alegro. Ahora anulo el cuerpo especial de salvamento que había contratado para sacarte de ahí.

Y, después de eso, los mensajes no hicieron sino continuar. Ahora, tres días e incontables mensajes después, estoy en clase de Lengua y no recuerdo cuándo fue la última vez que sonreí tanto o de este modo. Debajo de la mesa, mis manos vuelan por encima del teclado del móvil.

S
Estarás de coña. ¿Tienes Educación física a tercera hora? ¿Y nunca has venido a saludar?

E
Por favor... No se me ocurriría interrumpir a un hombre en mitad de un duelo de testosterona contra Thomas Jones. Sobre todo cuando dicho hombre está perdiendo dicho duelo.

S
Perdona, Graham, pero tengo mis reservas con eso de llamarlo «duelo de testosterona», y Thomas no me ha ganado JAMÁS.
Un momento.
¿Me viste hacer dominadas?
¿Y qué tal? ¿Estoy en forma?

E
Uf, mira que eres tío a veces... Sabes perfectamente si estás en forma o no. Mi opinión no te va a ayudar en nada.

S
Ya. Pero quiero saberla de todos modos.

Un manotazo sobre mi mesa me sobresalta.

—Yyyyyy ya está de vuelta en el planeta Tierra. —Seema ladea la cabeza—. Ella, tía, si hubiera sabido que me ibas a traer tantos problemas, habría hecho el trabajo con Robert. Y eso que su única contribución en toda la clase de hoy ha sido un espectáculo de luces con sus nuevos punteros láser. —Se inclina sobre la mesa y me da unos golpecitos en la nariz con la punta de su lápiz—. Bueno..., ¿qué haces?

«Algo que no debería estar haciendo».

—Nada —contesto deprisa. Demasiado deprisa—. Un asunto del que me tengo que ocupar.

La sonrisa de Seema es demasiado cómplice para mi gusto.

—Sí, claro. Un asunto. Tienes que ocuparte de un asunto muy importante. —Se aclara la garganta con aire inocente—. Y, dime, ese asunto tuyo... o esa asunta... ¿tiene nombre?

Suspiro derrotada.

—Vale, sí. El asunto tiene nombre.

Seema enarca las cejas de golpe.

—¡Qué fácil ha sido! ¿Cómo se llama?

Solo me odio un poco cuando le contesto:

—No es asunto tuyo.

—¡Serás capulla! —Las dos nos reímos cuando me da un golpecito en el hombro.

La señora Prescott nos mira por encima de las gafas.

—Chicas, de verdad. Me duele la cabeza y se supone que sois las buenas. Ya tengo bastantes problemas sin tener que lidiar con... Robert, guarda esos punteros láser, todos hemos visto el espectáculo de láser de Stone Mountain y no necesitamos ningún recordatorio de esa abominación.

—Perdón —le contesto a Seema en voz baja—. Ya sé que últimamente he estado un poco distraída. —Ella me dirige una mirada penetrante—. Vale, he pasado de ti.

—Pues sí. Pero estoy bastante segura de que saqué un diez en el examen de Química. Entre eso y la penitencia que vas a cumplir, rellenando tú sola este ejercicio, estamos en paz. —Me sonríe.

—Uf, ni que me necesitaras para sacar buena nota en Química. —Hago una mueca. Empiezo a apuntar las figuras retóricas del poema en el papel—. ¿Y si algún día necesitas saber todas estas cosas?

Seema resopla.

—Si necesito a Pablo Neruda para castrar un perro, ya me lo harán saber.

Me vibra el móvil en el bolsillo. Lo saco con una sonrisa para leer el último mensaje de Sawyer. Después de contestarle rápidamente, levanto la vista.

Seema enarca una ceja.

—Ese asunto tuyo... parece que va bien, ¿no?

—El asunto va de lujo. —Termino con el ejercicio justo cuando el móvil me vibra otra vez.

Desde que Sawyer me contestó al mensaje la noche que me llevó a casa, me he sentido como si me estuviera deslizando montaña abajo con unos esquís, ganando velocidad poco a poco. Después de cada mensaje, me digo que tengo que bajar el ritmo, que tengo que parar; la culpa me ordena que me quite los esquís y me baje de esa montaña. Sin embargo, cuando mi teléfono suena con las respuestas de Sawyer, me abalanzo sobre él y le contesto antes incluso de tener ningún pensamiento consciente. En lugar de detener la bajada, lo único que hago es inclinarme de cara al viento, ganando una velocidad que podría matarme si no tengo cuidado.

Quiero parar. Es lo que quiero, de verdad.

Lo necesito.

Pero, cuando pienso en la voz grave de Sawyer, en lo cerca que su boca estuvo de la mía y la violencia con la que se me encoge el estómago solo con leer una frase suya en mi pantalla, mis razones para evitarlo se esfuman. A veces incluso me descubro preguntándome si esto podría ser correcto.

Llevo cuatro meses reproduciendo los grandes éxitos de Hayley en un bucle. La Hayley que daba abrazos de oso a la gente que quería, la que se reía echando la cabeza hacia atrás..., pero lo cierto es que Hayley ya no era ella misma durante los meses anteriores al accidente. Se comportaba de forma errática y sufría repentinos cambios de humor.

Un momento quería conducir hasta Tybee Island en ese preciso instante porque NECESITABA, en mayúsculas, presenciar la puesta de sol en el mar y al siguiente preguntaba si podíamos ver Netflix sin parar con las persianas bajadas y no mediar palabra en cinco horas. Yo lo aducía a sus peleas con Phoebe, a la inestabilidad de su situación familiar, al estrés del equipo de atletismo…, pero quizá había algo más.

Ahora que miro atrás me doy cuenta. Había empezado a alejarse de Sawyer. Muchas veces, quería que quedásemos sin él. «Me apetece más que estemos nosotras solas», insistía.

«Tengo que romper con Sawyer».

Ese pensamiento aparece de la nada, claro como el agua, en la voz de Hayley. Junto a él me sobreviene una imagen. Hayley en mi tocador aplicándose brillo de labios con una mano temblorosa. Me paro en seco. ¿Es real? ¿Es otro recuerdo o solo una ilusión esperanzadora? ¿Algo que me libre de culpa cada vez que sonrío al recibir un mensaje de Sawyer?

Pero hay algo de ello que se me antoja real, más allá de que yo desee que lo sea.

¿Era esto lo que le pasaba a Hayley? ¿Era lo que provocaba sus cambios de humor, su estado taciturno? ¿Había dejado de amar a Sawyer y sufría ante la perspectiva de romper con él?

—Ejem… —Abro los ojos y veo que Seema está enarcando una ceja—. ¿Hay algo que quieras contarme?

—Solo estaba intentando… acordarme de algo —respondo distraída. Porque empiezo a darme cuenta de algo: creo que, esa noche, Hayley iba a romper con Sawyer.

¿Qué cambia saber eso? ¿Nada?

¿Todo?

Me prometí que no volvería a abrir el diario de Hayley, pero esto parece importante. Necesito saber lo que estaba pensando mi mejor amiga, si escribió algo que me pueda dar pistas sobre lo que acabo de recordar.

—Ella, si necesitas ayud…

Le dirijo una mirada de disculpa.

—Dame un momento.

Cojo un permiso para salir de clase y me voy al baño con el diario en la mano. Aquí tiene que haber algo que explique lo que acabo de recordar. Lo abro con dedos temblorosos, paso varias páginas y empiezo a leer en cuanto doblo la esquina.

Y me doy de bruces contra un palo.

—Vaya, debe de estar muy interesante —dice el palo.

Ahogo un grito, meto el diario en la mochila y levanto la vista para descubrir que el palo no es otro que el señor Wilkens.

—Perdone, señor Wilkens. —Me froto la frente—. Mi madre siempre me dice que tengo que prestar más atención a lo que me rodea.

Él me mira inclinando la cabeza. Le brillan los ojos.

—Yo no estoy tan seguro… Da gusto ver a una alumna tan enfrascada en un libro en lugar de en un móvil por una vez. Lo creas o no, los estudiantes se chocan conmigo todo el tiempo, normalmente porque están haciéndole fotos a algo para Snapchat.

Me echo a reír sorprendida.

—¿Usted usa Snapchat?

Exhala un largo suspiro con aire atribulado.

—Hablas como si la rueda se hubiera inventado en mis tiempos, Ella. Sí, sé cómo se usa Snapchat. Si quiero conservar alguna esperanza de entenderos a vosotros, he de aprender a utilizar vuestras herramientas de comunicación. Vale, está bien, esa frase me hace parecer como si la rueda se hubiese inventado en mis tiempos. Y hablando de comunicación… —El señor Wilkens me mira con atención—. ¿Tienes unos minutos para charlar en mi despacho? Tenía ganas de hablar contigo y ver cómo estabas.

Con todo lo que está pasando, quizá sentarme unos minutos con el psicólogo del instituto no sea la peor idea del mundo. Al menos, es mejor que estar en clase.

—Elige el asiento que quieras. —Señala el montón de sillones mientras él se sienta en el suyo, que está detrás del escritorio. Me acomodo en uno suave y rojo frente al suyo y echo un vistazo al sofá en el que Sawyer y yo estábamos sentados la última vez que vinimos aquí. El señor Wilkens parece adivinar lo que estoy pensando—. Siento mucho lo que ocurrió la última vez. Saber si alguien está listo para hablar o no es parte de mi trabajo. No debería haber insistido.

—No pasa nada, de verdad. Solo siento haber hecho que Sawyer se enfadase tanto…

El señor Wilkens se echa a reír.

—¿Qué chico de diecisiete años no es impulsivo? Yo lo era. Si mi tío no hubiese trabajado en la policía, tiemblo solo de pensar qué habría sido de mí. En cualquier caso, tú no tienes ninguna culpa. —Los dos sonreímos, pero luego adopta un semblante un poco más sombrío—. Me alegro de que estemos charlando, Ella. Sé lo duro que es perder a un ser querido.

—¿De verdad? —Me pongo recta.

—No es lo mismo —repone—. Cada pérdida, cada duelo, es único y atroz a su manera. Ni se me pasa por la cabeza comparar que hayas perdido a Hayley con lo que me pasó a mí ni minimizar tus sentimientos. Pero recuerdo muy bien lo solo que me sentí cuando murió mi novia de la universidad. Estábamos a punto de graduarnos. Quería ser trabajadora social y yo no sabía que era posible amar tanto a alguien.

Me quedo sin respiración. Ya sabía que el señor Wilkens había tenido una novia que había muerto; todo el mundo lo sabe. En una ciudad pequeña todo el mundo lo sabe todo sobre los demás. Sin embargo, no conocía los detalles.

—Cuando murió —continúa—, no podía dejar de darle vueltas y más vueltas a lo mismo. ¿Qué podría haber hecho distinto? No podía dejar de imaginar una vida en la que ella todavía estaba presente, de pensar que, de algún modo, si me la imaginaba lo suficiente, podría retroceder en el tiempo y sabría cómo mantenerla conmigo.

Se me parte el alma, porque lo que me cuenta me resulta muy familiar.

—¿Qué le hizo parar?

—No te va a gustar mi respuesta, pero… el tiempo. Permitirme sentir todo aquello, dejar que los demás me apoyaran. Pero ahora viene la buena noticia. —El señor Wilkens se inclina hacia delante y junta las manos—. Sané. Al final, fui capaz de ponerme de pie y seguir adelante. Y de volver a encontrar el amor. Un amor verdadero y profundo que, francamente, no creo que hubiera sido capaz de sentir si no hubiera pasado por todo aquello.

Su mirada rezuma sinceridad. Pienso en la foto de su novia que he visto. Era guapísima de un modo obvio: melena rubia, pómulos marcados... Fue animadora, saltaba a la vista. Recuerdo que Nia y Hayley la buscaron una vez y pusieron los ojos en blanco al ver lo «perfecta» que era.

—No pierdas la esperanza, Ella. Hay algo al otro lado de este dolor, te lo prometo. Puede que la vida no sea lo que querías o lo que esperabas, pero sabe cómo mostrarte una puerta a lugares mejores de los que podrías haber imaginado.

Se hace un momento de silencio mientras asimilo sus palabras. El señor Wilkens tiene el fervor de un adulto que le ruega a un niño que acepte su sabiduría, y no puedo negar que su historia me da esperanza. Que existe la posibilidad de que llegue el día en el que no sienta que me falta medio cuerpo y medio corazón.

Suena la campana y él se levanta con un suspiro.

—Lo siento, Ella. No pretendía soltarte un sermón sobre el duelo.

Niego con la cabeza y lo sigo hacia el pasillo.

—No, en realidad me ha dado mucho en lo que pensar.

Se detiene en la puerta que da al recibidor y se apoya en el umbral mientras el pasillo se va llenando de estudiantes.

—Deja que te escriba un justificante para tu último profesor antes de que te vayas.

Mientras espero pacientemente a que termine, Scott sale de entre la marabunta de estudiantes y viene hacia nosotros.

—Ella y el señor Wilkens, mis dos amiguitos preferidos del grupo de duelo. A ver si lo adivino, Ella: estabas en posición fetal en el sofá del señor Wilkens escuchando tu lista de Spotify titulada «No me pude despedir».

Sus palabras de desprecio me duelen. Dan demasiado en el clavo.

—Eres un capullo —le espeto.

El señor Wilkens frunce el ceño.

—Chicos...

Pero Scott entorna los ojos y dice:

—¿Eso es lo mejor que tienes? Hayley habría dicho… —Se interrumpe—. ¿Sabes qué? Da igual.

Pero con eso me ha enganchado. Oír su nombre ha encendido todas mis terminaciones nerviosas.

—¿Qué habría dicho Hayley? —pregunto intentando ocultar lo mucho que deseo oír hasta lo que él imagina.

Scott sonríe con desdén.

—Mírate. Desesperada por oír cualquier mierda inventada para fingir, por un segundo, que puedes recuperar aunque sea una frase suya. ¿De verdad quieres saber lo que Hayley habría dicho? Pues es una pena. Nunca lo sabrás. Ya hemos oído todo lo que iba a decirnos. —Parece vacilar durante un segundo. Y, por un momento inconcebible, parece a punto de echarse a llorar. Sin embargo, entonces una chispa cruel le ilumina la mirada—. Ya te encargaste tú de eso, Ella.

Se me llenan los ojos de lágrimas, pero, antes de que pueda contestarle, el señor Wilkens le reprende:

—Ya es suficiente, Scott.

—Madre mía, ¡qué cara has puesto! Es tan fácil meterse contigo que ni siquiera me divierte. —Scott se echa a reír pasando de la mirada furiosa del señor Wilkens.

—Necesitas ayuda, en serio —lo acuso con los dientes apretados.

—Y tú necesitas espabilar un poco. —Me tira de la barbilla—. Gracias por las risas —dice, y se va.

El señor Wilkens me mira con preocupación.

—¿Estás bien? No hagas caso de nada de lo que diga…

Pero no oigo nada más, porque veo que Sawyer está al otro lado del pasillo mirando a Scott alejarse. Y cuando sus ojos se topan con los míos, lo que veo en ellos hace que me encoja. Furia.

Una furia feroz y absoluta.

Suena la campana que marca el final del día y Sawyer se va antes de que pueda llegar a él.

Lo único que resuena en mi cerebro es una pregunta que se repite una y otra vez.

¿Por qué?

Capítulo 15

Ella

Han pasado veinte horas y cuatro mensajes sin respuesta desde la última vez que supe de Sawyer. Y sí, los ha visto. Aparece ese simbolito al final de cada uno de ellos que quiere decir «leído». Y ahora mismo me hallo en esa posición tan humillante que consiste en releer la ristra de mensajes patéticos que le he enviado. Parezco desesperada, no hay otra forma de verlo. Sobre todo en el último.

E

Midna acaba de decirme que ella también te echa de menos. Y no es la única. 😉😉

¿Por qué le he enviado eso? ¿Por qué?

Gimo y apoyo la cabeza en el escritorio. No puedo parar de menear la pierna arriba y abajo, ni siquiera cuando Jackie Nevins, que está sentada a mi lado, me fulmina con la mirada. Abro mis mensajes otra vez y, oh, sorpresa, no se ha producido ningún cambio en los últimos diez segundos.

No he escuchado ni una palabra de lo que el señor Moss ha dicho durante la clase y apenas reparo en el enorme anuncio que hay sobre los altavoces que recuerda a los estudiantes que no aparquen en el carril bus y que pide voluntarios para trabajar en la feria de otoño, que se celebra dentro de dos semanas. Lo único que hay en mi mente es: «Si Sawyer está enfadado conmigo, ¿por qué? ¿Por qué, por qué, por qué?». Reprimo otro gemido de humillación. Me he convertido en una parodia de mí misma. Hayley y yo solíamos decir que jamás permitiríamos que otra persona y su «comportamiento imbecílico» (como Hayley lo llamaba) ocupara nuestros cerebros de este modo. Me hizo prometerle que, si algún chico me trataba como algo menos que la reina del universo, jamás le dedicaría ni un segundo de mis pensamientos.

Pero aquí estoy, pasando de todas mis clases, mandándole mensajes en cadena a Sawyer y dispuesta a hacer Dios sabe qué para comprender por qué no solo se ha enfriado conmigo, sino que ha desaparecido por completo.

«Ni siquiera es tu chico. No tiene ninguna obligación de tratarte como a la reina del universo».

Pero ¿qué ha cambiado? ¿Se sintió… amenazado? ¿Por Scott?

Se trata de Scott, por el amor de Dios. Ni siquiera a Scott le cae bien Scott.

Se me encoge el estómago. Noto punzadas de frenética esperanza y de desesperación a la vez, luchando en mi interior. Me parece imposible gustarle tanto a Sawyer como para que tenga celos de nadie. De todos modos, me siento como si me estuvieran castigando por perder a un juego en el que ni siquiera era consciente de estar participando, un juego del que desconocía las reglas. Y ¿qué crimen he cometido? ¿Estar al lado de la persona equivocada en el momento equivocado? ¿Comunicarme en exceso tal vez?

Una oleada de frustración me embarga el pecho. Yo no he hecho nada malo.

Pero Sawyer sí.

Cuando por fin suena la campana, soy la primera en salir por la puerta. Encuentro a Sawyer junto a su taquilla cambiando de libros con una expresión sombría. La llama de mi barriga se enciende en cuanto lo veo. Tiene el pelo alborotado y lleva una camiseta tan ajustada que veo cómo los músculos de sus brazos se flexionan y se mueven mientras rebusca en su taquilla.

Pero necesito una explicación, así que va a tener que dármela.

Se queda de piedra al verme. Deja la mano suspendida en el aire justo cuando iba a cerrar su taquilla de un portazo. Luce una expresión inescrutable; no revela nada.

Con el corazón martilleándome contra el pecho, abro la boca y digo:

—Yo...

Sawyer cierra la taquilla, da media vuelta y se aleja de mí a toda prisa. Toda mi incertidumbre, mi inseguridad y mi dolor se derriten hasta formar algo iracundo y caliente. La ira está bien. Eso sí que puedo usarlo.

—Oye, Sawyer —le digo—. Si quieres, podemos fingir no habernos visto. Pero eso no cambia el hecho de que te estás portando como un capullo.

Se queda rígido y, tras unos segundos de incertidumbre, decide darse la vuelta y enfrentarse a mí.

—¿Qué hay, Graham?

—¿Que qué hay? —Lo miro incrédula—. Primero me fulminas con la mirada en el pasillo, como si te hubiese dado una patada en los huevos o algo así, después me dejas en visto y luego me clavas la mirada justo antes de dar media vuelta e irte. ¿De qué vas, Sawyer? —Abre la boca para responder, pero entonces le vibra el teléfono y se interrumpe. Y, aunque estemos en mitad de una conversación importante, lo saca y lo mira. ¡Lo mira!—. ¿En serio, Sawyer? —No me contesta. Está completamente absorto en lo que sea que aparece en la pantalla de su móvil. Cuando se lo guarda, parece aún más estresado que antes—. ¿Quién era, Sawyer? —Parezco la típica chica celosa de instituto. Lo odio.

—Nadie —contesta evitando mirarme a los ojos.

Me siento herida.

—Sawyer... ¿Por qué no estás siendo sincero conmigo?

Me mira con los ojos entornados.

—Mira, te estoy diciendo la verdad. Ni siquiera sé a qué te refieres con lo de clavarte la mirada, lo siento. No te he visto. Tengo muchas cosas en la cabeza. —Se recoloca el asa de la mochila en el hombro—. No he tenido tiempo de contestarte a los mensajes. Y ahora tampoco tengo tiempo para esto —masculla dándose la vuelta otra vez.

—Cabrón… —le espeto—. Al menos mírame a los ojos mientras me mientes. —Se para en seco. Está rígido, con los hombros tensos. Por fin, me mira a los ojos con frialdad—. Vaya, resulta que no eres un completo cobarde. —Una parte de mí siente que estoy yendo demasiado lejos… Pero el resto de mi ser quiere herirle al menos la mitad de lo que él me lo ha hecho a mí—. Bueno, dime, ¿es una coincidencia que me estés ignorando después de haberme visto con otro chico en el pasillo?

Se le enturbia la mirada. Levanta la vista y mira a un lado y al otro del pasillo vacío. Luego me coge de la muñeca y tira de mí, arrastrándome hasta la primera aula vacía que encuentra.

Cierra de un portazo. Estamos a solas en la oscuridad.

—¿Se te ha ocurrido alguna vez, Graham, que no todo trata sobre ti? —levanta la voz y me aprieta la muñeca—. ¿Que tal vez no eres la única que tiene mierda con la que lidiar?

—Uh, no me digas. Ya lo sé, Sawyer, se llama vida. Pues claro que sé que tienes cosas en las que pensar fuera de aquí, pero no es ninguna excusa para tirarme como a un pañuelo usado y luego hacerme luz de gas.

—Tirarte como a un… Madre mía. —Me suelta la muñeca y empieza a pasearse delante de mí—. ¿Por qué me haces un tercer grado, eh? ¿Porque he tardado más de una hora en responder a tus mensajes? ¿Por qué te debo yo ninguna explicación? —Se para justo delante de mí, penetrando en mi espacio personal, casi encima de mí. Le arden los ojos—. ¿Sabes qué? No te la debo. Porque tengo una noticia para ti, Graham, no soy tu novio. Ni por asomo.

Retrocedo como si me hubiera dado una bofetada. Tengo un nudo tan grande en la garganta que necesito varios intentos para tragar saliva.

—Tienes razón, Sawyer. No eres mi novio. Gracias a Dios. —Me agarro del escritorio que tengo detrás, clavándome los bordes en la palma de la mano—. Gracias a Dios que no eres mi novio, porque casi no somos ni amigos y ya te las has arreglado para hacerme sentir como una mierda. ¡Felicidades! ¡Me has hecho tocar el fondo que no sabía que existía!

—Fantástico —me espeta—. Pues que sepas que es mutuo.

—¡Maravilloso! Pues borra mi número y sal de mi vida de una vez.

—¡Lo haré encantado!

Me doy la vuelta, quedando de espaldas a la puerta, y me doblo hacia delante con una mano en el pecho. «Todavía no, todavía no. Espera a que se haya ido».

Oigo el pomo que se gira, la puerta que se abre.

Una pausa. Cuento hasta tres. Y entonces la puerta se cierra con una suavidad inesperada.

Rompo a llorar. Lágrimas calientes y dolorosas me bañan las mejillas y el corazón me duele tanto que casi no aguanto de pie. Estoy intentando con tantas fuerzas no sollozar que casi no oigo los pasos que se acercan a mí.

Una mano se posa sobre mi hombro y me da la vuelta.

Sawyer me mira y, antes de que logre comprender que no se ha marchado, da un paso hacia mí, acercándose más de lo que lo ha hecho nunca, me coge la cara con las manos y, de repente, su boca está sobre la mía.

Sawyer Hawkins me está besando.

Me está besando como si le fuese la vida en ello.

Se me derrite el cerebro. Le lanzo los brazos alrededor del cuello y le devuelvo el beso, apretujando mi cuerpo contra el suyo. Él gime dentro de mi boca, un sonido que me prende fuego, y le agarro del pelo, cerrando los puños con fuerza. Él gruñe, me agarra con las dos manos y me sube en una mesa.

Se coloca entre mis muslos sin que sus labios se despeguen ni un segundo de los míos.

Sawyer y yo nos besamos con desesperación, con avidez y torpeza, como si nos fuesen a arrancar en cualquier momento de los brazos del otro. Abro la boca y él gime y presiona la lengua contra la mía. Nunca había besado así; ni siquiera sabía que se podía besar así, que se podía despertar tal desesperación solo con los labios, la lengua y los dientes. Casi me asusta.

Mi cuerpo se mueve por sí solo, llevado por un instinto profundo que no conocía. Cuando froto las caderas contra las suyas ahoga un grito, cierra los ojos con fuerza y da un paso atrás.

—No, vuelve —le pido sin aliento alargando una mano hacia él.

—Ella… —Su voz está en ruinas—. Ella, ¿qué me estás haciendo?

Abre los ojos y me pregunto si estaré tan desatada como él, que tiene los ojos negros de deseo, la cara roja y los labios hinchados. Me coge de la mano y me la estrecha, como si quisiera evitar que hiciera nada con ella.

—Sawyer… —Le acaricio los labios con un dedo.

—Para. Porque no seré capaz de… Para —me suplica, y veo que inclina las caderas hacia delante en un movimiento involuntario. Temblando, jadeando, pone las manos sobre la mesa a ambos lados de mi cuerpo, atrapándome entre sus brazos—. No deberíamos… —dice presionando la boca abierta sobre mi cuello.

—Ya lo sé —respondo jadeando mientras me arqueo para que llegue mejor. Recorre la piel suave bajo mi mandíbula con la lengua y me agarra de los muslos cuando gimo.

—No podemos —dice mientras me aparta la camiseta y me muerde el hombro desnudo. Me retuerzo contra él, que maldice y me clava los dedos en los muslos.

—Ya lo sé —susurro. Con una audacia que jamás había visto en mí, deslizo los dedos por debajo del dobladillo de su camiseta, ansiosa por notar más de su piel desnuda. Le araño los músculos duros de la barriga, resiguiendo las hendiduras, deseando verlos y albergando la esperanza de que algún día me lo permita.

Mis dedos chocan contra una tela elástica y cuando, mareada, me doy cuenta de que son sus calzoncillos, el anhelo de mis muslos se agudiza. Deslizo un dedo bajo el elástico y lo recorro por el borde. Sawyer se separa de mi hombro y me coge de la mano para pararme.

Nos quedamos así unos segundos, con las frentes apoyadas la una en la otra, jadeando el uno contra el otro.

—Ya lo sé —repito sin aliento—. Ya lo sé. No podemos. No…

—Me da igual. —Sawyer desliza las manos a la parte baja de mi espalda y me apretuja contra él—. Me da igual, Ella. —Le rodeo la cintura con las piernas y echo la cabeza hacia atrás para que vuelva a besarme—. Joder, qué ganas te tenía… —Noto sus palabras calientes contra la boca.

—Por favor… —suplico agarrándole la camiseta. El deseo se ha adueñado de mi cerebro llenándolo de un cántico que solo dice: «Más, más y más».

—Joder —es lo único que Sawyer acierta a decir antes de gemir en mi boca, de disolver sus palabras en besos febriles, hasta que lo único que queda es mi boca contra la de Sawyer, el sabor de sus labios y la certeza de que tal vez jamás vuelva a ser la misma.

Capítulo 16

Sawyer

Se suponía que solo iba a ser un beso para poder quitarme la espina y pasar página de una vez.

Ahora me parece ridículo, pero es cierto. Ayer, cuando la vi en el pasillo con Scott y el señor Wilkens, fue como si despertase de golpe. El subidón de ira, la culpa inmensa, la oleada de terror gélido... Aquellos sentimientos abrumadores me recordaron que debía hacer lo correcto, que tenía que dar marcha atrás. Odiaba solo pensarlo, pero también debía preguntarme qué habría dicho Hayley si siguiera aquí y hubiera sido testigo de esto.

Me sentí como una mierda al apartarme de Ella, pero llegué a la conclusión de que era por su bien. Y casi lo conseguí. Tenía la mano en el pomo de la puerta, llegué incluso a abrirla, pero, maldita sea... No conseguí que mis pies me obedecieran. Y entonces la oí llorar y antes de que pudiera darme cuenta de lo que hacía, me había dado la vuelta y...

En fin, era imposible resistirse.

Jamás me habría esperado que respondiera de ese modo. Con tantas ganas. Con tanta necesidad. Jamás pensé que se abriría como una flor debajo de mí, que se aferraría a mí, que suplicaría...

No hago más que reproducir el día de ayer en mi mente. Una y otra vez. Ella me ha dejado alucinado. Siempre me había parecido hermosa, tan bonita, tan dulce e inocente, con sus manitas en el regazo, sobresalientes en todo y los modales más exquisitos. Sabía que solo había tenido un novio y estaba preparado para ir despacio, para ir poco a poco. Pero respondió de inmediato, desesperada y ¿a quién quiero engañar? Yo también lo estaba. Movía las manos con torpeza, los labios como si estuviera aprendiendo, pero, como la estudiante aplicada que es, aprendió rápido. Y la verdad es que lo hizo aún mejor. Fue como una prueba de que lo que movía su cuerpo era puro deseo.

No puedo pensar en otra cosa. Entro en el gimnasio con ella en mis pensamientos. Llevo todo el día esperando a que llegue esta hora porque sé que la voy a ver, y ahí está, saliendo del vestuario de las chicas con Seema. Ver sus muslos desnudos me afecta, sobre todo ahora que conozco su tacto.

Como si oyera mis pensamientos, sus ojos se encuentran con los míos. Se pone la melena larga y brillante por encima del hombro y me sonríe lentamente. Me sobreviene el impulso de cruzar el gimnasio, agarrarla de la cola de caballo y borrarle esa sonrisa con un beso.

Cierro los ojos con fuerza y estiro los cuádriceps. Me obligo a pensar en el director Cantrell, en las rebabas que se le hacen en las comisuras de la boca… y funciona. Vuelvo a tener la mente fría.

Hoy toca brazos, pero me siento más inclinado a entrenar cardio. Me digo que correr también es importante. No tiene nada que ver con que mientras corro en círculos pasaré junto a Ella de vez en cuando.

Me mira a los ojos la primera vez que paso por su lado, así que le dedico una sonrisilla. La segunda vez, un balón de fútbol viene volando hacia mí.

—Ups —exclama ella mientras se acerca corriendo.

—¿Es tuyo? —Le tiendo el balón, pero no lo suelto cuando lo coge—. Te ha faltado casi un kilómetro para marcar gol. ¿Quieres que te dé algunos consejos? —Tiro del balón para atraerla hacia mí.

—En realidad, creo que es la primera vez que mando el balón de fútbol exactamente donde quería.

Suelto una carcajada. Mi voz ya se ha puesto ronca, grave. Nos miramos a los ojos unos segundos sin que ninguno suelte el balón.

Pero el silbato del entrenador Cud nos saca de nuestro ensimismamiento.

—¡Eh! —la llamo mientras se marcha—. ¿Nos vemos después de clase?

Se pone un mechón de pelo detrás de la oreja.

—Vale.

Mientras me alejo, oigo la voz de Seema en la distancia:

—¿De qué iba eso?

Cuando acaban las clases, veo a Ella apoyada contra el edificio de ladrillo visto escribiendo en su móvil. Al levantar la mirada y verme, saltan chispas doradas en sus ojos.

—¿Es alguien de quien deba estar celoso? —pregunto señalando su móvil con la cabeza. Se sonroja complacida y termina de escribir sonriendo a la pantalla, con las mejillas teñidas de rosa.

—Le estaba diciendo a mi madre que voy a pasar la tarde estudiando con Seema.

Enarco las cejas.

—Cuántas mentiras… —murmuro—. Madre mía, señorita Graham…, está usted llena de sorpresas.

—Bueno, señor Hawkins, es usted una muy mala influencia. —Se muerde el labio, tímida de repente—. ¿Nos vamos?

—Sí —contesto con brusquedad—. Sí, vámonos.

Estoy a punto de cogerla de la mano, pero me detengo cuando veo que mira cohibida a Nia y a Beth, que están hablando con el doctor Cantrell cerca de la puerta principal. «Pues claro, Sawyer». Lo último que necesitamos es que empiece a funcionar la maquinaria de rumores del instituto North Davis, así que camino manteniendo las distancias.

Sin embargo, en cuanto cerramos las puertas de mi coche y estamos protegidos de las miradas indiscretas, Ella y yo colisionamos el uno contra el otro. Me coge del cuello de la camiseta y tira de mí para besarme. Suelto un gemido y la apretujo contra mí mientras ella me agarra de la camiseta y succiona mi labio inferior.

—Vas a tener que parar de hacer eso ahora mismo, Graham —le pido con los dientes apretados.

—¿Por qué? —Alza la barbilla y me mordisquea el labio.

—Porque... porque quiero ir despacio contigo... y disfrutarte... —contesto mientras la beso por la mandíbula y el cuello. Sin embargo, ella tiene las manos en mi pelo y cuando tira de él no puedo evitar abalanzarme sobre su boca.

Justo cuando las cosas empiezan a descontrolarse, un bocinazo hace que nos separemos sobresaltados.

—¿Quién ha sido? —pregunta ella jadeante y aterrorizada.

Me miro el codo.

—He sido yo —contesto—. Cuando he movido la mano para cogerte el muslo, he tocado la bocina.

Nos miramos unos segundos y nos echamos a reír. Sin embargo, las carcajadas se apagan de golpe cuando Ella empalidece y se encoge en su asiento. Sigo su mirada y veo que al final del aparcamiento hay una furgoneta blanca. Sean. Saluda a unas chicas de tercero con la cabeza y ellas sueltan unas risitas al pasar por su lado.

Me agarro con fuerza al volante.

—Puaj, ¿ese capullo sigue trabajando aquí?

—Sí, por desgracia. Vámonos, por favor —me pide Ella con un ademán de cabeza.

—Sí, vámonos. —De repente, quiero poner un millón de kilómetros de distancia entre nosotros y este lugar—. ¿Adónde? —Reajusto el asiento y enciendo el motor.

Al cabo de unos segundos, Ella contesta:

—Conozco un sitio, pero está un poco lejos.

Señalo el indicador de gasolina.

—He llenado el depósito esta mañana.

—Y nos hará falta repelente para insectos.

Me la quedo mirando.

—¿Repelente para insectos, Graham? ¿Me llevas de excursión al bosque? —Se me vienen de inmediato a la cabeza arañas ermitañas, garrapatas y avispas depredadoras. Me estremezco.

—No te preocupes, yo mataré a las arañas por ti —me asegura dándome unas palmaditas en la mano.

Después de ir a comprar lo que necesitamos y de un agradable trayecto de una hora y media, meto el coche en un aparcamiento vacío y no pavimentado en la falda de una montaña frondosa y cubierta de árboles. Hace unos quince minutos que nos hemos quedado sin cobertura y no he visto ningún otro coche en un buen rato.

—Vale, Graham, confiesa. ¿Me has traído hasta aquí para matarme?

—¿Cómo lo has adivinado? —Se echa a reír y luego se dirige a un cartel de madera con un texto y fotos de la fauna del lugar. Hay un mapa de la montaña en el que están marcados todos los caminos con líneas y colores diferentes. Lo leo en voz alta mientras Ella hace una foto.

—Monte Hemlock. Mil metros de altura. ¿Vamos a subir?

—Por supuesto. —Ella recorre el mapa con el dedo.

Frunzo el ceño.

—Pues sí, lo que quieres es matarme.

—¿Estás de broma? —contesta mientras abre el maletero—. Corres unos mil kilómetros al día. No seas bebé.

Ella toma las riendas y se encarga de que quedemos bien cubiertos en crema solar y repelente para insectos. Luego mete dos botellas de agua en su pesada mochila.

—Ya la llevo yo —me ofrezco quitándosela.

—Bueno, eres un bebé, pero al menos sigues siendo un caballero. Eres un caballero bebé.

—Te prometo que si nunca más me vuelves a llamar así dejo de quejarme. —En cuanto llegamos al sendero, noto que algo me trepa por un gemelo—. ¡Aaah!

Doy un brinco, pero descubro que solo era un helecho, cuyas hojas me han rozado la piel.

Ella se parte de risa.

—¡Mírate! No tenía ni idea de que eras tan casero. Antes siempre íbamos de excursión a las cataratas de Amicalola, y entonces no te asustabas tanto.

—Es diferente. Hay unas escaleras de madera, mesas de pícnic y un váter con cisterna…

Se le ensombrece el rostro.

—También he pensado en ir allí, pero…

Lo sé. Era uno de los sitios preferidos de Hayley.

Me atraviesa una inconveniente punzada de culpa «Si ella supiera, Sawyer… Si ella supiera…». Pero sé cómo gestionarlo. Reprímelo. Ignóralo. Al cabo de un segundo, estoy bien.

—¿Sabes qué? —le digo—. Tienes razón. Probemos algo nuevo. Lo nuevo puede estar bien. ¡Guíame tú!

Caminamos en un silencio cómodo durante un rato, envueltos en un túnel verde de robles y olmos. El sol de la tarde apenas logra penetrar las gruesas copas de los árboles y la luz dorada nos llega fragmentada a través de las ramas. La humedad es más suave a la sombra. El sudor se me acumula en la frente y me gotea por el cuello, pero la brisa me refresca y el aire huele dulce, a madreselva y cornejo. Las cigarras cantan, los pájaros trinan y el viento acaricia las hojas; sin embargo, lo que más destaca son los sonidos que no oigo.

No se oye el rugido constante de la autopista, ni los coches ni las bocinas. No se oye gente; solo nos acompaña el suave crujido de los pies de Ella sobre el sotobosque y los sonidos de una montaña de Georgia en una tarde de verano.

Por un instante, dejo que algo se suelte en el interior de mi pecho.

Miro a Ella y se me calienta el corazón. Está colorada y parece feliz, como hacía mucho tiempo que no la veía.

—Vale, ya lo pillo —le digo.

—Sabía que lo entenderías —responde complacida. Da un saltito sobre una roca, casi bailando—. Cuando era pequeña, siempre iba de camping con mi familia. Íbamos a una montaña junto a un lago, en el norte de Georgia. Por las mañanas hacía tanto frío que se veía una neblina por encima del agua. Papá preparaba chocolate caliente y huevos revueltos en un hornillo y sacaba la guitarra, y mamá hasta lo acompañaba cantando.

Me froto la cicatriz inconscientemente.

—Debía de ser guay.

Su expresión se suaviza.

—Supongo que tú nunca ibas de camping, ¿no?

Tardo un segundo en responder.

—No del mismo modo que tú.

Al ver que no le doy más detalles, tiene la cortesía de no presionarme para que le dé más información.

Durante un rato, no se oye más sonido que el de nuestros pasos, que crujen y rascan sobre el suelo del bosque. De repente, la cima aparece ante nosotros, como de la nada. Un segundo estamos en el interior de este túnel boscoso e íntimo y al siguiente todos los árboles se han apartado y una cortina verde revela a la auténtica protagonista, y nos encontramos en la cima de una montaña.

—Guau —exclamo en voz baja.

Ella se limita a suspirar con una expresión dulce y en paz. Tras la reclusión del bosque, estas vistas hacen que el mundo parezca infinito. Ante nosotros se alargan colinas verdes y amarillas, retazos de bosque, el cielo y las nubes.

—¿Nos podemos quedar aquí para siempre? ¿Por favor? —susurra Ella, tan melancólica que se me encoge el corazón.

Estamos el uno al lado del otro, así que no he de moverme demasiado para rozarle la mano con el dedo meñique. Ella me sonríe y entrelaza el suyo con el mío.

—Sí, pero quizá a los de Amazon Prime les cueste hacernos llegar las cosas.

—No pasa nada. —Señala el bosque—. Compraremos en negocios locales.

Asiento.

—Me gusta. Fresco, orgánico y de kilómetro cero.

Ella me mira y parpadea despacio.

—¿Y dónde dormiremos?

Exhalo una larga bocanada de aire; ya se me está acelerando el pulso. ¿Cómo se las arregla para activar cada terminación nerviosa de mi cuerpo solo con unas palabrejas? Echo un vistazo a mi alrededor y encuentro justo lo que necesito. Le suelto la mano y me dirijo a una roca lo bastante baja y plana para sentarse encima. Finjo examinarla.

—Esto parece bastante cómodo —contesto—. Pero solo hay una forma de asegurarse. —Le tiendo la mano—. Ven aquí. —Apenas nos hemos tocado y el corazón ya está a punto de salírseme del pecho. Me siento en la roca y luego me coloco a Ella en el regazo, con las piernas a un lado—. ¿Qué te parece? —murmuro mientras le beso el cuello.

—Está bien —responde con los ojos entornados—. Pero podría estar mejor. —Retrocede un poco y pasa una pierna sobre mí, de forma que queda a horcajadas, con los muslos a los lados de mis piernas. Se sienta y empieza a deslizarse hacia delante.

—¡Espera! —le pido con brusquedad, y la detengo poniendo una mano en su rodilla y otra en mis pantalones. Pero es una causa perdida. Llevo unos pantalones cortos de deporte y si se acerca un centímetro más se dará cuenta de lo mucho que me afecta tenerla cerca. Si soy sincero, llevo así todo el día.

—¿Qué pasa? —susurra.

—Es solo que... —Carraspeo avergonzado—. Ayer llevaba unos vaqueros, así que no sé si te diste cuenta, pero hoy... no puedo esconder lo mucho que...

Abre mucho los ojos dorados.

—Oh —dice. Se desliza hacia delante y frota las caderas contra mí.

—Mierda —gruño mientras nos apretujamos el uno contra el otro. Se agarra de mi pelo y jadea con la boca abierta contra mi frente mientras se mueve contra mí de forma exquisita—. Dios, Ella. Llevo así todo el día.

—Todo el día... —Las palabras salen flotando de su boca en un gemido.

Le cojo la cara y acerco su boca hacia la mía. Nuestros labios se mueven los unos contra los otros; la lamo al mismo ritmo con el que mueve las caderas. Con una mano en el bolsillo trasero de sus vaqueros, marco el ritmo con firmeza. Le quito la goma del pelo con la otra mano y enredo los dedos en su melena húmeda de sudor.

—¿Está bien así? ¿Te gusta? —le pregunto con voz ronca.

—Sí. Por favor. No pares. —Se le ha empezado a acelerar la respiración. Tiene la boca abierta y los ojos cerrados, y jadea. Profundamente frustrado, la sujeto de las caderas con la fuerza suficiente para detenerla—. ¿Por qué? —protesta con el ceño fruncido y una expresión de dolor.

—Lo siento mucho —logro decir mientras la beso en la mandíbula—. Es que… necesito un segundo. Y creo que ahora estoy obsesionado con estar al aire libre. —Ella se ríe con suavidad—. Lo digo en serio. Me ha cambiado. —Le aparto un mechón de pelo de la cara y le acaricio los labios hinchados—. Te lo compensaré. Te lo juro.

Agacha la cabeza y me acaricia los labios con los suyos.

—¿Es una promesa, Sawyer?

—Es lo que tú quieras, Ella.

Es aterrador, porque, en este momento, lo digo totalmente en serio. Podría pedirme que me arrancara un dedo y lo haría de inmediato solo por tenerla tres minutos más encima de mis piernas. Mientras me abandono de nuevo a sus besos, el resto del mundo vuelve a desaparecer. Lo único que me importa es tenerla rodeando mi cuerpo, tener su lengua en la boca.

Lo único que me importa es ella.

Capítulo 17

Ella

—¡Son unos animales! ¡Unas bestias! —protesta Seema inclinándose para recoger los flotadores que están desperdigados por el borde de la piscina—. O sea, ¿se están quedando conmigo o qué? —Mira con el ceño fruncido la hilera de arbustos plantados junto a la puerta—. ¿Por qué? ¿Por qué aquí? ¿Quién? —Se agacha frente a los arbustos, mete las manos y chilla.

Doy un brinco.

—Qué pasa?

Oigo una arcada.

—Eso que acabo de ver no era uno de los flotadores de la piscina para niños, era un pañal muy colorido y muy muy lleno. Uf, me quedo con la mierda de perro sin dudarlo ni un segundo. —Se queda quieta y se vuelve hacia mí—. Oye, ¿estás bien?

—Sí. —Me siento en una de las sillas que debería estar recogiendo—. ¿Por qué no lo iba a estar?

—Bueno, para empezar… —Se dirige a la pila exterior y se lava las manos con una violencia impactante—. No estás ni por asomo lo bastante horrorizada por mí. —Se seca las manos en el bañador—. Y, en segundo lugar, hoy estás muy callada.

—Siempre estoy callada.

Seema se sienta a mi lado.

—No es verdad. —Me da un golpecito en el hombro con el suyo—. ¿Qué pasa?

Pateo la superficie del agua y las olas resplandecen en el azul oscuro de la noche.

—Ha sido un día muy largo. Estoy muy muy cansada. —En su mayor parte, es cierto.

Seema enarca una de sus cejas oscuras.

—Sí, vale. Ha habido muchos niños haciendo el bruto en la piscina. Y luego estaba el tío ese al que has conseguido convencer de que no se zampara su cubo de pollo del KFC en la piscina pequeña. Impresionante, por cierto. —Frunce el ceño—. Recuérdame que le diga a Kyle que lo ponga en la lista de los que tienen prohibida la entrada.

Muevo el dedo gordo del pie trazando ochos sobre la superficie del agua.

—¿Te acuerdas de nuestro apretón de manos secreto? —pregunto.

—Joooder, eso sí que es ir a los orígenes. —Seema da una patada en el agua salpicando con un arco impresionante. Lo contempla apartando la vista de mí—. Pues claro que me acuerdo —añade en voz baja.

Le tiendo la mano y ella hace lo propio, cogiéndomela de inmediato. Nuestros dedos se entrelazan, aletean y se retuercen, danzando esa complicada coreografía que inventamos cuando teníamos nueve años. Termina con nuestros dedos corazón entrelazados con fuerza.

—Si te vas de la lengua, una patada te venga —coreamos al unísono.

—Una ejecución perfecta… y una rima terrible. —Suaviza la voz y me mira a los ojos—. Tú también te acordabas.

—Sí, supongo que sí. —Intento no parecer sorprendida. Al cabo de un momento, me aclaro la garganta—. Muy bien, has jurado guardar el secreto. —Ahora mismo no soy capaz de mirarla—. Bueno… ¿Sabes quién es Sawyer Hawkins?

—¡Ja! ¡Lo sabía! —Seema da dos patadas en el agua—. Cuando habéis cogido ese balón a la vez era una metáfora, era obvio. —Resisto el impulso de dejarme caer en el agua y hundirme hasta el fondo—. Entonces ¿estáis follando?

Le doy un empujón en el hombro.

—¿Qué dices? ¡Claro que no!

—Uf, qué aburrimiento. Entonces ¿qué habéis hecho?

Escondo la cara entre las manos.

—Demasiadas cosas, Seema. Demasiadas.

Noto que me da unas palmaditas en el hombro y sonrío sorprendida.

—¿Por qué eres tan dura contigo misma? —pregunta con amabilidad.

Suspiro.

—No sé si recordarás este pequeño detalle, Seema, pero Sawyer está... o estaba... muy enamorado de Hayley, mi mejor amiga en el mundo enter...

La mano de Seema se pone rígida justo cuando una voz suena detrás de nosotras.

—¿Qué estáis haciendo ahí?

Seema y yo miramos atrás y vemos a Angus, el conserje nocturno de la piscina, fulminándonos con la mirada y con el mocho cogido amenazadoramente con las dos manos.

Nos ponemos de pie mientras él sigue gritando:

—¿Es que no sabéis que ya está cerrado? ¡Mi trabajo ya es lo bastante duro sin que vosotras dos os comportéis como si fuese vuestra piscina particular!

—Mil disculpas, Angus —contesto mientras recojo mis cosas. Seema pone los ojos en blanco.

—A ver si lo adivino: seguro que todavía tenéis que hacer vuestras cosas de chicas en el vestuario de mujeres, ¿no? ¿Ves? Por eso los chicos son mucho más fáciles. Si dependiera de mí, aquí solo trabajarían hombres. Acabaría en un santiamén. —Angus da un golpetazo con el mocho boca abajo sobre las baldosas de delante de las puertas del vestuario.

—Tienes toda la razón, Angus —responde Seema con tono sincero. La miro escéptica y me guiña el ojo—. Lo sentimos mucho. Ya sé que somos un rollo, con tantos sentimientos, ¡y encima con la regla! Me siento fatal. —Señala los arbustos donde ha dejado el pañal sucio que se ha encontrado—. A algún tipo se le ha caído la cartera y el viento ha metido sus billetes en esos arbustos, pero era demasiado trabajo. Para que lo sepas.

A Angus se le iluminan los ojos.

—¿Ves lo que te digo? ¡Vagas a más no poder! En fin, ya lo recogeré yo, como hago siempre.

Seema y yo no escabullimos a los vestuarios conteniendo la risa.

—Qué mala, Seema. —Estallo en carcajadas en cuanto ya no puede oírnos.

—Bah. ¿No has oído lo que ha dicho? Se lo merecía. —No logra contener una sonrisa de oreja a oreja, malévola como la de un cocodrilo.

Oímos un rugido de ira desde la zona de la piscina.

—Dios, corre, ¡nos va a matar! —grito presa del pánico mientras intento ponerme los pantalones a toda prisa.

Seema espera hasta que llegamos al aparcamiento para volver a hablar.

—¿Sabes una cosa, Ella? —dice despacio—. Tú eras mi mejor amiga en el mundo entero. —Las dos dejamos de caminar. Se vuelve hacia mí y prosigue—: Me pasé mucho tiempo preguntándome qué había hecho mal. —Sus ojos desprenden sinceridad, tanta que me cuesta aguantarle la mirada.

—Nada. No hiciste nada mal. —Me recoloco la mochila en el hombro.

Ella hace una mueca y da un pisotón en el suelo.

—Entonces… ¿por qué?

«¿Por qué qué? —quiero contestar—. No sé de qué me estás hablando. ¡Nunca dejamos de ser amigas!».

Pero ella merece algo mejor que mi cobardía. Se merece mucho más que eso.

—Lo digo en serio. No hiciste nada mal. Pero Hayley era…, era como un torbellino, era imposible de ignorar, incluso cuando éramos pequeñas. Al principio, solo era porque pegaba puñetazos a los niños que se metían conmigo en el parque. Luego su madre empezó a dejarla en mi casa los viernes por la tarde, y en mi familia la adoraban, así que acababa quedándose todo el fin de semana…

Seema me mira fijamente. Las cigarras chillan, el calor húmedo y los chirridos de los insectos palpitan en la noche. No lo dice, pero sé muy bien lo que está pensando. Que todo esto suena a excusa. Una excusa bien gorda.

Y tiene razón.

Me tapo los ojos con la mano.

—Seema, soy una imbécil. Tú también eras una de mis mejores amigas en el mundo entero. Lo siento. Lo siento muchísimo. Nunca quise pasar de ti. —Bajo la mano y la miro a los ojos—. Soy una amiga de mierda. —Se me corta la respiración—. Yo no..., no te merecía. Quizá tampoco te merezco ahora.

Seema se toquetea la uña del dedo pulgar.

—Le pregunté a mis padres si podíamos celebrar mi décimo cumpleaños en Six Flags Over Georgia. Me obligaron a hacer un montón de tareas en casa, pero... —Se encoge de hombros—. Me dieron permiso.

Ladeo la cabeza.

—Pero tú odiabas ese parque de atracciones.

Lanza los brazos al aire exasperada.

—¡Y todavía lo odio! O sea, es que es en plan «sí, déjame pagar un montón de dinero para someterme sistemáticamente a una tortura física una y otra vez».

—Se llaman montañas rusas, Seema.

—Pues deberían llamarse máquinas para ver cómo te sientes cuando estás a punto de morir. Bueno, no es para tanto, lo admito. —Baja los brazos y adopta un semblante serio—. Odio los parques de atracciones ahora y los odiaba entonces. —Levanta la vista para mirarme—. Pero tú no.

Es como un puñetazo en el estómago. Y no me cabe duda de que me lo merezco.

—Seema, no lo sabía. Yo... yo...

Ella suspira.

—No pasa nada. A ver, no pasa nada ahora. Entonces sí que pasó. No te imaginas la cantidad de churros que comí ese día. Hablamos de cifras de dos dígitos. Creo que mis padres se asustaron bastante. —Balancea los brazos durante un minuto y se muerde el labio—. En realidad, no te culpé a ti. Culpé a Hayley. Lo único que quería era que desapareciera.

Seema me mira a los ojos y, durante un instante, lo veo todo. Los celos, el dolor, la confusión y la furia, el corazón roto de una Seema de diez años al descubierto. Y la imagen es tan potente que me estremezco.

Pero enseguida la sustituye el arrepentimiento.

—Por supuesto, te podrás imaginar lo terriblemente mal que me sentí cuando… Bueno, ya sabes, este verano. Y entonces te vi el primer día de curso. Parecías un cervatillo bebé en la guarida de un león. —Se parece tanto a lo que diría Hayley que me entran ganas de abrazarla—. Me rompió el corazón. Así que pensé que había llegado el momento de ver cómo le iba a mi compañera de karaoke.

Gimo.

—No me digas que todavía tienes esas grabaciones.

—Tú solo recuérdalo. Si algún día te da por pasar de mí otra vez, tengo en mis manos «Bohemian Rhapsody: la versión de Ella».

Niego con la cabeza y me estremezco.

—No. El mundo jamás debe saberlo.

Seema esboza una sonrisa torcida tan vulnerable que no puedo evitar lanzarme a sus brazos, movida por un arrebato de afecto. Ella me devuelve el abrazo con más fuerza de la que esperaba.

—Perdóname otra vez —le digo en voz baja—. Estas últimas semanas me has salvado la vida.

—Lo sé. Soy la mejor.

Nos separamos y carraspeamos a la vez. Seema echa un vistazo al camino que lleva a la parada de autobús y me mira.

—No vas a coger el autobús a estas horas. —Aprieta un botón de su llavero y las luces de su coche parpadean con un pitido—. Deja que te lleve a casa.

—No voy a discutir —respondo agradecida.

Pero, antes de que entremos, Seema me detiene y añade:

—Para que lo sepas, no eres una amiga de mierda. No lo fuiste entonces ni lo eres ahora. La verdad es que te debo una. De no ser por ti, no habría encontrado el trabajo de mis sueños. Da unos golpecitos en el capó de su coche y se sienta en el asiento del conductor.

—Encantada de haberte ayudado, pero ¿cómo…?

Seema sintoniza la radio; las interferencias suben y bajan.

—Bueno, me ayudaste de forma indirecta. La pequeña Seema era un poco melodramática y se tomó muy mal el final de nuestra amistad. Le abrió su corazón a las páginas de un diario sin candado —un grave error— y, en una reunión familiar, mi primo mayor, Dev —fantástico con el *beatbox*, terrible como ser humano—, se prestó a una lectura dramática de mis entradas más recientes. «Querido diario, Ella no me ha saludado en el pasillo. Estoy desolada. Incapaz de consuelo». Parafraseo, por supuesto.

No sé ni qué decir.

—Seema, eso es horrible. Yo…

—Calla, fue graciosísimo. —Hace una pausa—. Al menos al cabo de un tiempo. El caso es que a mis padres les di tanta pena que me dejaron adoptar un perrito de un refugio de animales. Después de aquello me enamoré perdidamente de los animales y me di cuenta de que lo que más quería era cuidarlos y… El resto ya lo sabes. Además, esa noche, todos mis tíos y mis tías le cantaron las cuarenta a Dev. Mi *nani* no paró de abuchearlo hasta que salió del salón.

A pesar de hacer un gran esfuerzo para evitarlo, me echo a reír.

—Es… Vaya tela, Seema.

—Así es la vida, nena. —Arranca el coche—. El caso es que no eres una amiga de mierda.

—Eso es discutible —murmuro cuando recuerdo lo que hice con Sawyer en el monte Hemlock.

Seema niega con la cabeza.

—Lo digo en serio. Hagas lo que hagas con Sawyer. —Al oír su nombre, mi corazón deja de latir. Ella me lo ve en la cara, pone los ojos en blanco y para el coche—. De verdad, Ella. —Me mira con el semblante serio—. Hayley te quería. Era evidente. Habría querido que fueras feliz. No es que se lo estés robando mientras ella todavía sale con él.

Hago una mueca mientras sale del aparcamiento.

—Pero… ¿y el código de chicas? Se supone que no debes salir con el ex de una amiga…

—¡Venga ya! —Seema da un golpe en el volante—. Hayley era muy abierta. ¿Crees que pensaría así? En primer lugar, no es la situación más típica. No se lo has quitado y ella no sigue pillada por él. En segundo lugar, aunque ella estuviera viva, si viera que Sawyer y tú sois felices juntos, ¿no estaría de acuerdo a la larga? ¿No querría que su mejor amiga fuera feliz?

Toqueteo el collar de Hayley, que llevo alrededor del cuello. Tiene razón. Hayley no tenía nada de tradicional. Seguramente, pensaría que esa norma que prohíbe salir con los exnovios de tus amigas es patriarcal y un intento de enfrentar a las mujeres entre ellas para que no nos percatemos de que el techo de cristal está cada vez más bajo. Sonrío al pensarlo.

—Puede que tengas razón —le digo—. Y tal vez algún día te crea.

—Créeme ya, Ella. La vida es demasiado corta. Y Sawyer está demasiado bueno.

Seema me deja en casa, no sin antes recordarme que he de dejar de machacarme. Después de lavarme los dientes y la cara y meterme en mi habitación, el peso del día cae sobre mí con toda su fuerza. Me pongo la ropa de dormir, unos pantalones cortos de seda y una camiseta, y me meto en la cama.

Cuando apoyo la cabeza en la almohada, oigo un ruido en el armario.

—Sal de ahí, Midna —gruño dándome la vuelta. Sin embargo, entonces me acuerdo de que cuando he entrado la he visto en la planta de abajo, durmiendo en una silla.

Quien está en mi armario no es ella.

Me incorporo con un grito ahogado. Los ojos fríos e inexpresivos de Sean me vienen a la mente de inmediato. Se me seca la boca; el corazón me martillea contra el pecho.

Justo cuando aparto las mantas y abro la boca para gritar, una figura se abalanza sobre mí y una mano enorme me tapa la boca.

Capítulo 18

Ella

—¡Calla, Graham! ¿Quieres que nos pillen o qué? —Es una voz familiar.

Respiro hondo varias veces; alzo una mano y cubro con ella los dedos que me tapan la boca. Un rostro aparece entre las sombras; lo distingo cuando se me adapta la vista a la oscuridad. Ojos oscuros y cálidos, una sonrisa torcida.

La mano se aparta de mi boca para acariciarme la cara.

—¿Sawyer? —susurro. El corazón todavía me late desbocado.

—Lo siento —murmura mientras me aparta el pelo de la mejilla—. No quería asustarte.

—No me puedo creer que estés aquí. ¿Cómo has…? ¿Cuándo…? —Presiono las palmas de las manos contra su pecho para palpar sus músculos cálidos y firmes.

Él señala la ventana con la cabeza sin despegar su mirada ardiente de mí.

—Deberías cerrar bien eso. Con la ayuda de esa espaldera es muy fácil trepar… Lo más difícil ha sido adivinar qué ventana era la tuya.

—El cerrojo está roto —contesto. Mi cuerpo responde a su calor, al recuerdo de sus manos. Lo acaricio de arriba abajo. Lleva una camiseta y unos pantalones cortos de deporte, y huele demasiado bien, a colonia y a la luz del sol—. ¿Qué haces aquí?

—¿Y tú qué crees, Graham? —Me roza la frente con los labios—. No podía esperar a mañana para verte...

Sus palabras me palpitan en el vientre, en lo alto de los muslos.

—Y ahora estás en mi habitación.

Aunque esté oscuro, veo cómo los ojos de Sawyer se llenan de deseo. Sus manos abandonan mi rostro y se deslizan por mi cuello y mis hombros. Se queda quieto y se aparta.

—Dios —gime—. ¿Esto es lo que te pones para dormir? —Un músculo le palpita en la mandíbula mientras juguetea con el tirante fino de mi camiseta. Me quedo sin aliento cuando recorre el final de mis pantalones con un dedo, casi en lo alto de los muslos—. ¿No pasas frío? —Su voz ya empieza a sonar desatada.

—La verdad es que no —susurro. Estoy temblando.

Sawyer me recorre lentamente el cuerpo con los ojos. Su mirada es puro fuego. Se detiene sobre mi pecho y se me tensa la piel al recordar que no llevo sujetador.

—¿Tienes frío ahora? —pregunta con voz ronca, como hecha de piedra.

—Siento que estoy a punto de prenderme fuego —susurro. Tiro de él hacia el colchón tragándome un gemido suyo.

Se tumba encima de mí. Me besa y le clavo las uñas en la espalda, desesperada por quitarle la camiseta. Mete las manos bajo mi cuerpo y me toca el culo, lo estruja, apretujándome y frotándome contra él.

Cuando noto lo mucho que me desea, gimo.

Él me tapa la boca, jadeando.

—Ella —gime—. Chis. —Sin quitarme la mano de la boca, agacha la cabeza y me lame el lóbulo de la oreja. Emito un sonido estrangulado que nace en lo más profundo de mi garganta y arqueo la espalda—. Exacto, así —susurra lamiéndome la oreja—. No hagas ruido, Ella.

Me muerdo el labio con fuerza. Tiemblo de anhelo; no hay nada que desee más que hacer exactamente lo que Sawyer quiere. Me dedica una sonrisa ávida y me coge de las muñecas, inmovilizándome.

Ahogo un grito. Es tal y como lo imaginaba, solo que aún mejor. Mucho mucho mejor. Se inclina hacia mí y me besa el cuello con suavidad. Luego me da otro beso. Y otro. Y otro. Me estremezco bajo él; cierro los ojos.

—Bien —dice con la boca pegada a mi mandíbula, y entonces se abalanza sobre el punto en el que se unen mi cuello y mi hombro para lamerlo, morderlo y succionarlo. Quiero gritar su nombre, gemir con todo el cuerpo.

Pero no lo hago. Cuando me lame el cuello entero, electrificándome con su lengua de la cabeza a los pies, me muerdo el labio con tanta fuerza que noto el sabor de la sangre. El corazón me late desbocado y me retuerzo bajo él; mis entrañas están derretidas, doloridas, pero no abro la boca.

—Esa es mi chica —dice.

Casi me derrito solo con oír sus palabras. Lo rodeo con las piernas y levanto las caderas. Él abre la boca y entorna los ojos, y aprovecho para apartar las manos y metérselas por debajo de la camiseta.

—Quítatela —susurro. Por un momento, parece perdido, como si estuviese dispuesto a darme el mundo si yo se lo pidiera, pero entonces su sonrisa vuelve a adueñarse de su rostro.

—¿Estás segura de que podrás soportarlo?

Froto las caderas contra él. Cuando nos restregamos el uno contra el otro saltan chispas. Él cierra los ojos con fuerza; se le borra la sonrisa. Tiro de su camiseta hacia arriba y él, con unos ojos como platos, me ayuda.

Sawyer Hawkins sin camiseta es una imagen impresionante.

Trago saliva mientras recorro con los dedos la forma de sus músculos, arrastrando uno de ellos sobre la tabla plana que son sus abdominales.

—Eres increíblemente atractivo —admito con un suspiro sin darme cuenta de que lo he dicho en voz alta.

—Nada comparado contigo —responde sin aliento mientras baja para capturar de nuevo mi boca con la suya.

Nos movemos el uno contra el otro con desesperación, tragándonos mutuamente nuestros sonidos, abandonados a un tira y afloja delicioso. Le agarro el pelo con los dedos y, cuando me coge de los muslos y me apretuja contra él, estiro con fuerza. Él gruñe en el interior de mi boca a modo de respuesta y me estruja el culo. Me gusta tanto que le arrastro las uñas por la espalda y se las clavo.

—Dios… —Se aparta un poco—. Me… me encanta… —Tiene el ceño fruncido de tanta necesidad y parece tan perdido, tan desatado, que prende una mecha en mi interior, despierta una avidez de la que jamás me creí capaz. Quiero llevarlo al límite.

—Quítame la camiseta —susurro; mi pecho palpita bajo su peso.

Él se queda paralizado; parece que se le van a salir los ojos de las órbitas. Veo que traga saliva con fuerza, que me recorre el torso con mirada hambrienta.

—Ella… —gime como si sufriera una pura agonía—. No… no es buena idea.

Restriego las caderas contra él, que vuelve a abrir los ojos.

—¿Por qué no? —pregunto con un jadeo. Esta vez, me toca sonreír a mí.

Sawyer sigue suspendido encima de mí, parpadeando inseguro, desesperado.

Y no puedo evitarlo. Lo único que hay en mi cerebro es una nube densa y caliente de anhelo; me vibra el cuerpo entero, me palpita. Sawyer me está mirando como si no quisiera mirar ninguna otra cosa nunca más.

Bajo las manos al dobladillo de la camiseta y él emite un sonido entrecortado.

Tiro de la prenda y me la quito.

Sawyer suelta un gemido estrangulado y se abalanza de inmediato sobre mi pecho desnudo. Arqueo la espalda, pegándome a su lengua que me lame y se retuerce, a la punta de sus dientes.

—Perfecta. Dios —murmura casi para sí mismo.

Y yo no lo sabía. No sabía que existía un placer como este.

Nunca podré volver a tumbarme en esta cama y pensar en otra cosa.

—Sawyer… —le digo sin aliento, temblando—. Sawyer, solo quedan dos prendas de ropa que nos separen, quítalas y podrías…, podríamos…

—Mierda… —dice con la voz entrecortada. Desliza una mano por mi pecho, mi barriga desnuda; la cuela por debajo del elástico de mis pantalones.

Cuando la desliza entre mis muslos, dejo de respirar.

Y él también.

Levanta la vista y me mira impactado.

—Ella… —dice con voz ronca—. Ella, estás increíblemente mo…

El sonido de unos fuertes pasos hace que nos separemos de golpe. El hechizo embriagador se ha roto. Sawyer se baja en silencio de la cama y se agacha en el suelo mientras los pasos se detienen ante mi puerta durante unos segundos interminables.

Luego se alejan por el pasillo hasta que, al fin, se esfuman por completo.

Me siento como si un yunque hubiera atravesado el techo y hubiese destruido todo lo que había entre los dos. Subo la manta para taparme mientras Sawyer se pone la camiseta a toda prisa.

Nos miramos a los ojos unos segundos sin mediar palabra, jadeando todavía. ¿En qué narices estaba pensando?

—Supongo que es mejor así —susurro.

Él se pasa una mano por el pelo.

—Sí. Sí, supongo que tienes razón. De todos modos, debería irme. —Recorre mi cuarto en silencio, pero se detiene al llegar a la ventana.

Estoy a punto de preguntarle qué le pasa cuando vuelve hacia mí con grandes zancadas, me coge de la cara y me besa con pasión. Se aparta antes de que me dé tiempo a volver a tirar de él hacia la cama.

—Yo… —Cierra los ojos con fuerza—. Nos vemos mañana.

Se mueve con rapidez, como si tuviera miedo de volver a cambiar de opinión. Se ha marchado por la ventana antes de que me dé cuenta, dejándome confundida, sin aliento y sola en esta habitación.

Nunca en mi vida me había sentido así. ¿Es siempre así?

Daría lo que fuera, lo que fuera, por hablar con Hayley ahora mismo. Ella me lo diría. Ella lo sabría.

Se me eriza la piel cuando caigo en la cuenta. Quizá no pueda hablar con Hayley…

Pero sí puedo escucharla. Y ahora necesito más que nunca de su sabiduría.

Meto la mano debajo de la cama, saco mi mochila y cojo el diario.

«Solo una vez más», pienso mientras lo abro.

Capítulo 19

El diario de Hayley

Todavía lo amo. De veras.

Aunque ¿qué es el amor? Puede significar cosas diferentes y… O sea, estoy segura de que Phoebe quiso a mi padre alguna vez. Sí, las cosas se pusieron feas y difíciles, y gracias a Dios que ya no tengo ni idea de dónde está él, pero…

¿Por qué, si no, habrían metido esa frase, «en la salud y en la enfermedad, en lo bueno y en lo malo»? Esos son los votos de un matrimonio, ¿no? No sé. No sé.

E sí lo sabría, pero… no entendería esto. Sus padres llevan felizmente casados Dios sabe cuánto tiempo. No entendería que a veces…, a veces el amor entraña ciertos desafíos.

La primera vez que S se puso celoso, me encantó.

Me había puesto un vestido rojo que me gusta mucho, el que se ata al cuello y me deja los hombros al aire. A S le encanta besarme los hombros desnudos. Me dijo que le daba la impresión de que ese vestido se había hecho para él y, para mi sorpresa, yo estaba de acuerdo. Me hacía sentir bien que me deseara tanto, que un simple retazo de mi piel bastara para oscurecerle así la mirada, para que no pudiera evitar estrecharme entre sus brazos.

Yo estaba junto a mi taquilla entre clase y clase cuando dos chicos del equipo de fútbol pasaron por mi lado. Los había visto antes, cuando habían jugado un partido mientras yo entrenaba sola en la pista, fuera de temporada. No sabía cómo se llamaban, pero nos sonreímos a modo de saludo al cruzarnos.

Justo cuando cerré mi taquilla, oí un silbido tras de mí. Eran esos dos tipos, que me miraban con un gesto de aprobación.

—Bonito vestido. El rojo es tu color —dijo uno de ellos con una sonrisa.

—No me lo he puesto para ti, idiota —contesté con un resoplido mientras me echaba la melena hacia atrás. Al darme la vuelta, vi a S al final del pasillo, observándome de brazos cruzados. ¡Cómo me miraba! Dios, cuando me mira con ese fervor, siento que me voy a derretir ahí mismo.

Me mordí el labio y fui hacia él con la intención de pasar de largo y seguir pasillo abajo. Estábamos en mitad del día, así que no teníamos tiempo para mucho más que hacernos ojitos, promesas mudas para más tarde. Así que imagina mi sorpresa cuando, en cuanto estuve lo bastante cerca, me agarró de la muñeca y me metió en un aula vacía.

—¿Qué haces? Si vuelvo a llegar tarde, el señor Todd me va a matar.

No me contestó. Se limitó a cerrar la puerta con pestillo. Por perpleja que estuviera, mi sangre ya estaba caliente; mi piel, tensa por la expectación.

Se dio la vuelta de golpe y me agarró con brusquedad, lleno de deseo. Me levantó y me puso en una mesa.

—¿Te ha gustado? —gruñó contra mi boca—. Dímelo.

—¿El qué? —Yo ya me había olvidado de los chicos del pasillo.

—No te hagas la tonta. Ya sabes a qué me refiero. —Me apretó los muslos con tanta fuerza que ahogué un grito—. Esos tíos. Que te hayan silbado.

Me recorrió el centro del cuello con la lengua y yo eché la cabeza atrás con un gemido.

—Me dan igual.

—Bueno, pues tú a ellos no. —Deslizó las manos por dentro del vestido, moviéndolas por mi cuerpo de forma posesiva—. La próxima vez los mandarás a tomar viento. Les dirás que tienes novio.

Movía los dedos contra mí y cada vez me costaba más hablar.

—Espera —jadeé—. ¿Estás celoso? ¿Por mí?

Gruñó con fuerza y me mordió el hombro. Se me empezaron a enroscar los dedos de los pies.

—*No vuelvas a ponerte este vestido para venir al instituto —ordenó con voz ronca—. Póntelo para mí y solo para mí.*

Cerré los ojos con fuerza. La lenta tensión que se iba acumulando en mi cuerpo y la expectación me estaban mareando.

—Pero... este vestido... me gusta... —Cada vez me costaba más concentrarme.

—Entonces puedes ponértelo para mí.

—Mmm... —Me mordí el labio y le apreté la mano con los muslos. Él dejó quietos los dedos—. ¿Qué? —gimoteé frustrada—. No pares, por favor.

—Dilo.

Su voz sonó tan oscura, tan descarnada, que abrí los ojos. Nunca le había visto una expresión como aquella. Intensa, furiosa, estremecedora. Se me paró el corazón.

—No me lo pondré en ningún otro sitio. Solo para ti —susurré.

S se abalanzó sobre mí, lanzándose sobre mi hombro desnudo para morderlo y succionarlo con furia. Volvió a mover los dedos, esta vez más rápido que nunca, y tuvo que taparme la boca porque, cuando las estrellas estallaron detrás de mis ojos y llovieron chispas desde mi cuerpo, estuve a punto de gritar.

Antes de salir del aula, S me estrechó entre sus brazos y me mordió con fuerza la mandíbula.

—Mía —rugió antes de soltarme y salir de la estancia.

Me llevé una mano a la mejilla caliente y me acaricié el pelo con un dedo, intentando acompasar mi respiración.

Más tarde, en el baño, me vi el hombro en el espejo. Se había formado un enorme hematoma morado.

—Madre mía, vas a necesitar un bote entero de corrector —me dijo una chica cuando salió del baño a lavarse las manos.

—Ya. —Solté una carcajada y me acaricié el moratón; me ardían las entrañas al recordarlo.

La verdad es que no le di mucha importancia. Me parecía un juego íntimo, una forma provocativa y sucia de hablar.

Sin embargo, más adelante me agarró del brazo y me llevó aparte.

—No entrenes en la pista de atletismo cuando esté jugando el equipo de fútbol.

—¿Qué? —Me eché a reír. Estaba segura de que era broma. Sin embargo, su rostro indicaba justo lo contrario.

—No es que no confíe en ti. En quien no confío es en ellos. Por favor. —Me besó en la comisura de la boca—. Me sentiría mejor si no fueses.

Después de aquello ya no me pareció ningún juego.

No volví a ponerme el vestido, pero solo porque parecía disgustarle mucho. No era para tanto. Tenía muchos otros vestidos. Sin embargo, poco a poco, aquellos también fueron dejando de parecerle bien.

Un día, le sonreí cuando nos cruzamos por el pasillo y él me fulminó con la mirada. Tampoco contestó a ninguno de mis mensajes, así que fui a buscarlo después de clase.

—¿Estás enfadado conmigo? —Me había estado devanando los sesos intentando comprender por qué.

Él miró a su alrededor para asegurarse de que estuviéramos solos y luego me cogió del brazo, apretando tanto que me hizo daño, y me atrajo hacia él.

—¿Qué coño es eso? —Señaló mis botas.

Por alguna razón, se me aceleró el corazón. S parecía furioso.

—Son unas botas —contesté—. Solo unas botas.

—No son solo unas botas. Son negras y de cuero. Y te has puesto una falda. —Tiró del borde de la falda vaquera.

—No lo entiendo… ¡Yo te quiero a ti! —Había elegido la ropa de ese día con él en mente, por eso me había dolido tanto que aquella mañana me hubiera mirado de arriba abajo con cara de asco.

—Entonces ¿por qué intentas llamar la atención de otros? ¿Es que no soy suficiente para ti? —Parecía destrozado.

—¡Pues claro que lo eres! Claro —le contesté con dulzura. No era la primera vez que lo veía enfadado. ¿Quién no se enfada alguna vez? Pero no así, y no conmigo. No sabía qué decir para tranquilizarlo—. Yo no… —Intenté acariciarle el hombro, pero me apartó la mano—. Yo no deseo a nadie más. Nunca.

Levantó la vista. Sus ojos eran como una herida abierta. Vi tanto dolor en ellos que se me rompió el corazón.

—Júramelo, Hayley. Júrame que no deseas a nadie más.

—Te lo juro —susurré. Le besé el párpado, la nariz, la mejilla, la boca. Él me rodeó con los brazos; respiraba de forma entrecortada y temblorosa.

La semana siguiente, P estaba fuera, así que teníamos la casa para nosotros solos.

—Oye, ¿por qué no hacemos algo juntos este fin de semana? —me propuso acercándose a mí desde atrás mientras yo cortaba un poco de fruta—. Solos tú y yo. Podemos coger mi coche. —Deslizó las manos por debajo de mi camiseta y me atrajo hacia sí. Yo me estremecí con el tacto de su cuerpo.

—Dios, me encantaría. —Dejé caer la cabeza sobre su hombro y él me besó el cuello—. Pero no puedo. E y yo hemos quedado para una maratón de pelis. —Se puso rígido. Se me cayó el alma a los pies de inmediato y me lamí los labios nerviosa—. Creo... creo que te lo dije, ¿no?

S no contestó. Se limitó a apartarse de mí. Me volví poco a poco y me lo encontré agarrado a la isla de la cocina. Cuando levantó la vista para mirarme, la furia gélida de su mirada me hizo recular.

—¿Eres consciente de todo lo que tengo que hacer para sacar tiempo para nosotros?

—Sí, sé que tienes muchas cosas que hacer, pero...

—¿Y podrías dejar de ver películas estúpidas de una vez?

—Sí puedo, pero solo pensaba...

—¡¿Acaso no soy la persona más importante del mundo para ti?!

Gritaba. Chillaba.

—¡Sí! —grité a mi vez. Tenía la visión nublada por culpa de las lágrimas—. ¡Por supuesto que lo eres! ¡Puedo cancelar mis planes...! ¡Puedo...!

S cogió su taza y la lanzó contra la pared. Los pedazos de porcelana rota cayeron por todas partes. En cuestión de segundos, volvía a tener cuatro años y estaba viendo cómo mi padre volcaba la mesa cuando le decía que no quería comer más espaguetis. Estaba encogida, asustada e indefensa.

Subí corriendo a mi habitación. Hui como una niña; me sentía exactamente como una niña asustada. Cerré de un portazo y eché la llave; temblaba con tanta violencia que me castañeteaban los dientes.

¿Qué estaba pasando?

¿Dónde estaba la Hayley que le hacía una peineta a su profesor por haber dicho que Ernest Hemingway era el mejor escritor de la historia a pesar de mi razonado e incontestable argumento que demostraba que era un misógino sobrevalorado? ¿Dónde estaba la Hayley que era capaz de ir al instituto con una camiseta en la que se leía «Todo lo que tú haces, yo soy capaz de hacerlo sangrando»?

Me dejé caer en el suelo, escondí la cabeza entre las manos y me eché a llorar.

Quería llamar a E.

Pero estaba tan tan avergonzada... Y tan asustada...

Pero no era solo eso.

También me sentía culpable. Me sentía culpable por haber disgustado tanto a S. Una parte de mí quería acudir junto a él, rogarle que me perdonase.

Pero ¿que me perdonase por qué?

P le había suplicado a mi padre que me perdonase. «No es más que una niña estúpida», había dicho señalándome a la cara. Pero eso no había bastado para que papá se quedase.

Una suave llamada a la puerta me sobresaltó.

—¿Hay? —La voz de S sonaba más amable que nunca—. Mierda, Hay, lo siento muchísimo. No pretendía ponerme así. Soy un imbécil... —Se interrumpió.

Yo no podía hablar. Me quedé sentada al otro lado de la puerta, muda, escuchándolo con atención.

—Entiendo que no me perdones —continuó—. Pero lo he recogido todo. Y he pedido una pizza; tu preferida. Solo quería que lo supieras. —Se aclaró la garganta—. Me voy, ¿vale?

—¡No! —Me puse de pie de un salto y abrí la puerta—. No te vayas. Por favor.

Antes de que me diera tiempo a rodearle el cuello con los brazos, ya me estaba besando; me besaba por todas partes, murmurando promesas y juramentos en susurros desesperados.

—Me quedo —me aseguró con fervor—. Por supuesto que me quedo.

Y ¿no es eso suficiente?
¿Que se quedara? ¿Que no se marchase?
«En la salud y en la enfermedad».
¿Acaso no es eso el amor?

Capítulo 20

Ella

No me puedo creer lo que estoy a punto de hacer. En ningún universo me habría creído capaz del engaño que estoy a punto de cometer. Sin embargo, después de lo que leí anoche, no logro que me importe. No soy capaz de quedarme sentada en clase ahora mismo y tampoco quiero estar sola.

Llamo a la puerta del aula del señor Price y asomo la cabeza antes de obtener respuesta. Este se interrumpe a media frase y, junto con el resto de la clase de Estadística, incluida Rachael y un Scott con cara de aburrido, se vuelve hacia la puerta perplejo. Seema, que está sentada en la última fila, parece encantada.

—Perdón por la interrupción, señor Price, pero el doctor Cantrell me ha pedido que venga a buscar a Seema. Es importante.

Seema, que Dios la bendiga, no espera a que el profesor conteste. Recoge sus cosas y viene directa hacia mí.

—Ya ve, señor Price. No puedo hacer esperar al director. —El profesor asiente confundido mientras cerramos la puerta.

—El doctor Cantrell no me ha pedido que venga a buscarte —confieso en cuanto ya no pueden oírnos. Ella pone los ojos en blanco.

—Es evidente. Pero me has salvado la vida. No sé si lo sabías, pero Estadística es la clase que menos me gusta.

—Lo sabe todo el mundo, Seema. El otro día te oí decírselo a la señora que sirve la comida en la cafetería. Venga, vámonos a algún sitio donde no nos pillen.

Solo conozco uno, así que, con una punzada de dolor, la llevo al pasillo de las enciclopedias de la biblioteca. Saco un paquete de gominolas ácidas que he comprado en la máquina expendedora y nos sentamos en el suelo la una al lado de la otra.

—Buen sitio —comenta Seema mirando a su alrededor—. Inteligente. Seguro que aquí se puede fumar hierba sin que nadie se entere nunca. —Se le iluminan los ojos con una expresión esperanzada.

—No te he traído aquí para que nos coloquemos, Seema —le aclaro secamente.

Ella suspira y niega con la cabeza.

—Soñar es gratis. —Alarga una mano y saca unas gominolas de la bolsa—. Bueno, ¿me vas a contar por qué me has sacado de clase?

Le digo la verdad.

—Es solo que… ahora mismo necesito estar con una amiga.

Su expresión se suaviza.

—Ya me parecía que estabas un poco disgustada. ¿Qué pasa, Ella?

¿Cómo voy a contestar a esa pregunta?

Me he pasado la noche en vela, reproduciendo cada palabra de esa entrada del diario en mi mente e intentando dar con pistas que se me hayan pasado por alto, tanto en el pasado como en el presente. Sin embargo, no he hallado ninguna. El Sawyer sobre el que escribió Hayley es tan distinto del Sawyer que conozco… ¿Dónde está esa oscuridad? ¿Ese profundo pozo de ira que amenaza con explotar en cualquier momento? Yo no veo nada de eso en Sawyer. Si hubiera estado escribiendo sobre Sean, o incluso sobre el capullo de Scott, sí que tendría sentido.

Pero la vida real nunca es así de fácil, ¿verdad?

«¿Por qué no me lo contaste, Hayley? —pienso—. ¿Qué más no me contaste?».

Seema aguanta mi silencio con una expresión amable. Me embarga una oleada de gratitud ante su generosidad y me infunde del coraje necesario para hacerle una pregunta:

—¿Cómo de bien conoces a Sawyer, Seema?

—Hum…, bueno, sé que puede hacer al menos un centenar de dominadas. —Me río por la nariz y ella sonríe. Sin embargo, poco a poco, el gesto se difumina en favor de una expresión más pensativa—. Bromas aparte, supongo que no lo conozco muy bien. He ido a algunas clases con él. Es listo, un estudiante decente… Aunque tampoco es que esté obsesionado con el instituto ni nada por el estilo. Tiene esa cara de mal humor permanente, pero a él le queda genial, o sea que está… —Enarca una ceja—. En fin, eso ya deberías saberlo, ¿no?

Asiento mirándome las manos y hago crujir la bolsa de gominolas.

—¿Alguna vez lo has visto… enfadado?

—¿Enfadado? —repite—. Una vez, pasé junto a las máquinas expendedoras y se le había quedado encallado un KitKat. Le dio una patada, pero cuando no consiguió sacarlo se fue, con mala cara, eso sí, y…

—¿Era muy fuerte la patada?

—No sé… Tenía la fuerza… ¿normal? ¿Esperable? O sea, tampoco me quedé allí pensando que la fuerza de la patada era más adecuada para una bolsa de Doritos ni nada por el estilo… ¿Qué pasa, Ella? —Se inclina hacia mí con el semblante serio y baja la voz—: ¿Te ha pasado algo?

«¿Sí? ¿No? ¿Cómo narices contesto a eso?».

—Lo siento mucho, Seema. Ya sé que lo que digo no parece tener mucho sentido. —Cierro los ojos y me presiono los párpados con los dedos—. Debería avisarte de que no he dormido nada. Cero. Ni siquiera me siento como un ser humano. Siento que estoy perdiendo la cabeza.

Los ojos marrón oscuro de Seema se suavizan. Alarga una mano y me da unas palmaditas en la rodilla.

—Oye… Puedes contar conmigo, ¿sabes? —Hace una mueca—. ¿Ha pasado algo con Sawyer? O sea…, ¿se ha enfadado? ¿Contigo? —pronuncia cada palabra con delicadeza.

Reprimo la imperiosa necesidad de defender a Sawyer y pienso atentamente en sus palabras. Reviso con rapidez los recuerdos que tengo de él, como si estuviese viendo un álbum de fotos. Por mi mente pasan vívidas imágenes de Sawyer a lo largo de los años: sombrío y callado después de una discusión con Hayley; gritando: «¡Venga ya!» cuando perdió su equipo preferido. Sin embargo, podría nombrar a otros cinco chicos de la clase que se pusieron así cuando las cosas no salían como ellos querían.

«¿Y lo celoso que se puso cuando me vio con Scott?». Pero fue algo más que eso, ¿no? ¿Acaso no había pensado que lo mejor era que nos evitáramos? Y ese día no fue el único que gritó; yo también le grité a él. En esa aula nos gritamos los dos... hasta que empezamos a besarnos.

Aquello no fue ira, sino un deseo mutuo que había cruzado el umbral del dolor. Aquello fue como una presa rompiéndose, y yo misma hice todo lo posible para derrumbar el muro que nos separaba.

Gimo, movida por la culpa y la confusión que me atraviesan todo el cuerpo, y entierro la cara entre las manos.

—Mierda, Ella —susurra Seema acariciándome el hombro—. ¿Es que Sawyer te ha hecho algo?

Le digo la verdad.

—No —susurro sin aliento—. No, no me ha hecho daño. Si quieres que te sea completamente sincera, es como un sueño hecho realidad. —Me estremezco al apartar los recuerdos de la noche anterior.

Ella me mira con escepticismo.

—Ya.

—No, te lo digo en serio. Ha sido maravilloso. Es solo que...

De ningún modo puedo contarle lo del diario. No puedo. De hecho, yo ni siquiera debería saber todo eso. Sin embargo, estoy tentada de mencionar los escritos de Hayley, porque necesito desesperadamente que alguien me ayude a entender todo esto. Daría cualquier cosa por que alguien me ayudara a relacionar al Sawyer que conozco con el que aparece en esas páginas, por que me ayudara a desplegar los bordes y las esquinas y me dijera que quizá malinterpreté algunas cosas a esas horas de la noche.

Pero la única que puede hacer eso soy yo.

Trago saliva.

—Es que no puedo dejar de pensar en Hayley. Y ahora en él y en Hayley. Y me pregunto si...

—Ah. Es eso otra vez. —Seema asiente con una expresión comprensiva—. ¿Todavía te estás machacando por lo de Sawyer? ¿Incluso después de nuestra conversación? —Se toma mi silencio como un sí—. ¿Y ahora te has pasado toda la noche en vela? Por la culpa, claro.

—Es... es muy difícil de expresar con palabras —suspiro.

Seema se apoya en la estantería.

—A ver, Ella..., te entiendo. Mira por todo lo que has pasado. Nadie podría tener pensamientos razonables y racionales respecto a algo así. Pero, claro, una persona como tú, siempre tan angustiada, aún menos. Tiene sentido que estés perdiendo un poco la cabeza, pero eso no hace que tus pensamientos sean ciertos.

Me doy un golpe en la frente con la palma de la mano.

—Solo me gustaría poder apagar mi cerebro.

—Puedes. ¿Quieres mi consejo de experta? Dile a tu cerebro que se apague y vete a la cama. —Se encoge de hombros—. La privación del sueño es una técnica de tortura real. No me mires así; te lo digo totalmente en serio. Hay gente que empieza a alucinar después de dos días sin dormir.

Puede que Seema tenga razón. Tal vez necesite reevaluarlo todo después de dormir y comer un poco. Exhalo con fuerza y me froto la frente.

—Un momento, Seema, ¿por qué sabes tanto sobre técnicas de tortura? —La miro arqueando una ceja.

Ella sonríe.

—No me digas que nunca has entrado en un bucle de curiosidad mórbida en Wikipedia. He aprendido cosas espantosas de narices, amiga mía. Te lo recomiendo encarecidamente.

Me echo a reír y niego con la cabeza.

—Gracias, Seema.

—No, ¡gracias a ti! El señor Price escupe cada vez que pronuncia una sílaba que empieza por «p». Y estamos haciendo los valores p, imagina. —Coge la bolsa de gominolas y se vacía parte de su contenido en la boca—. ¿Por qué crees que estaba sentada en la última fila? En serio, tienes permiso para rescatarme de la clase de Estadística siempre que quieras.

El resto del día pasa como envuelto en un halo nuboso y soñoliento. Estoy tan agotada que no tengo energía ni para protestar cuando la señora Langley me insiste para que me apunte como voluntaria a la feria de otoño de la semana que viene. Asiento débilmente cuando me propone: «¿Qué te parece el puesto de *s'mores*, como en los viejos tiempos?».

Cuando suena la campana que marca el final de las clases, mi cuerpo reacciona de inmediato poniéndose en alerta, con los nervios de punta. Estoy ansiosa por ir a buscar a Sawyer. Me dirijo a su coche respirando hondo, luchando por ralentizar los latidos de mi corazón. Sin embargo, tanta preparación resulta ser inútil, porque no está por ninguna parte.

Un par de brazos me rodean por la barriga y me aprietan, y unos labios rozan mi oreja.

—Te pillé —dice una voz grave y familiar.

Ahogo un grito, me aparto de un brinco y me doy la vuelta. Es Sawyer.

—¡No hagas eso!

—¡Perdona! No lo habría hecho si hubiera sabido que… ¡Perdona! —Su mirada desprende arrepentimiento. Y ahora la mía también.

—No pasa nada —digo con voz temblorosa mientras miro a mi alrededor, agradecida por que nadie nos haya visto. Todo el mundo se alegra tanto de haber salido del insti que no se les ocurre mirar más allá del vehículo que los va a llevar a casa—. Cualquier otro día no habría pasado nada, pero… es que anoche no dormí nada.

Su expresión se suaviza. Abre su coche y un mechón de pelo grueso y oscuro le cae sobre la frente, enmarcando su cicatriz a la perfección. Ahora mismo, podría ahogarme en esas piscinas de color caoba que son sus ojos. Conozco a este Sawyer. Este Sawyer aceptó de mil amores subir a la cima de una montaña conmigo, aunque le aterroricen las arañas y las garrapatas.

Nos sentamos en los asientos delanteros de su coche. Lo miro y no puedo evitarlo.

Lo rodeo con los brazos y presiono la cara contra su pecho, respirando su olor soleado y delicioso.

—Eh, hola —dice en voz baja y se ríe con afecto. Me acaricia la espalda con las manos con tanta dulzura que lo estrujo todavía más. Me da un beso en la cabeza—. Perdóname otra vez. Me siento fatal —murmura con la boca pegada a mi pelo.

—Lo sé —contesto, pero dudo que pueda oírme, porque su camiseta amortigua mi voz. «Este Sawyer se siente fatal cuando me asusta con un abrazo», pienso. Le agarro la camiseta con los dedos y noto un rumor en mi mejilla, una vibración en su pecho.

—Bueno… —dice, y se produce un cambio en la cadencia de su voz—. ¿Hay alguna razón en particular por la que no pudieras dormir anoche, Graham? —Oigo la sonrisilla en su voz. Me río, todavía con la boca pegada a su camiseta—. Te preguntaría si has probado ese truco del plátano antes de dormir que te dije… Pero creo que ya lo probamos anoche.

—¿Un plátano? —Me aparto y lo miro con los ojos entornados—. Pues sí que nos lo tenemos creído, ¿no?

Suelta una carcajada. Me mira y arruga los ojos, pero, tras unos instantes, su sonrisa se desvanece.

—Sí que se te ve cansada, Els. Aunque sigues estando guapísima, por supuesto —añade a toda prisa—, pero… pareces estresada.

Su rostro se difumina un poco.

—Al parecer, es posible que si no duermo pronto empiece a alucinar —digo.

—Vale —contesta como si le acabase de decir que tengo sed y necesitase una botella de agua—. Resulta que, aunque mi coche es una tartana, el asiento del copiloto es increíblemente cómodo. —Se inclina sobre mí y lo ajusta—. Aquí me he echado las mejores siestas de mi vida. Pero lo mejor será que lo compruebes tú misma.

Tiene razón.

Probablemente, el asiento del copiloto se inclina más de lo que debería, pero funciona bastante bien como cama. Sawyer saca una vieja sudadera del equipo de atletismo del maletero para que la use como manta.

—¿Adónde nos vas a llevar? —susurro, aunque cada vez me pesan más los párpados.

—Tú no te preocupes. —Me aparta un mechón de pelo de la mejilla—. Esta noche mi madre está en casa, así que no tengo que ir a cuidar de Callan. Tenemos todo el tiempo del mundo. Duerme todo lo que necesites, Els. No te preocupes por nada. —Me sonríe.

Y yo aún estoy sonriendo cuando me quedo dormida, sintiéndome segura y calentita.

Cuando me despierto ya se ha hecho de noche. El coche está parado y unas luces de neón arrojan un resplandor amarillo desde el exterior. Sin embargo, Sawyer no está en el coche.

Me incorporo, preocupada, pero entonces veo que está fuera, hablando por teléfono, y me relajo. Seguro que está hablando con su madre.

Y eso me recuerda a la mía. Presa del pánico, saco mi móvil y veo que tengo un mensaje suyo.

M
Oye, ¿dónde estás?

Escribo una respuesta sin pensármela siquiera.

E
¡Perdona! Tenía turno de cierre en el trabajo. Llegaré tarde. Lo siento mucho, me he olvidado de avisarte.

Me quedo mirando la pantalla. Los tres puntitos parpadean dentro del bocadillo, lo que indica que mi madre está escribiendo una respuesta. Sigue así un rato, así que me preparo para una bronca vía mensaje. Sin embargo, tras una larga pausa, lo único que recibo son dos letras:

Siento una terrible punzada de culpa y una tristeza inesperada. Hace un año, habría dado cualquier cosa por que mi madre estuviera menos encima de mí, aunque hubiera sido solo un poco. Ahora parece que por fin he conseguido lo que quería. Ya no lo está en absoluto. Cada vez que le miento, me sorprende lo mucho que me duele, pero la verdad es que no soy la hija que ella pensaba. Tampoco soy la hija que pensaba yo. Una lección devastadora para todos.

Suspiro y miro por la ventanilla. Sawyer se pasea de un lado a otro; los hombros anchos le tiran de la camiseta. Noto un calor que se me acumula en el estómago cuando me ve mirándolo y me dedica una sonrisa torcida y me guiña un ojo.

Un instante después, abre la puerta del coche y entra.

—Buenos días. ¿Cómo te encuentras? —me pregunta con una sonrisa.

—Me muero de hambre. —Acabo de darme cuenta de que hace mucho rato que no como nada.

—Pues no podrías ser más oportuna. —Estira un brazo hacia el asiento de atrás y saca una bolsa grasienta y pesada de la que emanan olores que me hacen la boca agua. Entonces me doy cuenta de que estamos en el aparcamiento de un restaurante.

—Dios, me encanta este sitio —gimo—. Dime que has comprado las tortitas de patata. —Meto la mano en la bolsa.

—¿Me tomas por un principiante? —contesta resoplando.

Doy un bocado enorme y gimo otra vez.

—Está buenísimo. Gracias.

Mientras como, él me entretiene con unas anécdotas encantadoras en las que Callan y él son los protagonistas. Cuando termino, después de una siesta de horas y con la barriga llena y calentita, me siento como nueva, mejor de lo que me he encontrado en mucho tiempo, si soy sincera, y abrumada por el afecto que siento por Sawyer.

—¿Sabes qué? Si este es el restaurante que creo que es, la piscina en la que trabajo está a la vuelta de la esquina.

—¿Ah, sí? —Una chispa traviesa le brilla en los ojos.

—Pues sí.

Arranca el coche.

—¿Estás de humor para una pequeña aventura? —me pregunta.

Se me llena el estómago de mariposas.

—¿Qué clase de aventura?

—Abróchate el cinturón y lo verás.

Cuando entramos en el aparcamiento casi vacío de la piscina me siento un poco menos segura.

—El conserje nocturno sigue por aquí —le digo señalando el coche de Angus—. Y no es un hombre agradable.

—Entonces será mejor que no nos pille. —Se acerca a mí mientras lo dice y me mordisquea el labio inferior. Solo con ese ligero contacto se me enciende el cuerpo entero. Apenas reparo en que Sawyer sale del coche, moviéndose de forma sibilina, como una pantera, mientras se acerca a la puerta de la piscina exterior.

—Ay, Dios —mascullo. Con el corazón acelerado, salgo del coche y lo sigo.

—Supongo que te sabes el código —me dice con una sonrisa señalando con la cabeza el teclado brillante que hay en la puerta de hierro forjado.

Se me seca la boca.

—Sí —contesto levantando la vista para mirarlo. Él ladea la cabeza; su sonrisa torcida se me clava en el vientre—. Si nos pillan… —le digo sin aliento—. Lo peor no será que pierda mi trabajo. Es una violación de la propiedad privada. Llamarán a la policía.

Se acerca a mí y me roza el lóbulo de la oreja con los dientes.

—Pero lo de no hacer ruido se te da muy bien, Graham. —Cierro los ojos; cada una de mis terminaciones nerviosas prende fuego—. No nos pillarán. Ya me aseguraré yo.

Sin pensármelo dos veces, introduzco el código y nos colamos en la piscina. Todas las luces están apagadas, incluidas las del fondo de la piscina. Aunque se nos haya acostumbrado la vista a la oscuridad, es difícil distinguir más que meras formas y siluetas.

Lo que es una auténtica lástima, porque Sawyer se ha quitado toda la ropa menos los calzoncillos.

—¿Qué haces? —susurro escandalizada, aunque sé exactamente lo que está haciendo.

—Date prisa, Graham —dice entre dientes mientras se mete poco a poco en la parte más profunda—. Un pajarito me ha dicho que esto es una misión secreta, y estás ahí plantada, a la vista de todos.

Con manos temblorosas, me quito toda la ropa salvo las bragas y el sujetador, y luego recojo nuestras prendas y las escondo en los arbustos. Me deslizo en el agua en silencio y no caigo en la cuenta hasta que noto las manos de Sawyer en la parte baja de la espalda.

Estoy en una piscina, de noche, a solas con Sawyer Hawkins.

Y estamos prácticamente desnudos.

—¿Tienes idea… —me dice mientras me besa el cuello— de lo irresistible que eres? Ella, no puedo pensar en nada que no sea tocarte.

Deslizo los brazos mojados alrededor de su cuello y me maravillo con su tacto, con la superficie de su piel que resbala en contacto con la mía, con su muslo contra el mío y la presión de mi pecho contra sus músculos planos y firmes.

De repente, ya no hay nadie más aparte de nosotros. Estamos solos en el mundo.

—Me encanta… —digo maravillada—. Me encanta moverme contra ti en el agua. —Mis piernas le rodean la cintura, como si ellas solas lo hubieran decidido.

—Dios… —gime Sawyer. Subimos y bajamos en el agua mientras nos frotamos el uno contra el otro. En un momento de lo más ardiente, apenas reparo en que nuestras caras se sumergen brevemente bajo la superficie. Sawyer ahoga un grito y se agarra del borde de cemento de la piscina con una mano—. ¿Lo ves? Prefiero tocarte que respirar.

—Puedo aguantar la respiración debajo del agua durante siglos —presumo mientras mi lengua juega con su cuello—. Soy casi una sirena. —Busco sus ojos oscuros en las sombras. Cojo la goma de sus calzoncillos con una mano y deslizo la otra por su barriga—. Podemos hacer cosas en el agua que los demás no pueden.

—En ese caso… —gruñe Sawyer mientras me mueve de forma que quedo aferrada a su cuello, tumbada sobre el agua—. Me gustaría retomarlo donde lo dejamos anoche. —Sigue agarrado del borde, pero su otra mano… Su otra mano está en todas partes. Sube por mi barriga, se cuela bajo mi sujetador y explora, aprieta—. Nunca había visto nada tan bonito —jadea contra mi boca— como tú, anoche, debajo de mí. —Baja la mano por mi barriga y la cuela por debajo de la cinturilla—. Y cuando te toqué… No me podía creer lo mucho… lo mucho…

—¿Lo mucho que te deseo? —susurro mientras me arqueo contra su mano para demostrárselo.

—Sí —dice en voz baja. Me mete la mano en las bragas y agacha la cabeza cuando me toca ahí para maldecir con fuerza—. Ella… —susurra moviendo los dedos—. Eres perfecta, Ella.

Nunca había sentido nada así. Esta presión que se acrecienta, esta sensación, como si me hubieran hecho una promesa, como si tuviera la certeza de que, si me aferro a ella, se cumplirá.

—Sawyer… —susurro. Parece que esté a punto de echarme a llorar—. Sawyer, por favor…

—¿Por favor, qué? —Su voz suena más ronca de lo que nunca la he oído.

—No lo sé —gimoteo, y el sonido lo hace presionar los dientes contra mi cuello—. No lo sé, por favor…

Él respira con dificultad; su mano se acelera. Cierro los ojos con fuerza y unas chispas rojas y doradas estallan bajo mis párpados; los músculos de mi cuerpo se tensan poco a poco como si algo fuese a explotar.

—Estás preciosa así, Ella… —Sawyer empieza a parecer tan anhelante como yo—. Vamos, Ella. Quiero que sea conmigo. Hazlo por mí.

Si en mi cerebro quedase espacio para las palabras, le preguntaría qué quiere de mí. Aunque hay un globo enorme que se expande en el interior de mi cuerpo, que es cada vez más grande y va a explotar de un segundo a otro.

No sé por qué, pero quiero que explote. Lo necesito.

El corazón me late a una velocidad imposible; traquetea contra mis costillas. La pierna izquierda me ha empezado a temblar con violencia, enrosco los dedos con tanta fuerza que me duelen. Vagamente, percibo que un sonido agudo y desesperado empieza a brotarme de la garganta.

Siento la necesidad de gritar el nombre de Sawyer, porque solo está Sawyer, mi cuerpo y esta imposibilidad que está creando con él. Y tiene que saberlo. Que, vayamos donde vayamos, estoy dispuesta a bajar del tren, que estoy viendo las vías de la montaña rusa y me voy a desplomar. Tápate las orejas; la mecha se ha prendido y la llama ha llegado por fin a los fuegos artificiales.

—Dios, Saw…

Una mano me tapa la boca con fuerza y de repente me da la vuelta, aprieta mi espalda contra su pecho y se abalanza hacia una esquina de la piscina.

Abro los ojos de golpe, pero está todo tan negro que no veo nada. Intento zafarme de los brazos de Sawyer, pero solo consigo que me apriete todavía más. Lo cojo del brazo y tiro de él, intentando desesperadamente poner fin a esta confusión, pero me tiene agarrada con demasiada fuerza.

Empiezo a dejarme llevar por el pánico. Me retuerzo contra él y lo pateo con toda la fuerza que puedo, pero él me inmoviliza el torso con los muslos con una fuerza sorprendente. No puedo moverme. El corazón sigue latiéndome desbocado, pero, por supuesto, por una razón completamente distinta.

Le clavo las uñas en el pecho y entonces, por fin, me suelta.

—Mierda, mierda, Els, ¿estás bien? Lo siento, lo siento mucho…

Lo aparto de un empujón.

—¿Qué coño haces, Sawyer? —Me agarro del borde de cemento.

—Ha salido el conserje —contesta a toda prisa—. No lo has oído porque estabas… —Carraspea—. Pero ha salido, y no quería que te despidieran y me he asustado, ¿vale?

Apenas distingo el rostro de Sawyer en la oscuridad, pero, aunque haya tan poca luz, veo perfectamente que tiene los ojos como platos y está horrorizado.

Todavía tiemblo, todavía tengo el cuerpo sensible, tanto del miedo como del recuerdo de sus manos. Una mezcla embriagadora y altamente desconcertante.

Pero sigo desconfiando un poco.

—Me has asustado mucho, Sawyer.

Se le hunden los hombros.

—No me extraña. Lo siento muchísimo, Ella. Es que no sabía qué otra cosa hacer. —Mira atrás—. Creo que se ha ido. Vamos, te llevo a casa, ¿vale?

Parece devastado por la culpa. Nada hacia el borde de la piscina para mirar por encima manteniendo una distancia respetuosa. Alejándose de mí. Todas sus palabras de arrepentimiento parecen sinceras. Con creces.

Y lo cierto es que me ha cogido desprevenida, pero no he estado en peligro en ningún momento. Y habría sido un desastre que Angus nos hubiera pillado.

Sawyer nos ha salvado a los dos y aun así se arrepiente de verdad.

—¿Seguro que se ha ido? —pregunto.

Él asiente.

—Seguro.

Le rodeo el cuello con los brazos y poso los labios sobre los suyos.

—¿Ella? —Estoy tan cerca de él que acierto a ver la luz de la luna reflejada en las gotitas de agua que hay pegadas a sus largas pestañas.

—No he terminado —susurro con voz ronca.

Él traga saliva con fuerza.

—¿Estás segura? —Restriego mi cuerpo contra el suyo para demostrarle lo segura que estoy. Él gime y me da la vuelta para ponerme contra un lado de la piscina—. Ella… —dice con voz ronca contra mi cuello mientras lo retoma donde lo ha dejado. Mi cuerpo me sorprende respondiendo con entusiasmo. Me sorprende darme cuenta de que quizá nuestra interrupción no ha aplacado las sensaciones, sino que las ha aguzado.

Porque no tardo mucho en sentir que unas chispas doradas llenan todo mi cuerpo. Sawyer amortigua mis gritos con la boca; el éxtasis casi me hace sollozar. De nuevo, no hay nada más en el mundo que me importe. Nada me interesa más allá de Sawyer, de sus talentosos dedos, de la lluvia de estrellas que me nubla la vista y de su nombre, que brota de mis labios una y otra vez.

Capítulo 21

Sawyer

Después de dejar a Ella en casa, paro a llenar el depósito.

—Mírate —dice Ralphie, que está apoyado en el mostrador—. Estás sonriendo otra vez.

—¿Ah, sí? —Doy un saltito frente a la pequeña cesta de juguetes baratos que Ralphie tiene al lado de los paquetes de chicle.

—Pues sí. Y corta; vas a asustar a mis otros clientes —refunfuña meneando su bigote blanco.

—Pero si no tienes más clientes —contesto alegremente incapaz de apartar la vista del montón de juguetes baratos. Nunca le había dedicado ni un solo segundo a esta cesta, pero hoy he visto algo que ha llamado mi atención. Saco uno de los juguetes, un jeep de metal, que está pintado con torpeza para parecer un vehículo de safari.

Me asomo por encima de la barrera de plástico mientras hago rodar el juguetito hacia delante y hacia atrás.

—¿Cuánto vale esto, Ralphie?

Lo mira con sus ojos rojos.

—Cinco.

—¿Céntimos?

—Dólares, idiota. —Da una calada a su vapeador, llenando el aire de humo con olor a uvas.

—Vale. —Dejo mi tarjeta de débito sobre el mostrador—. Cóbrame esta basura y veinte dólares en la cuatro. El lector de ahí fuera está estropeado, que lo sepas.

Ralphie me mira como si estuviese mal de la cabeza.

—¿En serio? Así, ¿sin más? ¿Sin regatear? ¿Sin buscar peniques entre los asientos de tu coche? ¿Sin gritarme por extorsionarte? —Mete mi tarjeta en la partición con los dedos, en los que se le marcan las venas moradas.

Me encojo de hombros.

—No sé, Ralph. Creo que las cosas están mejorando. —Cierro los ojos. Ella es demasiado increíble para mencionársela a Ralph, así que cambio de tema—. ¿Has ido alguna vez al zoo de Atlanta, Ralph? —Él refunfuña mientras aprieta de uno en uno los botones de la caja registradora—. Ya, yo tampoco. Ni Callan. —Sigo moviendo el coche de safari por el mostrador—. Pero le va a encantar. Y ¿sabes qué? —Lo señalo con el dedo—. A mamá también le va a encantar. —«Y a Ella también le encantaría», pienso. Ralphie gruñe y aprieta el último botón, y la campanilla de la caja registradora suena, alta y musical. Me guardo la tarjeta en el bolsillo y tamborileo sobre el mostrador antes de dirigirme a la puerta—. ¡Que tengas una buena noche, Ralphie! —le digo riéndome ante su perplejidad.

Sigo silbando cuando entro en la cocina de casa. Mamá está junto a la mesa rebuscando en su bolso, con la espalda hacia mí.

—Vaya, vaya, ¡si es mi maravillosa madre! —Le doy un fuerte abrazo desde atrás—. Tengo una pregunta. ¿Qué crees que es más divertido, un gorila o un panda?

—Sawyer…

—Tienes razón. ¡Es imposible elegir! —La cojo de las manos y tiro de ella hacia mi costado, haciéndola girar. Es una danza que solíamos bailar juntos de broma—. Otra pregunta. ¿Qué es mejor comer cuando estás viendo elefantes: un polo o un sándwich helado?

—Sawyer…

—Es verdad, es verdad, ¡también es imposible elegir! —La vuelvo hacia mí—. Pero ¿sabes qué, mamá? ¡No tendrás que elegir! Todas las propinas que gane a partir de ahora las vamos a gastar en divertirnos. O mejor aún: ¡quizá pueda volver al equipo de campo a través! ¡Las opciones son infinitas! —La suelto y me saco el jeep de safari del bolsillo—. Ya me avisarás cuando te den la carta con la oferta. Quiero estar delante cuando se lo cuentes a Callan. Estoy pensando un discursito sorpresa con este juguetito… —Dejo el coche sobre la mesa y lo hago rodar hacia un delantal doblado de la Casa de los Gofres. Parpadeo. Es el viejo uniforme de trabajo de mamá, que está al lado de su bolso y de un termo de café recién hecho—. ¿Qué es esto? ¿Les has dado las dos semanas de preaviso? Ya sabes que no tienes por qué hacerlo, mamá, sobre todo porque seguramente empezarás en el nuevo trabajo…

—No me lo han dado, Sawyer —me interrumpe en voz tan baja que estoy seguro de que no la he oído bien. Me apoyo en la mesa de la cocina.

—¿Cómo que no te lo han dado? Si eres perfecta para el puesto. Haces malabarismos con los horarios de los tres y con tres trabajos. El horario estúpido de un simple CEO sería pan comido para ti, cualquiera se daría cuenta de eso. ¡Cualquiera! —Me clavo el pulgar en la cicatriz.

—No te lo conté, pero no había vuelto a saber de ellos. Me estaba empezando a poner nerviosa, así que esta tarde he llamado a Betsy, la recepcionista. —Respira hondo de forma temblorosa—. Me ha dicho que en teoría no debía decírmelo, pero que… le habían dado el puesto a otra persona. Me ha dicho que yo les había gustado, pero que necesitaban a alguien que… tuviera un título universitario.

—No, mamá. ¡No! —Empiezo a pasearme por la cocina. Me hierve la sangre—. ¡Es ridículo!

—Baja la voz, Sawyer. Callan está dormido —me pide con aspereza.

—¡Venga ya, mamá! ¡Tenemos que hacer algo! —La cojo de las manos y me sorprendo al darme cuenta de que estoy temblando.

—Sawyer —dice. Se le rompe la voz y los ojos rojos e hinchados se le llenan de lágrimas—. Te entiendo, créeme. Pero así es como funciona el mundo, cariño.

—¡Mamá!

—Estaremos bien. —Se sorbe la nariz—. Seguiremos adelante, como siempre. No pasa nada, Sawyer. Todo irá bien. —Alza una mano para secarme la mejilla. ¿Cuándo he empezado a llorar? Me aparto de ella.

—No —contesto reculando—. No. Sí que pasa. —No puedo dejar de temblar—. ¡Esto es una mierda!

Su mirada se torna dura como el acero.

—No digas palabrotas, Sawyer Hawkins.

Me doy la vuelta de golpe.

—¡Pero es una mierda! No puedes... No puedes resignarte así, mamá. Puedo arreglarlo, te lo juro. Dame el número de su oficina. Iré mañana en persona. Lo convenceré. Le contaré a ese gilipollas todo por lo que has pasado, por qué no pudiste ir a la universidad... Le diré que fue por mí, que es mi...

—No harás tal cosa —me espeta mi madre—. La vida es así, Sawyer, y un berrinche no marca diferencia alguna. No he conseguido el trabajo y ya está. —Se cuelga el bolso del hombro y coge el delantal y el café—. Si tener ese trabajo significase no haberte tenido nunca a ti, en fin..., ¡que le den! Ningún trabajo merece la pena más que tú. ¿Me has oído, Sawyer Hawkins? Nada me importa más que tu hermano y tú.

Se toma unos instantes para dirigirme una mirada acerada y penetrante.

Pero lo único que veo son las sombras moradas bajo sus ojos llenos de lágrimas, y que su boca tiene una forma triste que antes no estaba ahí. Veo en su rostro las décadas de agotamiento consecuencia de sus tres trabajos, del estrés por pagar el alquiler. Mi dulce y valiente madre. ¿Después de todo lo que ha sufrido esta es la vida que tiene?

Algo se rompe en mi interior.

—Esto... ¡Esto es una mierda! —Pego un puñetazo en la mesa de la cocina con cada palabra. Salen despedidos bolígrafos, botes de ibuprofeno y pintalabios con cada golpe.

Con la última, se oye un crujido terrible y la mesa se hunde por un lado. La pata que mamá y yo reparamos se ha vuelto a romper.

Algo horrible y amargo aúlla en mi interior.

—Entonces ¿esto es lo que nos merecemos? —grito—. ¿Mesas rotas y nada más? —Veo el cochecito de safari rodando por la mesa torcida y me sobreviene una oleada de desprecio por mí mismo tan potente que noto el sabor de la bilis en la garganta. Lo cojo—. Y que le den al zoo, ¿no? Y a los fines de semana, y a dormir, y al resto de necesidades humanas básicas. Que se vaya todo a la mierda, ¿no? —Lanzo el juguete contra la pared y se rompe en mil pedazos.

—¿Saw-Saw?

Callan está a escasos centímetros del punto donde he estampado el jeep, agarrado a su mono de peluche con las manitas sudorosas y los ojos más abiertos y aterrorizados que le he visto nunca.

«¿Qué coño he estado a punto de hacer?».

—Dios, Callan —digo con la voz rota—. Lo siento mucho, Callan. —Se le está arrugando el rostro; los ojos se le llenan de lágrimas—. Eh, colega —le digo alargando una mano—. No pasa nada, ven aquí… —Pero, cuando doy un paso hacia él, rompe a llorar y echa a correr pasillo abajo, alejándose de mí—. ¡Espera! —Empiezo a ir tras él, pero mi madre se abalanza sobre mí y alarga un brazo para no dejarme pasar.

—¡Para, Dan, para!

Me quedo paralizado.

Los ojos de mi madre están llenos de lágrimas. Sería difícil saber quién se siente peor en este momento. No aparta el brazo. No intenta explicarse. Y yo no necesito que lo haga.

Salgo corriendo de la cocina y luego de casa, pensando que ojalá pudiera correr para siempre y no detenerme jamás. Pero esta no es una verdad de la que pueda huir. He de enfrentarme a ella.

Mi peor miedo se ha hecho realidad.

Dan es el nombre de mi padre.

Y esta noche mi madre lo ha visto en mí.

Capítulo 22

Ella

Ha vuelto a ocurrir cuando estaba en la entrada de casa, justo después de que Sawyer me dejara. Los médicos dijeron que cualquier cosa podría desencadenarlos. Los recuerdos, las regresiones. Quizá haya sido por el estado en el que me encontraba, temblando por culpa de la humedad de la noche, con los nervios todavía a flor de piel tras mis actividades nocturnas, por haber caminado por el filo entre el placer y el terror. Tal vez fuera la luz gélida de la luna llena, fría y cortante. O quizá porque ya era hora de que recordase algo más de aquella noche.

¿Quién sabe por qué? Y da igual.

Lo que no da igual es que un momento estaba observando las luces traseras del coche de Sawyer mientras se alejaban carretera abajo y al siguiente me encontraba inmersa en un recuerdo tan vívido como los que había recuperado anteriormente. De repente, estaba en el asiento del conductor de mi coche, la noche del accidente.

Estoy apretando el volante con las manos como si me fuese la vida en ello.

Hayley grita.

—¡Acelera! —me chilla al oído.

Un clic. El sonido del cinturón al desabrocharse.

Y ahora estoy sentada en el escritorio de mi cuarto mirando fijamente el diario de Hayley, que está cerrado delante de mí. ¿Cuánto rato llevo en esta silla? ¿Veinte minutos? ¿Una hora? ¿Seis? No importa. No estoy más cerca de encontrarle sentido a todo esto que cuando me he sentado después de haber subido de la calle temblando como una hoja.

Tengo el pelo reseco del cloro y la ropa húmeda, y todavía noto el tacto del cuero del volante en la palma de la mano. Oigo un pitido imposible en la oreja derecha. ¿Ha sido un recuerdo real? Porque, si lo ha sido..., ¿por qué Hayley estaba tan aterrorizada?

Recuperar un recuerdo solo ha servido para crearme más preguntas sin haber respondido ninguna de las que ya existían. Igual que el diario de Hayley. Cada vez que lo leo, buscando claridad en él, buscando la paz que tan desesperadamente necesito, solo logro terminar más torturada que nunca.

Cojo el librito negro y acaricio el lomo con el pulgar. No tengo ninguna duda de que lo que leí aquí anoche es cierto. La experiencia de Hayley, su dolor, su miedo... Todo aquello ocurrió de verdad. La cuestión nunca ha sido si la creo o no. De hecho, el problema es precisamente ese. Porque, si la creo, ¿cómo es posible que me siga sintiendo bien besando a Sawyer o dejando siquiera que forme parte de mi vida?

«Ella, lo de besarse ahora mismo ya es quedarte corta», dice una voz que no me ayuda en nada en el fondo de mi mente.

Creo a Hayley, jamás dudaría de ninguna mujer que contara su verdad, y aun así... En fin, también me creo a mí. Creo en cómo me siento. En concreto, en cómo me siento cuando estoy con Sawyer. En su sinceridad, en lo que se preocupa por mí, en lo perdido que parece cuando nos besamos...

Sacudo la cabeza. Tiene que haber algo que se me esté pasando por alto. No es más que la esperanza de una estúpida desesperada, pero lo pienso de todos modos.

«Una entrada más, Ella. Quizá la respuesta esté justo delante de ti».

Esa voz tan poco útil empieza a decir cosas con algo de sentido. Al fin y al cabo, ¿y si Hayley explicara que Sawyer solo estaba pasando por una mala racha? A mí no me ha dado muchos detalles sobre su pasado, pero quizá en aquel entonces habían resurgido algunos traumas.

Quizá haya hecho unas sesiones intensivas de terapia y se haya corregido. Quizá ella mencione algo que arroje un poco de luz sobre el recuerdo que acabo de tener. O quizá todo esto sean excusas de mierda que me pongo a mí misma.

Abrazo el diario de Hayley contra mi pecho y me subo en la cama de un salto.

Solo hay una forma de descubrirlo.

Capítulo 23

El diario de Hayley

¿Lo ves? ¿Lo ves? Solo fue un mal momento. Un mal día. Todo el mundo se ha derrumbado alguna vez en un mal día. Por Dios, incluso E ha tenido sus momentos. ¿Te acuerdas del verano pasado cuando estaba leyendo aquel thriller romántico? E se encontraba sentada a mi lado en el sofá mientras yo buscaba algo para ver en Netflix, y de repente pegó tal grito que me dio un susto de muerte.

—¡Tres días leyendo! ¡Tres días perdidos! ¡Me he pasado la noche despierta para esta mierda! —Lanzó el libro al otro lado del salón, dejando un arañazo en la pared blanca. Y estamos hablando de E, que tiene el corazón de un Cavalier King Charles Spaniel bebé, pero me asustó de verdad. Cuando le pregunté con cautela qué le había hecho el libro, me contestó—: Acabo de leer quinientas páginas de desarrollo lento sin que llegue a pasar nada ¡para que la única escena romántica acabe con un fundido en negro al final!

—Pero ¿se han besado? —pregunté.

—Una vez. Y, antes de que me preguntes, no, ¡ni siquiera con lengua! —E estaba roja como un tomate, llena de furia.

—En ese caso, voy a ir a buscar ese libro para que lo vuelvas a lanzar.

Y eso hizo; lo lanzó con tanta fuerza que tiró un cuadro y nos llevamos una buena bronca de su madre.

Pero, a lo que iba, si le puede pasar a E, le puede pasar a cualquiera.

S incluido.

Y desde entonces la cosa ha mejorado. A decir verdad, creo que gracias a eso, S y yo tenemos ahora una relación más sincera. Nunca había visto esa faceta de él; ni siquiera sabía que existía. Pero ahora lo conozco completamente, mejor que nadie. Nos acostamos juntos en la cama y, mientras le acariciaba la frente, le pedí que me mostrara sus partes más feas, las más sucias, y le dije que jamás habría ninguna que no amase con todo mi corazón.

Persuadirlo me costó bastante. Lo besé. Le rogué y lo adulé, pero, al final, S bajó la guardia y se abrió conmigo.

Me contó que, cuando tenía siete años, no tenía fuerza suficiente para mantener cerrada la puerta de su dormitorio para defenderse de su padre cuando, borracho, se dejaba dominar por un arrebato de furia, pero que, aunque fuese solo un niño, sabía que, si esa noche los puños de ese hombre se dirigían contra él, significaría que no habían elegido a su madre.

Me contó que no recordaba un tiempo en el que hubiera querido a su padre, que los sentimientos más fuertes que le había profesado eran el odio y el terror y luego, cuando desapareció, alivio.

Y diez minutos después, entre lágrimas, S admitió que sería más sencillo si eso fuera cierto, pero que la verdad siempre era mucho más compleja. Que la verdad era que todavía recordaba el vuelco que le daba el corazón cuando tenía cinco años y oía las llaves de su padre en la cerradura cuando volvía de trabajar.

Me contó cosas terribles. Cosas aún peores. Cosas que me hicieron cerrar los ojos con fuerza al escucharlas.

Pero las escuché. Y lo besé mientras me las contaba.

—No hay nada que puedas contarme que no haga que te quiera más —le prometí.

Le confesé que me hacía sentir menos sola. Nuestras vidas no eran exactamente iguales. En lugar de un padre terrible que se había negado a marcharse durante demasiado tiempo, yo había tenido muchos padres terribles que se habían negado a quedarse.

—Querría culpar a Phoebe —le dije, pero luego admití lo único que apenas me atrevía a reconocer ante mí misma—. Si hubiera sido más fácil quererme…, ninguno de ellos se habría ido nunca.

—Ahora ya no importa —repuso S mientras me abrazaba—. Ahora me tienes a mí. No necesitas a nadie más.

Juraría que hay una especie de vínculo psíquico entre nosotros.

No sabría decir cuántas veces, durante las pasadas semanas, he estado tumbada en la cama, anhelando estar con él, y he recibido un mensaje suyo en ese preciso instante.

«Sal».

Y me escabullo por la puerta principal y ahí está, apoyado en su coche, con un girasol en la mano.

—¿Qué haces…? —Pero no puedo ni acabar la frase porque ya me ha estrechado entre sus brazos, porque ya presiona su boca contra la mía. Siempre nos sabe a poco. Nos metemos a toda prisa en el asiento de atrás y nos lanzamos el uno encima del otro, y cuando terminamos, sudados y jadeantes, siempre nos las hemos arreglado para sentarnos encima de la flor. Siempre me entristece un poco, y cuando acuno los pétalos rotos S me da un beso en la clavícula y esboza una sonrisilla.

—Supongo que tendré que traerte otra —me dice, y siempre lo hace.

Un día, E y yo fuimos de compras al centro comercial, algo que llevábamos tiempo queriendo hacer las dos solas. S se sentía tan mal por su arrebato que casi había insistido en que organizase una excursión solo de chicas con E.

Había encontrado varias faldas y camisetas que quería probarme, así que fui al probador mientras E miraba zapatos. Unos segundos después de que me quitase la camiseta, la puerta del probador se abrió y alguien entró a toda prisa y me tapó la boca antes de que me diera tiempo a gritar.

—Tranquila, Hay, ¡soy yo! —susurró S con un brillo travieso en los ojos.

El corazón no dejaba de martillearme contra el pecho.

—¿Qué haces? —susurré—. ¡Si hemos quedado dentro de un par de horas!

—Ya lo sé, pero te he visto y no me he podido resistir. Había venido a comprarle una cosa a mi madre. No me acordaba de que tú también ibas a venir… —Empezó a besarme por el cuello y el cuerpo se me encendió, como siempre me pasa con él—. No soy capaz de pensar… Te tengo aquí delante en sujetador, falda y botas… Y estás buenísima.

—Me iba a probar ropa. ¿Quieres que te haga de modelo?

—Luego —susurró. Me dio la vuelta para ponerme de cara al espejo. Apoyó la barbilla en mi hombro y me miró a los ojos a través del reflejo—. ¿La notas? —Me clavó los dedos en las caderas y me apretujó contra él. Yo me mordí el labio para no gemir—. Mira lo que me haces, Hayley. —Oí cómo se bajaba la cremallera poco a poco—. No apartes la vista del espejo —susurró—. Quiero que veas lo preciosa que estás cuando te hago perder la razón.

Y eso hice. No aparté la vista ni un segundo mientras duró aquel acto lento y delicioso. Tuvo que taparme la boca con la mano; si no, nos habrían detenido por escándalo público (y extremo), pero, una vez más, S me enseñó un sendero de placer que no sabía que existía.

Sentí una oleada de vergüenza cuando por fin salí y me encontré a E, que me dijo:

—¡Menos mal! Supongo que te ha costado decidirte. ¿Vas a quedarte algo?

¿Lo ves? ¡La vida con S es todo besos, girasoles y mucho más! ¡Ja! La verdad es que me tiene entretenida. Entre él, el instituto y E, no tengo tiempo de preocuparme por la mierda de Phoebe. ¡Es todo un alivio!

Voy a tener que dejarlo aquí, porque S acaba de mandarme un mensaje. Está ahí fuera y vamos a ir a comer algo. ¡Hasta luego!

Me siento tan avergonzada…

Tan humillada…

Me siento perdida.

¿Qué clase de vida tengo, que en un momento como este solo puedo recurrir a este diario?

Todo lo que he escrito antes es cierto. S ha sido perfecto. Feliz. En serio, hace apenas unas horas estaba escribiendo sobre lo maravilloso que era todo.

Esto es lo que ha pasado.

Cuando he salido para encontrarme con él, me he dado cuenta enseguida de que estaba de mal humor. Pero, bueno, ¿a quién no le pasa? Además, llegados a este punto, ya lo conozco bastante bien. Tengo mis métodos para animarlo.

—¿Estás bien? —le he preguntado al subir al coche.

—Estoy cansado. Ha sido un día muy largo.

—Pobrecito —he contestado con sinceridad. Me he inclinado para darle un beso en la mejilla. Por desgracia, en ese preciso instante, él se ha vuelto hacia mí para mirar antes de echar marcha atrás, así que le he clavado la nariz en la mejilla sin querer.

—¡Perdona! —he exclamado al tiempo que él gritaba:

—¿Podrías, por una vez, no ser un puto grano en el culo?

He asentido enseguida. El corazón me latía a toda prisa. Me ha dolido, por supuesto. Siempre me duele que se ponga así, pero sé que no piensa de verdad lo que dice, y, aunque esa vez lo hubiera hecho sin querer, no le falta razón. Puedo ser un grano en el culo, de eso no hay duda. A veces incluso lo hago a propósito. Últimamente no, claro, pero… Bueno, hay un momento y un lugar para todo.

He pasado el trayecto dándole vueltas, con la cabeza gacha. Estaba intentando prestar mucha atención a S. Todavía no se me da muy bien predecirlo, pero a veces atisbo a qué categoría de tempestad me enfrento. La categoría cinco significa que la noche está perdida. Inténtalo otra vez mañana. Una de categoría tres puede terminar bien o mal, pero se puede salvar. Las categorías uno o dos significan que solo necesita un ratito de educado silencio para tranquilizarse, y luego todo va bien.

La verdad, ya ni siquiera recuerdo ninguna de la categoría uno o dos.

He tenido el cuidado de no canturrear ni de mover la pierna arriba y abajo, lo que me ha exigido bastante concentración. El trayecto ha sido más largo de lo habitual, porque queríamos probar un Burger Shack que han abierto a un par de pueblos del nuestro, pero a S le ha venido bien conducir durante un buen rato. Cuando hemos llegado al aparcamiento, sentía que parte de la tensión ya se había disipado.

—Mierda, Hay —ha dicho después de parar el motor—. Soy el tío más gilipollas del mundo. Lo siento. El día ha sido un asco, y lo he pagado contigo aunque eres literalmente lo único bueno que tengo en esta vida. —Se ha inclinado hacia mí y me ha besado—. Tú nunca eres un grano en el culo —ha murmurado.

Categoría uno, pues.

O eso pensaba yo.

Le he devuelto el beso, le he asegurado que lo comprendía y le he dicho que no fuera ridículo, porque yo era sin duda alguna un grano en el culo. La verdad es que sobre todo me sentía aliviada. Aliviada porque, quizá, la noche no sería un fiasco y quizá podría relajarme un poco.

Hemos entrado en el restaurante agarrados el uno al otro, con su brazo alrededor de mi cintura y mi cabeza sobre su hombro. Todo iba bien. Hemos esperado en la cola, hemos mirado el menú, todo ello mientras yo seguía entre sus brazos. Me sentía en paz.

—¡El siguiente!

Mientras pedíamos, S todavía era dulce y cariñoso.

Se ha ido a buscar una mesa mientras yo esperaba la comida. Mientras tanto, me balanceaba al ritmo de la música y tarareaba la canción que sonaba en la radio, intentando no darle muchas vueltas al arrebato que había tenido en el coche. Cuando han gritado nuestro número, he cogido la bandeja. Mientras iba a por los paquetes de kétchup, mostaza y sal, me he dado cuenta de que nos faltaba una ración de patatas fritas, así que he vuelto al mostrador.

—¡Oye! —le he dicho al chico—. No pasa nada, pero creo que ahí detrás hay una ración de patatas fritas que lleva mi nombre.

—Sería bastante raro —contestó mientras me llenaba una bolsa de patatas recién hechas—. En Burger Shack dejaron de hacer patatas fritas personalizadas en los años noventa. —Y depositó una ración extragrande en mi bandeja.

—Bueno, pero yo formo parte de la realeza de Burger Shack. No se lo cuentes a nadie. Gracias por el tamaño extra.

—De nada —ha contestado con una sonrisa.

No le he dado ninguna importancia. Me he olvidado del chico del mostrador de la hamburguesería en cuanto me he dado la vuelta.

Pero, antes de que me diera tiempo a dejar la bandeja delante de S, me ha agarrado de la muñeca y se me ha llevado a rastras de la mesa.

—Nos vamos ahora mismo.

—¿Qué? Pero la comida…

La gente nos ha mirado cuando la bandeja se me ha caído de las manos. Las patatas se han desparramado y el batido de vainilla se ha derramado sobre la mesa. «Menos mal que aquí nadie nos conoce», he pensado con los ojos llenos de lágrimas de humillación. Llevaba unas chanclas, así que casi no podía seguirle el paso a S mientras me sacaba a rastras de allí.

«Categoría cinco, categoría cinco», sonaba la alarma de mi mente.

Me estaba devanando los sesos, preguntándome en qué me había equivocado. Esos han sido los momentos más duros, cuando pensaba que había hecho todo lo que podía, que había recordado todas las cosas que me había pedido, respetado todos sus límites, y aun así me las había arreglado para disgustarlo.

—Por favor —le he rogado—. ¿Qué he hecho?

S no ha contestado hasta que no hemos llegado a su coche.

—No te hagas la tonta. Sabes perfectamente lo que has hecho. —Ha abierto la puerta del copiloto y me ha metido de un empujón. No ha vuelto a decir nada hasta que no estábamos ya en la carretera. Me ha mirado con asco al ver cómo me había acurrucado en el asiento, cómo intentaba ocultar las lágrimas.

—Te juro que no lo entiendo. Por favor, dímelo para que pueda arreglarlo.

S ha pisado el acelerador. Su furia resonaba por encima del rugido del motor.

—¿Quién era ese tipo con el que estabas tonteando? —me ha gritado por fin.

Me he tirado del pelo. No tenía ni idea de a quién se refería, pero eso a él no le importaría. En una situación como esa, no tenía forma de ganar. Si sabía a quién se refería, confirmaría su paranoia. Si no lo sabía, estaría mintiendo.

Estaba condenada en cualquier caso. Yo era la única que sabía la verdad.

—Sé que no me vas a creer —he contestado poco a poco con la voz temblorosa por culpa de las lágrimas—. Pero te juro por todo lo sagrado que no sé a quién…

—¡No sé qué le has dicho para que te diera comida gratis! ¿Qué le has prometido, eh?

Ha parado en la puerta de casa haciendo rechinar los neumáticos contra el asfalto.

—Espera, ¿el empleado del Burger Shack? —Era ridículo. Lo más ridículo del mundo.

Era de una absurdez grotesca y ridícula. Una comedia hecha de errores.

¡¿El chico de las patatas fritas?!

¿De verdad S pensaba que me arriesgaría a una tempestad de categoría cinco por un puñado de patatas fritas?

Solté una carcajada oscura, a medio camino entre el júbilo y la pena. Las lágrimas me rodaban por las mejillas.

—¡Deja de reírte! —rugió S fulminándome con la mirada.

—Yo… no puedo —contesté sin aliento, entre sollozos. Me costaba respirar. Y no podía, de verdad que no podía.

—¡Deja de reírte de mí! —gritó.

Y, como no he obedecido, ha echado el brazo hacia atrás y me ha abofeteado con el dorso de la mano con tanta fuerza que me ha estampado la cabeza contra la ventanilla. He sentido un estallido de dolor en ambos lados de la cabeza. Y seguía sin entender lo que había pasado.

S no me había pegado. Él no haría eso. Eso no le ocurría a una chica como yo.

¿Me había reído tanto que me había golpeado yo sola contra el cristal?

Perpleja, me he llevado una mano a la cara y he tocado algo húmedo. Al bajar la vista, he visto unas gotitas de sangre en la punta de mis dedos. Notaba un sabor metálico en los labios.

He mirado a S esperando ver en él horror y arrepentimiento, esperando que se desgañitara justificándose, diciendo que algo lo había poseído…

Pero miraba al techo con una expresión furibunda, asolado todavía por una ira fría, con los dientes apretados; si acaso, un poco más… ¿aliviado?

Ha sido entonces cuando se me ha venido todo encima. Que me había acordado de coger los paquetitos de sal que le gustan a él. El momento en el que mi batido de vainilla se había derramado poco a poco por la mesa. Lo mucho que me apetecían unas patatas fritas. El sonido de mi cráneo al estamparse contra el cristal de la ventanilla. El agudo dolor de cabeza que había empezado a extenderse por mis sienes, empeorando con cada segundo que pasaba.

Me he atragantado con un sollozo, horrorizada, he abierto la puerta del coche y he bajado tambaleándome sobre el asfalto. He ido corriendo a la puerta de casa y he intentado meter la llave en la cerradura con dedos temblorosos.

Tras poner el pestillo, subir corriendo a mi habitación y asegurarme de que todos los cerrojos estuvieran puestos, tanto el de mi puerta como los de las ventanas, ya tenía ocho llamadas perdidas de S. Aterrorizada, he apagado el teléfono y lo he metido en el armario, temerosa de que él pudiera salir arrastrándose del aparato mismo.

Y aquí estoy ahora, narrando este espectáculo de los horrores para que nadie lo lea jamás. Me acabo de mirar en el espejo. No tiene mala pinta; duele más de lo que se ve. Tengo el labio partido y una mancha roja en el pómulo, donde me ha dado con los nudillos, pero no creo que me salga un moratón. Y también me ha salido un pequeño chichón donde me he golpeado contra la ventana, pero está debajo del pelo, así que nadie lo verá.

Lo que no entiendo es por qué me siento tan avergonzada. Tan mortificada.

No es que me hubiera imaginado nunca que algo así pudiera ocurrirme a mí, pero antes, cuando veía películas o leía noticias sobre los tíos asquerosos que hacen estas cosas a las mujeres, sentía que la rabia me consumía, tanto que tenía que ponerme de pie y pasearme de un lado a otro de la habitación.

«Jamás permitiré que nadie me haga eso a mí —le aseguraba a E—. Lo mataría. Los mataría a todos».

¿Y ahora? Ahora solo quiero meterme debajo de la cama, extirpar este recuerdo de mi cerebro para olvidarme de que una vez ocurrió, borrarlo de mi existencia para que nadie lo descubra jamás.

¿De dónde sale esta necesidad abrumadora de pedir perdón una y otra vez? No a S, claro. Bueno, sí, tal vez a S. Eso es lo más jodido de todo. No lo sé. Es más bien una disculpa general. Pedir perdón a toda persona a la que le haya ocurrido esto alguna vez. Siento que muchas de vosotras estéis en una situación peor. Siento ser una cobarde. Siento haberos juzgado.

Siento no poder contártelo, E.

Eres a quien más querría contárselo. Pero... no puedo.

¿Cómo he llegado a esta situación? ¿Cómo llega nadie a esta situación en la que la única esperanza se halla en un pedazo de papel secreto que terminará en un vertedero sin que nadie lo lea jamás?

¿Qué hago, diario? ¿Qué coño hago ahora?

Capítulo 24

Ella

Me veo obligada a cerrar el diario de golpe antes de que alguna de mis lágrimas emborrone las palabras de Hayley. Sentada en mi cama con las piernas cruzadas, oteo horrorizada la oscuridad. Quiero meter este cuaderno en el armario, igual que Hayley quería hacer con su teléfono. Las palabras que acabo de leer son demasiado espantosas; la culpa demasiado inmensa. ¿Qué puedo hacer sino aferrarme a él con más fuerza?

—Hayley… —Me apretujo el diario contra la barriga; las esquinas se me clavan en la carne blanda de alrededor del ombligo—. Lo siento mucho. Lo siento muchísimo.

Hayley estaba aterrorizada, perdida y sola, muy muy sola. ¿Cómo es posible que yo no tuviera ni idea? Seguramente, al día siguiente vino a clase y se sentó a escucharme mientras yo me lamentaba por que tenía que entregar un trabajo de siete páginas la misma semana que tenía una competición importante de natación. Las cosas que me hacían perder el sueño me dejan de piedra.

Suena el despertador y un nuevo horror se adueña de mí: Sawyer.

¿Cómo narices me voy a enfrentar ahora con Sawyer? Noto una dolorosa presión en los pulmones; de repente, es como si no lograra respirar bastante oxígeno.

Hayley tenía mucho mundo. Era sabia como ninguna chica de diecisiete años debería serlo. Me siento como un renacuajo mientras ella sería una de esas ranas preciosas de la selva amazónica cuyos vivos colores te demuestran lo brillantes y letales que son. Ella siempre tenía respuestas para todo y me aseguraba que cuidaría de mí, por muy inocente que yo fuera.

Nunca la vi asustada. Nunca oí incertidumbre en su voz. Y yo no tenía ni idea de lo de Sawyer.

Excepto por Hayley, no había nadie en el mundo que me hiciera sentir más segura que él. E, incluso a pesar de mis dudas en algunos momentos, si anoche me hubiera pedido que me tirara por un puente, lo habría hecho.

No hallo ningún consuelo al ver que yo no era la única.

Sawyer nos tenía engañados a todos.

Una llamada a la puerta me sobresalta. Meto el diario debajo del colchón.

—¿Ella? ¿Qué haces en la cama todavía? —Mamá enciende el interruptor de mi cuarto y frunce el ceño al ver que hago una mueca por culpa de la luz.

Midna entra corriendo desde el pasillo y salta en la cama con un alegre maullido. La cojo y entierro la cara en su pelaje suave y cálido.

—¿Qué...? —Mamá se da la vuelta cuando me oye sollozar—. Dios mío, Ella. ¿Qué pasa?

Midna ronronea y yo rompo a llorar.

Noto un peso en el colchón y una mano sobre mi pierna.

—¿Estás enferma? ¿Te ha pasado algo?

Sollozo otra vez y levanto la vista para mirar a mamá. Parece preocupada y confundida. Por un instante, imagino el alivio que sentiría si me desahogara con ella, si le entregase a un adulto la carga que llevo sobre los hombros y pudiera hacerme un ovillo en la cama y dormir durante un millón de años.

Mamá me estrecha el tobillo, medio para animarme, medio para insistirme, y contemplo esa posibilidad por un segundo fugaz. Podría contárselo todo. Sin embargo, ella no vería más allá de lo que he hecho con Sawyer. No vería más allá de los encuentros a escondidas, de las cosas que hemos hecho y las que casi hemos hecho. Y ya está bastante decepcionada conmigo.

Pero, más que nada..., ¿por qué debería hacerla cargar con los horrores del diario de una chica muerta?

Suelto el cuerpo suave y esbelto de Midna, que me da un cabezazo leve en la mano y se ovilla junto a mi muslo.

—No me ha pasado nada, mamá —contesto con voz ronca—. No me encuentro bien. Creo que hoy no voy a ir al instituto.

O no voy a ir nunca más.

Mamá me apoya el dorso de la mano en la frente.

—Pues fiebre no tienes. —Frunce el ceño y me dirige una mirada penetrante—. Bollito, ¿qué es lo que pasa? —Mi mote de la infancia y el matiz de urgencia en su voz me tientan otra vez a confesar la verdad. Porque esto es lo más difícil; ella quiere ayudarme de veras.

Pero no puede.

Cierro los ojos.

—Nada, mamá. Creo que no he dormido bien.

Mi madre jamás superaría lo mucho que he traicionado su confianza, lo mucho que he profanado la idea de la niña que una vez fui. Si mis padres...

Abro los ojos de repente.

No puedo recurrir a mis padres, pero hay otro adulto con quien sí puedo hablar. Un adulto que todavía recuerda lo que significa ser joven y estúpido.

Bajo de la cama de un salto, sobresaltando tanto a mi madre como a Midna.

—Mierda. Me acabo de acordar. Tengo un examen de Ciencia política, no puedo quedarme en casa. —Corro a mi armario a cambiarme.

Veo el dolor que aflora en el rostro de mi madre, pero desaparece al cabo de un segundo. Se pone de pie, asiente y se alisa las arrugas de la blusa, con el rostro inexpresivo de nuevo.

—Si estás segura de que estás bien... El autobús no tardará en llegar.

—Sí —contesto distraída mientras me subo los vaqueros. Pero no tiene de qué preocuparse. No pienso perder ese autobús. Es lo único que me separa de una persona que sí sabrá qué hacer.

Cuando llego al instituto voy directa al despacho del señor Wilkens. Tiene la puerta abierta y está sentado a su escritorio, tecleando en su portátil con la música puesta. Gracias a Dios que está solo.

Llamo a la puerta con un puño tembloroso y levanta la vista. Empieza a sonreír, pero se detiene en cuanto repara en la expresión de mi rostro.

—Ella, ¿qué ha pasado? ¿Estás bien?

—No. ¡No! —Y ¡qué alivio contar la verdad!—. Estoy muy lejos de estar bien.

Su mirada se suaviza.

—Oh, Ella… —Corre a cerrar la puerta mientras yo me siento en la silla hecha un ovillo, abrazándome a mí misma a la altura de la barriga e intentando tragarme mis sollozos más violentos. Él coge una caja de pañuelos de su escritorio y se sienta en el sillón a mi lado.

—Toma —dice, y yo cojo los pañuelos que me ofrece—. Tengo un montón de cajas como esta, así que suénate los mocos todo lo que quieras.

Me río en mitad de un sollozo y enseguida empiezo a llorar con más fuerza. No siento ni una sola vez que esté haciéndolo demasiado rato o que no me esté comunicando lo bastante rápido. El señor Wilkens se queda ahí sentado, ofreciéndome su presencia gentil y paciente. No aparta sus ojos de mí, pero no siento que me esté juzgando ni que esté intentando leerme la mente, es más bien como si se tratara del pastor alemán de la familia. Está aquí para protegerme, para asegurarse de que yo esté bien.

De repente, por fin comprendo que ya no tengo por qué guardarme nada para mí. Ya no hay secretos. Este es un espacio seguro, lo que me provoca una oleada de gratitud hacia el señor Wilkens tan tan fuerte que he de reprimir el impulso de darle un abrazo.

—¿Sabe qué? —le digo con voz gruesa—. Esto se le da muy bien.

—¿Cómo?

Señalo a mi alrededor con poco entusiasmo.

—No sé. Esto. Escuchar.

Él suelta una carcajada, un sonido cálido y afectuoso.

—Recuerda que te pida a ti mi próxima evaluación laboral. —Me mira a los ojos—. Ahora en serio: ¿estás bien?

—Me he… me he enrollado con Sawyer. —Ha sido como sacarme un diamante de la garganta.

—Eh… De acuerdo. —El señor Wilkens parpadea. No sé qué se esperaba, pero no creo que fuera esto. Niega con la cabeza y se recupera rápidamente—. De acuerdo. Y supongo que te sientes… ¿culpable? Por Hayley.

—Supone bien. Supone fantástico. Soy la peor amiga capulla de toda la historia de las amigas y de las capullas. —Me siento bien al reconocer esta parte. Como si estuviera en un confesionario.

—De acuerdo, entiendo que te sientes terriblemente culpable, Ella, pero no hay ninguna razón para que digas unas cosas tan terribles y objetivamente imposibles sobre ti misma. —Niega con la cabeza—. Dicho esto, la culpa es un sentimiento perfectamente comprensible. Pero vayamos por…

—Él le pegaba.

—¿Qué? —Se para en seco—. ¿Quién le pegaba a quién, Ella?

—Sawyer le pegó a Hayley. No tenía ni idea. ¡Ni idea! Conmigo ha sido maravilloso, en serio, el chico de mis sueños, pero he leído su diario y él le pegó…

—Ella —me interrumpe el señor Wilkens con voz grave—. Ve más despacio. Vuelve atrás. Te creo. Y creo a Hayley. Pero estas acusaciones son muy graves. ¿Cómo sabes que Sawyer agredió físicamente a Hayley?

—Porque Hayley tenía un diario. —Las lágrimas me ruedan por las mejillas—. Sé que no debería haberlo hecho. Que no debería haberlo leído. Pero la echaba tanto de menos… Y entonces empezó a describir cómo Sawyer se puso cada vez más celoso y más controlador y luego… ¡luego le pegó tan fuerte que la hizo sangrar!

El señor Wilkens empalidece.

—¿Sawyer? —susurra.

—Ya lo sé. —Me aprieto una bola de pañuelos contra la boca—. Me siento tan estúpida…

—No. —El señor Wilkens se pone de pie y se presiona las sienes con los dedos—. Que ni se te ocurra sentirte estúpida, Ella. Esto no es culpa tuya ni de Hayley. El único culpable es Sawyer.

—Hace tantos años que lo conozco… Y pensaba que era la persona más maravillosa del mundo… ¿Cómo se las ha arreglado para ocultarlo tan bien? —Flexiono las piernas, las aprieto con fuerza contra mí y apoyo la barbilla en las rodillas.

El señor Wilkens se sienta a mi lado y me mira con ojos tristes y cálidos.

—Por desgracia, Ella, esto es bastante común con los maltratadores. Cuando estudiaba el máster, trabajé con víctimas de violencia de género en una de mis rotaciones. Era muy típico que amigos y familiares quedasen impactados al enterarse de que un ser querido había sido la víctima en una relación de abuso. Siempre se lamentaban de lo encantador y maravilloso que les parecía el maltratador. «Pero la quería mucho», decían, y «¡Pero era tan amable, tan divertido!». —El señor Wilkens traga saliva. Parece a punto de vomitar—. Sé que no es culpa de nadie, pero, si alguien debería haber reconocido lo que era Sawyer y haber sido un apoyo para Hayley, ese soy yo. —Se pasa una mano por el pelo. Sin embargo, al cabo de unos segundos se recompone—. Lo siento, Ella. Eso no ha sido muy profesional por mi parte.

—No se disculpe —susurro. Me conmueve lo mucho que le importa—. Es bonito que haya alguien a quien le importa tanto como a mí. Aunque Hayley ya no esté.

Él asiente con la mirada fija en el suelo.

—Me importan todos mis alumnos, pasados o presentes. —Al cabo de unos instantes, levanta la vista de golpe—. Ella, ¿te ha hecho algún daño?

—No —respondo. Un escalofrío me recorre la espalda—. Todavía no.

—Gracias a Dios. ¿Sabe que tienes el diario?

—Nadie lo sabe. Excepto usted.

—Bien. —Se pone de pie y se pasea por detrás de su escritorio—. Por ahora, lo más seguro es que no lo sepa nadie más. Es lo más parecido a una prueba que tenemos. Si… si es que se puede considerar una prueba. —Frunce el ceño—. Sin Hayley, me temo que en un juicio no tendría mucho peso.

—¿En un juicio? —Me incorporo, presa del pánico—. Un momento, señor Wilkens… ¿Quiere mandar a Sawyer a la cárcel?

El psicólogo deja de pasearse y, al reparar en la expresión de mi rostro, suaviza la mirada.

—Ella… —dice con amabilidad. Se acerca y me pone un mano en el hombro—. No puedo ni imaginarme lo difícil que todo esto ha sido para ti. No solo eres amiga de Sawyer desde hace mucho tiempo, sino que… estoy seguro de que, últimamente, tus sentimientos por él se han incrementado en gran medida.

Cierro los ojos con fuerza. He de dar voz a estos pensamientos tan traicioneros, de lo contrario, se me pudrirán dentro.

—Señor Wilkens… —susurro—. Confío en Hayley con todo mi corazón. Era mi mejor amiga en el mundo entero. Pero esto me parece un poco precipitado… Y si… ¿Hay alguna posibilidad, por remota que sea de que… todo esto sea un malentendido? ¿De que… me haya equivocado en algo o haya leído mal o…?

—Ella. —Me da un apretón en el hombro; de su voz se desprende tanta comprensión que se me rompe el corazón—. Lo entiendo. Reconciliar al Sawyer que conoces con esta verdad escondida tan terrible sobre él… es un imposible. Cualquiera tendría problemas para aceptarlo. No eres la única. Hay mucha gente que conoce el dolor y la confusión que sientes ahora mismo. No te convierte en una mala persona, es más… —Me pasa de nuevo la caja de pañuelos de papel—. Resulta que creo que te convierte en una muy buena persona. Quieres ver lo bueno en todo el mundo, a pesar de tener delante verdades terribles. —La bilis me trepa por la garganta. Me la trago junto a esta horrible realidad en la que Sawyer le pegó a Hayley y yo anhelo sus caricias—. Ella, eres una chica muy inteligente. Brillante, según dice el director Cantrell. Pero en una situación como esta debes confiar en los profesionales. No pudimos ayudar a Hayley, pero podemos evitar que esto le ocurra a nadie más. Otra cosa que aprendí durante mi rotación es que los maltratadores como Sawyer no cambian. A no ser que ocurra una especie de milagro, Sawyer lo volverá a hacer. Te lo hará incluso a ti.

Lucho contra el impulso de cerrarme en banda, de recluirme en mí misma. No hay nadie más que pueda hacer esto por mí.

«No pude salvarte, Hayley, pero puedo salvar a otras».

Trago saliva con dificultad y alzo la barbilla.

—¿Qué debo hacer?

El señor Wilkens asiente con una expresión sombría pero orgullosa.

—¿Tienes el diario bien escondido?

—Sí. Está en mi habitación.

—Por ahora bastará. Contactaré con mi tío Rick, que es policía. No tengo ni idea de cómo funcionan las leyes al respecto ni de qué se puede hacer, si es que se puede hacer algo, sobre todo mientras Sawyer sea menor de edad… —Niega con la cabeza en un gesto de frustración—. Hablaré con él, le contaré lo que está pasando y veré si hay algo que el instituto o los agentes de la ley puedan hacer…

—¿Y si se coló en la piscina municipal por la noche? —suelto.

El señor Wilkens enarca una ceja.

—¿Tienes pruebas?

Me ruborizo avergonzada.

—Ninguna que no me implique a mí también.

Me mira fijamente con gesto pensativo, pero luego niega con la cabeza.

—No hace falta que pongamos en jaque tu propio futuro. Ya se me ocurrirá algo. Sé fuerte y haz todo lo posible para concentrarte en tus clases. —Hace una pausa—. Ella, estoy seguro de que no hace falta que te lo diga…, pero de ahora en adelante debes guardar las distancias con Sawyer. Tu seguridad es lo primero. —Al ver que me estremezco, se vuelve a sentar en el sillón, a mi lado—. Has sido muy fuerte. Cualquiera que hubiera sufrido lo que has pasado tú se habría derrumbado. Debes estar orgullosa.

—Gracias —respondo desolada.

Ladea la cabeza.

—¿Hay alguien en tu casa que pueda darte apoyo? ¿Alguna amiga, algún pariente? O… —Se interrumpe al ver la verdad en mi rostro.

Nadie. No tengo a nadie. Mis padres me sacarían del instituto y me mandarían a la otra punta del país. Jess es demasiado joven e inocente y ya he sido bastante carga para Seema. Además, ya está lo bastante preocupada con la solicitud para la Universidad de Georgia.

Solo hay una persona a quien podría haber recurrido. Pero esto ya lo sabemos, ¿no?

—Toma. —El señor Wilkens se mete la mano en el bolsillo y saca su móvil—. Apunta tu número. —Obedezco y, luego, me llama. Noto la vibración de mi teléfono contra mi muslo—. Ahora tienes mi número. Si empiezas a sentirte sola, confundida o asustada, úsalo.

Me acaricio el teléfono a través del bolsillo. Ahora mismo, se me antoja un salvavidas. Un paracaídas. Estoy tan aliviada que me siento mareada.

El señor Wilkens me mira fijamente, con afecto y firmeza.

—Mantente a salvo, Ella.

Es una frase muy simple, pero ahora mismo no sé si volveré a sentirme a salvo algún día.

Capítulo 25

Ella

En otra vida, o en otro universo, la noche de hoy habría sido perfecta. Para estar a finales de septiembre y en Georgia, esta noche hace mucho frío, y el aroma del algodón de azúcar recién hecho y la sidra de manzana caliente flotan en el viento fresco y otoñal.

Parece que el instituto entero ha venido a la feria de otoño. La mayoría de los miembros del claustro se van paseando por el recinto. La señora Langley me ha dado un abrazo rápido al principio de la noche, haciendo repiquetear todas sus pulseras, y me ha agradecido de nuevo que haya venido, y el señor Wilkens me ha mirado y ha asentido para darme ánimos desde su puesto, el mostrador de los billetes. Nia, Beth y Rachael me han dado cada una el abrazo de rigor antes de irse al laberinto de maíz y Seema me ha saludado desde el puesto de algodón de azúcar. Jess y Kelly me han comprado unos *s'more*s antes de mezclarse entre la multitud con sus amigos. Todo el mundo ríe, feliz, incluso Scott, al que he visto sostener en el aire el oso de peluche que ha ganado lanzando anillas como si fuese la copa Stanley.

Pero yo no podría sentirme más desgraciada.

Apenas reparo en la banda de *bluegrass* que está tocando en directo al otro lado del campo mientras la gente da palmas al compás del banjo y los alegres violines. Se oye el motor del tractor que ofrece paseos en carros de heno, los chapoteos de los juegos de pescar manzanas y los chillidos de alegría que salen del laberinto de maíz... Para mí, todo queda en un segundo plano.

Ahora mismo, lo único que llama mi atención es Sawyer, que está a un par de puestos del mío vendiendo manzanas de caramelo.

La otra mañana, salí del despacho del señor Wilkens aturdida. Asimilar esa nueva información, que Sawyer era peligroso y que mi seguridad dependía de mantenerme tan alejada de él como pudiera, me hacía sentir como si acabase de luchar cuerpo a cuerpo con un oso.

Sin embargo, ahora, tras horas de vender bolsas y bolsas de galletas, malvaviscos y chocolate y de mirar a Sawyer con desconfianza, siento que estoy perdiendo la razón. Lo he estado observando fijamente mientras fingía ordenar el cajón del dinero y... Es que no lo veo. No puedo. Esta noche no sonríe mucho, lo que significa que, cuando lo hace, se me para el corazón. Ese es el efecto que tiene en mí. Vende sus manzanas de caramelo con voz dulce y educada y me resulta muy difícil no derretirme cuando lo veo interactuar con los críos.

Ahora mismo, está inclinado sobre el mostrador de madera mientras una niña agarrada de la mano de su madre señala con timidez la manzana de caramelo que quiere. Él la mira con una expresión abierta y afectuosa, con la boca sonriente y un poco apretada, como si estuviese reprimiendo una carcajada. Coge la manzana más roja de todas y se la tiende. La niña coge el palito con entusiasmo, pero la manzana pesa más de lo esperado y se le cae. Aterriza en el suelo cubierto de barro y de heno.

La pequeña mira a su madre primero, a Sawyer después y luego de nuevo a su madre, y su rostro diminuto es la viva imagen de la tristeza. Su madre se agacha para decirle algo que no oigo, pero la niña rompe a llorar, así que es evidente que se ha quedado sin manzana.

Sawyer mira a un lado y a otro para ver si algún profesor lo está mirando y, cuando ve que está despejado, coge dos manzanas y se las da a la madre, presumiblemente una para cada una. Rechaza todos los intentos de la madre de negarse, y se inclina hacia delante con una sonrisa para murmurarle algo a la niña. Me lo imagino diciéndole, con esa voz tan cálida y aterciopelada suya, que a él la manzana también le parece muy pesada, pero que si usa las dos manos seguro que tendrá la fuerza suficiente para aguantarla.

Me doy la vuelta. Soy incapaz de seguir mirándolo. Si veo un segundo más la adoración en los ojos de esa niña pequeña, me olvidaré de todo lo que me ha advertido el señor Wilkens. Y he de ser fuerte.

Sobre todo cuando veo quiénes vienen directos a mi puesto: Sean y Phoebe. No me puedo creer que hayan venido. Pero ¿de qué me sorprendo? Cada vez me queda más claro que lo único que Phoebe ha hecho en esta vida ha sido lo que ella ha querido, sin importarle un pimiento cómo se sintieran los demás.

Phoebe tiene la boca torcida en una sonrisa burlona y se balancea hacia los lados con cada paso que da. Parece..., en fin, parece borracha, pero también está muy guapa. Tiene el pelo color caoba recogido en una coleta baja y se ha puesto un vestido floreado que le marca las curvas. Se ha arreglado las uñas y su maquillaje está impecable. Casi se la ve demasiado bien vestida al lado de Sean, que lleva una cazadora vaquera vieja, unas botas y un reloj parecido al de Scott que me sorprende que pueda permitirse. Phoebe se acerca y él se queda un poco más atrás, fumando un cigarrillo apoyado en un muestrario de calabazas, sin apartar su mirada atenta de mí.

Cuando Phoebe se apoya en el mostrador, noto el olor empalagoso del alcohol en su aliento.

—Dame dos *s'mores*, Ella, bonita —me pide arrastrando las palabras.

No puedo evitar arrugar la nariz mientras abro un paquete de malvaviscos. Ella enarca una ceja.

—Si sigues frunciendo el ceño así, te saldrán arrugas. ¿Y quién te querrá entonces?

De nuevo, no sé de qué me sorprendo, pero me sobreviene de inmediato una oleada de ira tan amarga que la galleta que tengo en la mano se me parte en dos.

—Si una persona reduce el valor de un ser humano a lo lisa que tenga la piel, no quiero tener nada que ver con ella. De hecho, casi prefiero que me salgan arrugas antes para que me sirvan de filtro.

Phoebe suelta una risotada.

—¿Cómo era esa frase? ¿La juventud se malgasta en los jóvenes? Llámame cuando estés a punto de cumplir los sesenta y lleves sola décadas. Ya me contarás entonces cuánto te gustan tus arrugas.

Sean, que está detrás de Phoebe, se ríe por la nariz. Me hierve la sangre.

—Prefiero estar sola toda la vida que pasarla con ciertos individuos —mascullo fulminándolo con la mirada.

Phoebe sigue mi mirada y se encoge de hombros.

—¿A quién te refieres, a Sean? Pues no, no es ningún santo, pero yo tampoco. Nos entendemos bien.

Recuerdo todo lo que Sawyer me contó sobre Sean. Que miraba a Hayley cuando iba desnuda salvo por la toalla, que Phoebe lo sabía y le dio igual, y algo se rompe dentro de mí.

—Hayley se merecía algo mejor que tú. Y tú nunca te la mereciste a ella.

Phoebe pone los ojos en blanco.

—Y yo también me merecía una madre mejor que la que tuve, y ella mejor que la que tuvo, etcétera, etcétera. Es la historia más vieja del mundo, bonita. —Se ríe—. Lo creas o no, este es uno de los finales más felices posibles. Hayley se ha ahorrado el dolor de la vida y yo tengo una segunda oportunidad.

Me quedo sin aire. Recuerdo a Phoebe sentada en su cocina, demasiado destrozada para entrar en el cuarto de su hija. Su desolación me impactó. Pero luego recuerdo lo que mi *lola* me dijo sobre el amor, sobre que nada es nunca tan simple como ese río tan retorcido y complejo, que algunas aguas son serenas y otras, traicioneras.

Y ahora lo veo. Algunos ríos se hallan estrangulados por presas construidas por aquellos que, al final, deciden que el amor nunca fue más que una carga.

Le doy a Phoebe sus *s'mores* y luego me pongo recta.

—Si no vas a comprar nada más, voy a tener que pedirte que te marches.

Se pone rígida. Las facciones se le endurecen de rabia. ¿Esto es lo que le molesta?

—No me pienso ir a ninguna parte —me espeta—. A mí no me da órdenes ninguna…

—Muy bien, ya es suficiente. —Unas fuertes manos me cogen de los hombros con suavidad para apartarme. Sawyer se pone delante de mí con el rostro lívido de furia—. Estás borracha. Vete, por favor.

Phoebe lo mira con desdén y justo en ese momento Sean aparece detrás de ella, tenso y alerta. Phoebe me mira primero a mí y luego a Sawyer y se le ilumina el rostro cuando lo entiende. Se vuelve hacia mí y dice:

—Menuda hipócrita estás hecha. Hayley no lleva muerta ni seis meses y ya estás poniéndote sus joyas y abriéndote de piernas para su novio.

No lo soporto más. Salgo del puesto con la esperanza de llamar la atención de algún profesor para que acompañe a Phoebe a la salida. Atisbo al entrenador Cud a unos puestos del mío, dándole una sidra de manzana a una de las chicas de tercero de su equipo de atletismo. Perfecto.

—Ah, no, ni lo sueñes, no te vas a librar de mí —protesta Phoebe alzando la voz de borracha. Antes de que me dé tiempo a llamar al entrenador Cud, da un paso hacia mí. Yo ahogo un grito y retrocedo.

Sawyer se interpone entre las dos y Sean la rodea con los brazos y tira de ella hacia atrás con una expresión divertida.

—Nada me gustaría más que ver cómo os peleáis, pero no es el momento ni el lugar —dice Sean mientras Phoebe forcejea entre sus brazos.

Se la lleva mientras ella maldice arrastrando las palabras, atrayendo las miradas tanto de alumnos como de padres. Scott, que acaba de separarse de un grupo de alumnos del último curso, los mira fijamente con la boca entreabierta y una expresión difícil de interpretar.

Antes de que Sean y Phoebe desaparezcan de nuestra vista, el primero mira atrás una última vez y me guiña un ojo.

Capítulo 26

Ella

Sawyer y yo nos quedamos ahí plantados un momento, anonadados.

—Esa mujer... Esa mujer es horrible —dice él al cabo de unos segundos—. ¿Estás bien, Ella?

—Sí —contesto con un hilo de voz.

Cuando Sawyer levanta la cabeza para mirarme, me sorprendo al ver las ojeras oscuras que le enmarcan los ojos, lo cansado que se le ve. Aunque parezca espeluznante, es un reflejo exacto de cómo me siento yo, como si llevase días sin dormir. Pero ¿qué es exactamente lo que le quita a él el sueño?

—En fin, odio decirlo, pero me parece que es una noche como otra cualquiera para Phoebe. —Exhala—. Me alegro de que estés bien. Los últimos días no he tenido muchas oportunidades de hablar contigo. —Se ríe de forma desenfadada, pero me doy cuenta de que tras el comentario subyace una pregunta—. Te he echado de menos.

Alarga una mano para apartarme un mechón de pelo de la mejilla y me aparto sin querer. Durante medio segundo, se le ensombrece el rostro. Parece muy dolido, muy confundido, y, por Dios, él no es el único.

—Lo siento. —Me abrazo a mí misma a la altura de la barriga—. Es que me ha afectado mucho lo que ha dicho Phoebe.

Sawyer aprieta el puño.

—No tienes nada que sentir. Se han comportado fatal.

Los sonidos de la feria de otoño, que se van apagando poco a poco, colman el espacio que nos separa. El traqueteo del tractor ha desaparecido, reemplazado por la voz del granjero, que grita a sus hijos que dejen de lanzar el heno desde el vagón con tan poco cuidado. La banda de *bluegrass* ya ha recogido y el murmullo de la multitud es más grave, más adulto, ya que la mayoría de los niños ya se ha ido a casa.

—Oye, entenderé que no te apetezca, pero… —Sawyer se mete la mano en el bolsillo y saca dos entradas para el laberinto de maíz—. He comprado esto para nosotros dos. Ya casi hemos terminado de trabajar y he pensado que igual te apetecía, no sé…, ¿perderte en un campo de maíz conmigo?

Se levanta una brisa limpia y fría que me trae su aroma delicioso, a cuero ahumado, al otro lado del mostrador. Un recuerdo involuntario y visceral me hace evocar lo potente y singular que es ese aroma cuando tengo la cara escondida en su cuello, que su sabor es tan bueno como su olor cuando se mezcla con la sal de su piel.

Me recuerda que, no hace mucho, lo único que habría deseado habría sido perderme en cualquier clase de laberinto con Sawyer Hawkins. Pero ahora, al pensar en todo lo que me dijo el señor Wilkens, en el diario…, en el interior de mi pecho se está librando una batalla.

—¿Seguro que te encuentras bien, Ella? Estás muy pálida.

Asiento.

—Creo que… que solo necesito sentarme un segundo.

Sawyer mira a su alrededor para buscar algo que me sirva de silla; sus movimientos son nerviosos, como sacudidas. Vuelve corriendo con uno de los troncos enormes que han dispuesto por el recinto para que hubiera asientos acordes al tema de la feria.

—Toma. —Deja el tronco en el suelo con un gruñido—. Siéntate.

—Gracias. —Echo un vistazo a las bolsas desperdigadas de malvaviscos y galletas—. Dame un minuto y luego lo recojo todo.

—Tú siéntate —insiste—. Ya lo hago yo. —Esboza una sonrisa tímida y torcida, y la luz de la luna convierte esa cicatriz en una línea plateada que le corta la ceja. «Todavía no se la he besado», me recuerda esa voz traidora que se cuela en mis pensamientos sin invitación. Me dejo caer en el tronco, agarrándome la barriga con la mano.

Observo sin pestañear cómo recoge mi puesto cuidadosa y metódicamente. La pizca de duda de mi pecho no desaparece. Llámame estúpida, llámame inocente, pero... necesito verlo. Necesito pruebas. No solo para el señor Wilkens, no solo para que se haga algo al respecto si es posible.

Me acabo de dar cuenta de que... las necesito para mí.

«¿Qué más pruebas necesitas? Ya has leído el diario. Ya has oído al señor Wilkens. ¿Qué más necesitas? ¿Un informe del hospital? ¿Una prueba más permanente?

—¡Listo! —exclama Sawyer, e intento disimular mi sobresalto. Sin embargo, no se le escapa una—. Perdona. ¿Todavía estás alterada? Entonces... ¿prefieres que no vayamos al laberinto? —Mira hacia atrás con anhelo al contemplar las gigantescas plantas de maíz que se dibujan en el horizonte—. Siempre podemos volver el año que viene...

—¡Ella! —Seema se nos acerca con un jersey de color burdeos a modo de vestido. La acompaña un grupo de amigas que reconozco del equipo de *lacrosse* del instituto. Lleva unas entradas para el laberinto en la mano—. Los chicos y yo íbamos a dar una vueltecita en el laberinto antes de que cierren. ¿Qué te parece? —Seema señala a Sawyer con el dedo—. El señor Dominadas también está invitado, por supuesto.

Sawyer me mira con una ceja oscura enarcada. «¿Señor Dominadas?», me pregunta solo moviendo los labios mientras se cruza de brazos.

Yo me retuerzo encima del tronco y me seco las manos sudadas en los vaqueros. Quizá con un grupo grande de gente todo vaya bien. O quizá soy la tía más idiota del mundo entero.

—¡Vamos, Ella! —protesta Seema. Da un paso hacia mí y me acaricia la cabeza—. Ha sido la mejor noche en lo que llevamos de año y tienes cara de haber visto cagar al entrenador Cud. Además, me he enterado de lo que ha pasado antes en tu puesto. —Suaviza la expresión cuando suelto un gemido, avergonzada por que el cotilleo ya se haya difundido—. No les hagas caso. Acabemos bien la noche.

Echo un vistazo a Sawyer, que me está mirando con los ojos de color cacao llenos de esperanza.

«Necesito pruebas».

—Vale —contesto con un asentimiento.

—¡Genial! —Seema aplaude alborozada—. Pero mejor actúa como si te estuviera llevando a disfrutar de un poco de diversión otoñal y no a la guillotina, ¿vale?

Sawyer se pone a mi lado mientras nos dirigimos a la entrada del laberinto y yo hago un esfuerzo consciente para no estremecerme cuando me roza el dedo meñique con el suyo, una petición muda. Si quiero conseguir alguna respuesta esta noche, tengo que disimular mis sospechas, así que entrelazo mis dedos con los suyos, una táctica que hace que él se relaje de forma visible.

Seema está haciendo las presentaciones de rigor mientras entramos en el laberinto, pero, al cabo de unos segundos, se calla.

—Guau —dice dando voz a nuestros pensamientos—. Esto da un miedo que te cagas.

Ahora que la mayoría de los visitantes se ha ido, el silencio es palpable. Los enormes muros de tallos de maíz aíslan el laberinto de todos los ruidos y las luces de la feria. Lo único que logra colarse son los rayos de la luna y el sonido ocasional de los tallos secos cuando la brisa otoñal se filtra entre las hojas.

El corazón empieza a latirme desbocado.

—Bueno, gallinas, este laberinto no se va a recorrer solo. —Seema echa a andar por el largo pasillo hasta que llegamos a la primera bifurcación. En el centro hay una placa con una pregunta—: «Si tus conocimientos sobre Georgia están a la altura, no te perderás. Elige la respuesta correcta y el camino encontrarás». Muy bien, gente de Georgia, ¡más os vale venir bien aprendidos de casa! —anuncia Seema—. La primera es difícil: «¿Cuál es el río más profundo y más rápido del norte de…?».

—A la derecha —interrumpo en voz baja. Se me ha puesto el estómago del revés.

Seema me mira con el ceño fruncido.

—No me quiero perder a la primera de cambio, Ella, así que mejor que estés supersegura…

—Tiene razón. Estamos seguros. —Esta vez, cuando Sawyer me coge de la mano, no tengo ánimo de apartarme.

Seema tarda unos instantes en comprender.

—¿El río Silver? El que está en... Ah. —Nunca había visto a Seema tan incómoda—. Claro. Sí. A la derecha. Perdona, Ella.

Las preguntas de las siguientes bifurcaciones son fáciles. Las otras chicas del grupo pueden participar con facilidad. Yo no le quito el ojo de encima a Sawyer ni dejo de preguntarme qué puedo decir o preguntar para sacarle disimuladamente alguna revelación. Al menos, Seema y su grupo van charlando, manteniendo la oscuridad y el silencio amenazantes del laberinto a raya.

Pero no tardamos en llegar a una placa para la que no tenemos respuesta. Hasta ahora, las preguntas habían sido tan fáciles que no habíamos tenido que intervenir, pero, tras unos segundos en los que Seema y sus amigas de *lacrosse* se quedan mirando la placa en silencio, ella se vuelve hacia mí y dice:

—Vale, necesitamos un cerebro. «La cascada de Amicalola es la más alta de todo el estado de Georgia. ¿Cuál es su altura?». Si tiene 222 metros, vamos a la izquierda. Si tiene 287, a la derecha. —Suelta un gemido—. ¿Qué clase de pregunta es esta?

—Vamos a la derecha —insiste una de sus amigas echándose la melena rubia hacia atrás—. Fui este verano con mis padres.

Cuando estamos a punto de seguirla, la voz suave de Sawyer nos detiene.

—Vamos a la izquierda. Nosotros... Yo antes iba siempre.

Me empiezan a sudar las manos. La mirada de Seema oscila entre Sawyer y su amiga.

—Vale..., pero ¿cómo de seguros estáis?

—Estoy segurísima —afirma la rubia—. Además, dice que es la más alta, ¿no? 222 metros no me parece para tanto...

—Yo también estoy segurísimo —replica Sawyer—. He leído el folleto de ese parque un millón de veces.

Seema suspira.

—Yo voy con Kaley. Estamos en un grupo grande de todos modos, y prefiero seguir adelante. —Frunce el ceño al ver que no la seguimos—. ¿Vienes, Ella?

La miro a ella y luego a Sawyer. El corazón me late desbocado.

—Ella… —Sawyer niega con la cabeza, incrédulo—. Pero… ¿es que no confías en mí?

Ojalá supiera responder a esa pregunta.

Lo miro a los ojos y busco en ellos. Me imagino sumergiéndome en ese marrón tan profundo, excavando en ellos todas las verdades. Rodeada de Seema y sus amigas no he tenido la oportunidad de investigar, de encontrar respuestas a ninguna de mis preguntas.

—Voy a la izquierda —contesto mirando a Sawyer a los ojos. Él parpadea con suavidad y exhala un suspiro.

—¡Como quieras! —responde Seema—. Mandaré a un equipo de rescate si no salís.

Sin la compañía de Seema y sus amigas, el silencio empieza a antojárseme opresivo. Retuerzo el dobladillo de mi jersey entre los dedos mientras caminamos el uno al lado del otro. Llegamos a la siguiente bifurcación, pero Sawyer habla antes de que me dé tiempo a leer la pregunta.

—Espera, Ella. —Se detiene—. ¿Está todo bien entre nosotros?

—¿Qué? —Cojo aire de forma temblorosa—. Sí…, ¿por qué no habría de estarlo?

Me mira decepcionado.

—Tú dirás. Desde la noche de la piscina estás… rara. ¿Es que no…? ¿Te arrepientes de lo que hicimos?

Cierro los ojos con fuerza.

—No —confieso la terrible verdad. Incluso ahora, mi verdad vergonzosa y traicionera es que jamás olvidaré aquella noche mientras viva.

Sawyer se lanza sobre mí de inmediato. Me coge la cara con sus manos enormes, agacha la cabeza para besarme y su flequillo me acaricia la frente. Estoy envuelta en él, en su olor cálido y especiado. Oigo un suave quejido y descubro humillada que he sido yo.

—Entonces ¿por qué? —susurra con urgencia rozándome los labios con los suyos—. ¿Por qué estás tan fría últimamente?

Le cojo las muñecas con dedos temblorosos. No le aparto las manos, pero tampoco lo atraigo hacia mí. Soy un desastre, me siento tan culpable como necesitada; hago todo lo posible por luchar contra instintos que me odio por tener. Estoy a punto de rendirme varias veces de tanto que mi boca desea la suya.

Pero no puedo. No lo haré.

Consigo apartarme. Ignoro el dolor desnudo en su rostro y le pregunto:

—Sawyer, ¿hay algo que me hayas ocultado?

Se pone rígido de golpe. Me arrepiento de inmediato de haber abierto la boca.

—¿Qué se supone que significa eso? —pregunta con la voz tan suave y fría como la nieve.

Me lamo los labios. Ahora no hay vuelta atrás.

—Si te hubieran pasado… cosas… Sabes que puedes contármelo, ¿verdad? Que puedes confiar en mí. Contarme cualquier cosa.

Se le tensa la piel alrededor de los ojos.

—¿Qué cosas crees que te estoy ocultando, Ella?

—Es solo que… —Me lamo los labios otra vez intentando desesperada que se me ocurra algo que decir. Pienso en las sombras moradas que hay bajo sus ojos, en el cansancio—. Estás un poco raro, eso es todo.

Una especie de llamarada asoma a su expresión, pero enseguida se cierra en banda. Cada vez soy más consciente de que no se oye nada más que sus pies, que hacen crujir la paja seca mientras se pasea irritado. No hay más luz que la de la luna creciente del cielo. No se oye otra alma.

Sawyer exhala con fuerza y juguetea con los pies con una bala de paja que hay junto a la señal de madera.

—Supongo que mi cara de póker no es tan buena como pensaba. —Me mira fijamente, pensativo—. Recibí una mala noticia después de la noche de la piscina. Todavía estoy un poco afectado. Pensaba que lo estaba disimulando mejor.

Espero a que me dé más detalles, pero no vuelve a abrir la boca. ¿A qué noticia se refiere?

—Eso es terrible —digo en voz baja. Le insisto con la mayor gentileza de que soy capaz—. Lo siento mucho. Y esta noticia… ¿Es algo en lo que yo pueda ayudarte?

Suspira.

—No, a no ser que tengas un buen trabajo con sus beneficios en el bolsillo. Mi madre era perfecta para el puesto que solicitó. Podría habernos cambiado la vida. —Da una patada en el suelo—. Pero se lo han dado a otra persona.

—Tu madre no consiguió un trabajo… ¿Por eso estás disgustado? —No pretendía que sonara así ni parecer tan aliviada, pero Sawyer se vuelve hacia mí de golpe.

—Sí, por eso estoy disgustado. ¿No te parece razón suficiente? Mi madre tiene tres trabajos. ¡Tres! ¿Tienes idea de lo que es eso? —Está levantando la voz.

—Sawyer, no pretendía…

—Todo porque no tiene un papel con un título… —Se aprieta los párpados con los dedos—. Es muy injusto. Y esa noticia no es lo único que me reconcome. Reaccioné… mal.

Me pongo en alerta. ¿«Mal»?

—¿Qué quieres decir con eso? —pregunto.

—Estaba disgustado. Enfadado. Pensaba que por fin íbamos a tener un respiro, pero no ha sido así, por supuesto, y me desmoroné y… —Vacila—. Exploté, más o menos. Yo no pretendía… —Esconde la cara entre las manos—. Y ahora Callan me tiene miedo. Todavía me tiene miedo. Se comporta con cautela cuando yo estoy delante y eso me mata.

Las palabras se me escapan de la boca antes de que pueda detenerlas.

—Sawyer, ¿qué le hiciste a Callan? ¿Está bien? ¿Y tu madre?

Levanta la cabeza de golpe, blanco como un papel.

—¿Que si Callan… está bien?

—Solo me refiero a… Sawyer, ya sé que jamás querrías hacer daño a alguien a quien quieres… —Cuando una furia herida centellea en sus ojos me doy cuenta de la gravedad del error que he cometido.

—Ella, ¿de verdad crees que sería capaz de hacerle daño a mi madre? ¿O a mi hermano pequeño?

—¡No, Sawyer, no! ¡Claro que no! Tú jamás tendrías la intención…, jamás querrías…

—Entonces, sí, crees que sería capaz de hacerles daño si estoy lo bastante enfadado. Si estoy lo bastante disgustado. —Da un paso hacia mí y se horroriza al ver que me estremezco.

—No es culpa tuya, Sawyer. No es culpa tuya. Después de todo lo que te hizo tu padre, es normal que tengas..., es normal que te cueste...

Cada vez que abro la boca, es como si lo abofeteara. Sin embargo, con lo último que digo se queda lívido.

—¿Qué has dicho? —pregunta en voz tan baja como aterradora—. ¿Por qué nombras a mi padre? ¡¿Por qué?! Yo no soy mi padre. ¿Te enteras? Yo nunca seré mi padre. —Un destello desagradable asoma a sus ojos—. Además, ¿tú qué sabes? Solo se lo conté a... ¿Te lo dijo Hayley?

Estoy llorando; lágrimas ardientes de terror me cubren las mejillas mientras busco desesperadamente la respuesta correcta.

—Yo... No me acuerdo, Sawyer, te lo juro, no me acuerdo, ¡perdona! Quizá me lo dijo o lo leí o...

Sawyer se para en seco y me mira a los ojos.

—¿Leer? ¿Leer qué? ¿Qué coño significa eso?

—Nada, nada. No sé ni lo que digo. No he sacado el tema para hacerte daño, es solo que... Hay formas de sanar lo que hizo. Yo puedo... Si quisieras hablar con alguien, últimamente el señor Wilkens me ha ayudado bastante. Confío en él, puedo acompañarte, puedo...

—Ella, ¿te estás quedando conmigo? —Sawyer se pasea de un lado a otro, furioso, con el rostro deformado en una mueca horrible—. Después de todo lo que... ¡Me tienes a mí! ¡Puedes hablar conmigo! —Se vuelve hacia la señal sacudiendo los puños en el aire—. ¿Y has ido a hablar con Wilkens? ¿¡Con Wilkens!?

—Sawyer —suplico dando un paso atrás—. Yo no... Siento que... Por favor, deja de gritar.

Pero está demasiado absorbido por su ira para oírme. Con un gruñido, le da una patada a la bala de paja tan fuerte que la rompe. El aire se llena de hebras rígidas y doradas.

—Sawyer —le ruego entre sollozos—. Sawyer, ¡me estás asustando!

Se queda paralizado. Se vuelve para mirarme sin dejar de temblar y agacha la vista para contemplarse el cuerpo, las manos y las piernas temblorosas, como si no supiera a quién pertenecen. Cuando levanta el rostro afligido para mirarme, sus ojos están oscuros y asalvajados.

—Ella… —dice con voz ronca dando un paso hacia mí.

Pero antes de que pueda dar otro, doy media vuelta y echo a correr.

Las lágrimas me nublan la vista, pero corro a toda velocidad por los pasillos retorcidos de plantas de maíz. El corazón me martillea contra el pecho, los pulmones me arden y las hebras de paja que se me han pegado al jersey se me clavan como astillas.

Apenas puedo soportar el pesar que me llena los pulmones, que me colma la garganta. No puedo evitarlo.

Miro atrás una última vez antes de que él desaparezca en la oscuridad. Sigue ahí plantado, como lo he dejado, mirándose las manos. Una silueta oscura bajo la luz helada de la luna. En ese momento me parece extraño, diferente a nadie que haya conocido nunca, y me pregunto con el corazón roto si acaso lo conocía en absoluto.

Capítulo 27

El diario de Hayley

Siento que estoy perdiendo la cabeza. Después de aquella noche tan terrible, hace una semana, S se sentía fatal. Me dijo que entendería que no quisiera volver a verlo. Que había abierto los ojos y se había dado cuenta de lo jodido que lo había dejado todo lo vivido con su padre de pequeño. Que el daño causado lo había llevado a hacer esas cosas tan terribles, de las que jamás se habría imaginado capaz.

S me dijo que odiaba a su padre, que lo despreciaba. Y ahora ahí estaba, acarreando todavía las heridas y los venenos de su infancia, dejando que lo convirtieran en un hombre que no quería ser. Me contó que la ira se adueña de él y que desearía purgarse de ella.

Me conmovió tanto… Admitir ese tipo de cosas no es fácil para nadie, y sé que aún menos para los chicos. La masculinidad tóxica es algo muy complejo y tener que luchar contra las reglas socialmente impuestas sobre lo que significa ser un hombre es duro para S. Ningún chico quiere admitir que, en el fondo, es sensible y está herido.

Cuando le agradecí que hubiera sido sincero conmigo y le dije que su comportamiento me había asustado mucho, el bucle empezó de nuevo.

—Eres la única persona en este mundo con la que he sido tan sincero —me reprochó—. ¡Y lo primero que haces cuando decido abrirme es clavarme un puñal donde más duele!

Me sentí tan culpable... Sé que está intentando ser mejor persona. Trabajar en uno mismo es una de las cosas más difíciles del mundo. Tienes que excavar, reabrir heridas para inspeccionarlas de cerca. Es atrozmente doloroso, como volver a romper huesos para asegurarte de que se curen bien.

Es un proceso que lo ha dejado en un lugar vulnerable, así que he de tener cuidado con él. No es culpa suya que esté cubierto de quemaduras emocionales de tercer grado. Sanar lleva su tiempo, así que he de asegurarme de que lo único que hago es aplicar aloe vera y de no arañarlo sin querer, de no empujarlo de nuevo a una espiral destructiva.

Es una buena persona que está trabajando heridas complicadas que lo hacen actuar de una forma que no quiere, que no siente.

Entonces ¿por qué estoy asustada? ¿Por qué estoy asustada todo el tiempo?

¿Y por qué tengo últimamente un mal presentimiento tan potente que me provoca unas náuseas constantes? Estoy preocupada, muy preocupada, joder, y se me antoja peligroso cargar con tanta preocupación. Así que intento no pensar en ello. Y delante de los demás es fácil fingir que no existe.

Pero cada vez me cuesta más. Últimamente me cuesta sonreírle a S con la convicción suficiente para que no descubra la verdad que yace tras mi mirada. Para que no se dé cuenta de que, en mi fuero interno, estoy chillando. Esta sensación constante de terror, que antes no era más que un ruido de fondo, un ligero temblor en la tierra, es cada vez más atronadora.

Quiero ignorarla. Sin embargo, si mi mayor miedo resulta ser cierto, llegaré a un punto en el que no pueda ignorarla más.

Dios, solo de pensar en ello se me llena el estómago de ácido.

No voy a pensar en ello. Ni siquiera voy a escribir sobre ello. No puedo.

No puedo ni siquiera arriesgarme a pensar en ello. Me da miedo que solo con hacerlo, de algún modo, convierta la pesadilla en una realidad.

Capítulo 28

Ella

S
Ella, siento mucho lo que pasó la otra noche. Mi padre es un tema delicado, aunque no es excusa, ya lo sé. Quiero saber si estás bien.
¿Podemos hablar, por favor?
¿Ella?
Te habría contado toda la mierda por la que nos hizo pasar mi padre en algún momento. Te lo prometo.
Ella, si Hayley no te lo contó, ¿puedes decirme cómo lo descubriste, por favor?

Es raro estar ahora en el otro lado de esta situación. Se me ha pasado por la cabeza borrar todos los mensajes de Sawyer, pero al final decido que tener pruebas tampoco está de más. Aunque sea solo para recordarme a mí misma de qué es realmente capaz Sawyer.

La otra noche, le escribí al señor Wilkens en cuanto llegué a casa para contárselo todo. Me contestó de inmediato, a pesar de lo tarde que era, y percibí su presencia tranquilizadora, aunque nos comunicáramos solo a través de mensajes. Oí su voz cálida y gentil mientras leía las palabras que había escrito.

> **W**
> Gracias por habérmelo contado. Sé que ha sido aterrador. Eres muy valiente. Descansa, mantente alejada de él y nos aseguraremos de que estés a salvo.

Y anoche, después de leer la entrada del diario de Hayley, le volví a escribir incluso más tarde. Una vez más, contestó casi al instante.

> **W**
> No te disculpes, Ella. No me molestas en lo más mínimo. Este es mi trabajo, estoy aquí para esto. Siento mucho que estés pasando por algo así. Ven a mi despacho mañana después de clase para que podamos hablarlo en persona.

Llevo todo el día conteniendo los ataques de ansiedad, pero por fin he llegado al final de la última hora. Estoy otra vez mirando el reloj, contando los minutos que faltan para que suene la campana. Al menos, mi móvil ha dejado de vibrar, aunque el silencio, en lugar de aliviarme, me llena de terror.

«Sawyer debe de saber lo del diario», pienso.

Y es culpa mía, porque se me escapó. Qué estúpida.

La campana casi ni ha sonado la primera vez cuando salto de mi asiento y me apresuro hacia mi taquilla para cambiar de libros. Luego, voy casi corriendo hacia la parte delantera del instituto, donde está el despacho del señor Wilkens.

Pero, cuando estoy a punto de llegar, Sawyer sale de detrás de una esquina y me impide el paso. Ahogo un grito con tanto ímpetu que varios alumnos se vuelven para mirarme.

Tiene un aspecto absolutamente terrible, como si no hubiera pegado ojo desde la última vez que lo vi en el campo de maíz. Tiene los ojos inyectados en sangre e hinchados y la cara pálida y ensombrecida.

Cuando doy un paso atrás, cierra los ojos.

—Esa mirada otra vez. Tenía la esperanza de que hubiera sido una pesadilla. —Abre los ojos—. ¿Qué tengo que hacer para que no vuelvas a mirarme así nunca más?

Desvío la mirada hacia la puerta del señor Wilkens. Apenas unos pasos me separan de estar a salvo, pero pensar en hablar sobre Sawyer mientras él está detrás de la puerta hace que se me encoja el estómago de miedo.

Sawyer sigue mi mirada hacia la puerta del señor Wilkens y se pone rígido, alerta de repente.

—No lo hagas, Ella. —Se le oscurece la mirada—. Habla conmigo. Tienes que hablar conmigo. —Da un paso hacia mí, pero me agacho, paso por debajo de su brazo y echo a correr hacia la salida mezclándome entre el torrente de estudiantes, sin atreverme a mirar atrás ni una sola vez.

Treinta minutos después, estoy sentada en un banco del parque de Hollow Grove, esperando al señor Wilkens. Ha estado bien no tener que mentirle a mamá, por una vez. Parecía contenta cuando la he llamado para decirle que iba a pasar la tarde con el psicólogo del instituto.

No había estado nunca en este parque. Es bonito. Hay varios caminos pavimentados que serpentean a través de un pequeño campo de hierba alta que empieza a amarillear y robles que han comenzado a perder su color. Hay mujeres que pasean a sus bebés en sus carritos, charlando en parejas, gente que corre y otra paseando al perro.

Un par de chicas de edad universitaria que pasan corriendo ralentizan el ritmo para mirar a alguien de arriba abajo, de una forma casi vulgar. Cuando levanto la vista, no me sorprendo al ver a quién se están comiendo con los ojos: el señor Wilkens. Y lo cierto es que no se lo puedo reprochar. Lleva una camiseta gris del Instituto de Tecnología de Georgia y unos pantalones negros de chándal, y el pelo castaño, que normalmente se peina con mimo, está alborotado y despeinado.

Me saluda con la mano, pero frunce el ceño al ver mi expresión.

—¿Qué pasa? —Baja la vista para mirarse—. ¿He cogido otra vez una camiseta del montón de la ropa sucia? Bueno, después pensaba ir a correr; así mato dos pájaros de un tiro.

Niego con la cabeza, notando el calor que sube a mis mejillas.

—No, no, es solo que… nunca le había visto con… ropa que no sea de profesor. Es… raro. —Cuando he conseguido salir del instituto, le he mandado un mensaje para contarle lo que había pasado y ha propuesto que nos encontrásemos aquí, donde Sawyer no pudiera vernos—. No sabía que existía este sitio. Es muy bonito.

—Es nuevo. Abrió justo al final del verano y ahora siempre vengo a correr aquí. —Me hace un gesto para que lo siga y se dirige a un sendero del bosque bordeado de robles y olmos—. Cuando vi los vehículos de construcción, los tractores y todo eso…, me enfadé. Yo me crie en Cedarbrook y todavía me acuerdo de cuando todo eran kilómetros y kilómetros de bosque indómito. Árboles y arbustos hasta donde alcanzaba la vista.

Señalo los zarzales salvajes que se desbordan sobre el camino y los enormes árboles.

—¿Con estos árboles y estos arbustos no tiene suficiente?

Se ríe y niega con la cabeza.

—No, la verdad es que aquí hay una cantidad perfecta. Es más que eso… Me refiero más bien a cuando daba de comer maíz a una familia de ciervos en un pequeño prado que hoy es un restaurante de comida rápida. O a la casa abandonada en un árbol del bosque donde solía ir a leer cómics, que ahora es el aparcamiento de un banco. Mi primer beso fue debajo de un sauce llorón de treinta años de edad.

Se me encoge el corazón.

—Supongo que no conservaron el árbol…

Niega con la cabeza.

—Es un Chipotle —contesta con tristeza—. Lo que es doblemente doloroso, porque me encantan sus burritos al plato. —Me echo a reír y pateo la hojarasca del camino—. Los cambios son difíciles. Son una especie de pérdida, lo que, como ya sabes, es devastador. Parece una tontería. Los ciervos, la casa del árbol, un recuerdo de cuando tenía catorce años... Pero verlo totalmente reemplazado por otra cosa...

—Te hace sentir como si nunca hubiera existido —susurro con el estómago tan encogido que me duele—. Es la peor forma de pérdida... Cuando un lugar, una persona que forma parte de quien eres, que te ayudó a ser quien eres..., desaparece, sin más.

El señor Wilkens me para con suavidad y me dirige una mirada comprensiva.

—Ven aquí, Ella. —Me lleva hacia una zona verde y señala la vid de una madreselva. Arranca una flor amarilla y me la pone en la mano—. Ahora mismo, lo único que existe en el mundo es esta flor. Fíjate en su aroma. ¿Es dulce? ¿Y los pétalos? ¿Son suaves? ¿Son idénticos? ¿Son todos del mismo amarillo o de un montón de colores distintos?

Se calla y hago lo que me ha pedido. Cierro los ojos y aspiro el aroma, dulce como el azúcar. El estambre filoso me hace cosquillas en la nariz. Pienso en los días que ha vivido a la sombra del bosque, en los cientos de patitas diminutas de los insectos que han bailado sobre los pétalos aterciopelados.

Cuando abro los ojos, me siento más tranquila de lo que lo he estado en días.

—Mejor, ¿verdad? —pregunta el señor Wilkens sin dejar de observarme.

—Sí. —Asiento mientras miro maravillada los pétalos que tengo en la mano.

—Me alegro. —Señala el sendero y continuamos nuestro paseo—. Este parque es precioso, y no estaría aquí si no hubieran urbanizado los campos en los que solía recoger moras con mi abuela. —Me dirige una mirada penetrante—. A veces, los cambios traen cosas buenas.

Caminamos unos minutos en silencio hasta que estamos lejos, rodeados de árboles. Lo único que se oye es el canto de los pájaros y el viento, que juega con las hojas como si de campanillas se tratasen. Aquí no hay nadie más, pero, a diferencia de en el laberinto de maíz, donde estar aislada me resultaba claustrofóbico, aquí siento que puedo respirar.

—¿Estás preparada para hablar? —me pregunta el señor Wilkens con tono tranquilizador.

Asiento y empiezo a contarle lo ocurrido en la feria de otoño. Él me escucha con atención, asintiendo en las partes donde tiene que asentir y negando con la cabeza con aire sombrío en otras. Incluso aprieta los puños cuando narro el arrebato de Sawyer al final de la noche.

—Nunca lo había visto así. De hecho, todavía tenía mis dudas. Hasta el mismísimo final. —Me froto la cara interna de la muñeca.

—¿Te dejó alguna marca? —El señor Wilkens mira rápidamente hacia atrás y me toca el punto que estoy frotando.

—No —contesto. «Ninguna física».

—Gracias a Dios —dice con seriedad.

—Estoy asustada —confieso retorciéndome las manos—. Pensaba que conocía a Sawyer. Hayley pensaba que conocía a Sawyer. Aún me cuesta creer lo equivocadas que estábamos. —Se me rompe la voz—. He sido tan estúpida...

El señor Wilkens se detiene y me mira.

—Eh. Eh, Ella, escúchame. Lo que está pasando con Sawyer solo es culpa de Sawyer.

Me da un apretón en el hombro para tranquilizarme, provocándome un cosquilleo cálido en la piel. Intento disimular el temblor que sus palabras me provocan en los brazos y las piernas, en lo mucho que me afectan. Sé que solo está siendo un buen psicólogo escolar, que quizá solo está implicándose un poco más porque no quiere que me ocurra nada bajo su supervisión, como le sucedió con Hayley. Pero eso no impide que sus palabras signifiquen mucho para mí, que me enciendan los huesos desde dentro, como chispas doradas.

—Gracias —susurro con la esperanza de que sepa lo mucho que significa para mí.

Él niega con la cabeza y echa a andar de nuevo por el sendero.

—Solo te digo la verdad, Ella. No merezco tu agradecimiento. No merezco el de nadie. ¿Tú te sientes estúpida? Este es mi trabajo. Le fallé a Hayley y ahora te estoy fallando a ti. —Aunque se ha adelantado y ahora me da la espalda, percibo la lúgubre determinación que empaña sus siguientes palabras—. Eso nunca volverá a pasar.

En ese momento, doblamos una esquina y los árboles son más escasos, revelando una carretera de un solo carril que transcurre en paralelo al sendero.

—Este sitio me resulta familiar —musito.

—Debemos de estar cerca de un viejo parque del condado. Están intentando construir senderos que los conecten todos. Será bonito tener tantos caminos entre los que escoger.

Pero no tardo mucho en darme cuenta de cuál es la verdadera razón por la que esta carretera me resulta familiar. Tras recorrer otra curva en el sendero, dejo de respirar.

—Mierda, Ella. No me había dado cuenta... —El señor Wilkens se vuelve hacia mí, blanco como el papel.

Ahí delante está el puente del río Silver. ¿Cómo es posible que no hubiera reparado en el ruido del agua hasta ahora? Oigo cómo la corriente rompe contra las rocas afiladas y los cascotes húmedos. Todavía no han reparado el quitamiedos. El metal destrozado está abollado y retorcido como las garras de un animal por donde lo atravesó mi coche antes de caer al terraplén.

Estoy conservando la calma bastante bien. Al fin y al cabo, nunca había visto las consecuencias. Apenas me acordaba de este sitio, y, ahora que lo veo, me sorprende haber sobrevivido. Las dos semanas que pasé en el hospital ya no me parecen excesivas. Aunque en una semana me recuperé de las costillas rotas y el traumatismo craneal, insistieron en dejarme ingresada una más. Después de aquello, los controles se me antojaron... distintos. Cargados de juicios. Fríos. Irónicamente, creo que solo querían asegurarse de que estuviese bien mentalmente, pero me hicieron sentir que estaba perdiendo la razón.

No importó cuántas veces insistí en que solo había tomado una cerveza, en que estaba sobria y no comprendía cómo había ocurrido aquello. Los médicos se limitaban a asentir con los labios apretados. Nadie me creía y, al final, ya ni siquiera me creía yo. Al fin y al cabo, ¿por qué, si no, me iban a tener allí tanto tiempo?

Pero ahora que estoy aquí, ahora que veo lo destrozado que está este lugar casi medio año después y que oigo el poder de los rápidos del río, me sorprende que no me tuvieran más tiempo ingresada.

Me sorprende estar aquí y no en el lugar donde está Hayley.

Y pensarlo hace que casi me fallen las piernas. Y luego un sonido angustioso escapa de mis labios, porque allí, al otro lado de la carretera, hay una enorme cruz blanca cubierta de rosas de plástico brillante.

Nunca lo había visto. Su pequeño tributo. Había visto fotos de los montones de flores y velas en las redes sociales, justo después del suceso, justo antes de borrar todas mis cuentas. Pero esto es mucho más modesto y mucho más permanente. Este monumento se quedará aquí, homenajeando lo que le hice a mi amiga esa noche para siempre.

«Ella lo odiaría», pienso. Odiaba el plástico, y las flores de plástico por encima de todo. Decía que eran «una exhibición macabra que desprecia la creación de la naturaleza».

No me doy cuenta de que estoy cruzando la carretera a toda velocidad hasta que no oigo que el señor Wilkens me llama, pidiéndome que pare.

Lo ignoro. Estoy decidida a arrancar esas flores asquerosas.

Tan decidida que no reparo en la camioneta que está doblando la curva. Me aparto de su camino en el último segundo. El conductor de la camioneta me da las luces y toca la bocina furioso. Alzo una mano para protegerme de la luz cegadora y, de repente, me transporto de nuevo a este puente, pero seis meses atrás.

—¡¿Qué haces?! —grito pisando el acelerador. Hayley se ha quitado el cinturón y se ha dado la vuelta en el asiento. Necesito mantener ambas manos sobre el volante, así que no puedo obligarla a sentarse bien.

—¡Dios! ¡Está intentando matarme! —chilla. Se vuelve hacia mí, presa del pánico—. ¡Nos va a matar!

—Ella, soy yo. No pasa nada. Cálmate. —Abro los ojos y me encuentro con el rostro pálido del señor Wilkens, que tiene los ojos clavados en mí. Estoy en el suelo y no puedo moverme. Tardo unos segundos en darme cuenta de que me tiene abrazada, inmovilizada entre sus brazos—. Estabas chillando y revolcándote en el suelo. Por suerte, he llegado antes de que te cayeras por el terraplén. —Le tiembla la voz. Me ayuda a incorporarme con gentileza, pero no me suelta, como si tuviera miedo de que me diese otro ataque.

—He recordado lo que ocurrió esa noche —anuncio con voz ronca.

El señor Wilkens me estrecha con más fuerza, abriendo como platos sus ojos azules. Empalidece aún más, si es que eso es posible.

—¿De verdad?

—Hayley estaba chillando. Justo antes de que nos estrelláramos, antes de que perdiera el control sobre el coche… Dijo… Dijo que él nos iba a matar. —Tiemblo con tanta fuerza que me castañetean los dientes. El señor Wilkens me abraza con fuerza, intentando apaciguar el tremor de mis brazos y mis piernas—. Señor Wilkens…, ¿quién querría matarnos?

Me mira con el rostro ceniciento. El miedo asoma a su rostro antes de que su expresión se endurezca con determinación. Ambos sabemos que solo hay una respuesta posible.

Sawyer.

Capítulo 29

El diario de Hayley

Mi peor pesadilla se ha hecho realidad.

Estoy embarazada.

Pregunta: ¿hay algo más deprimente que mear de cuclillas encima de un váter en el cuarto de baño de un Walgreens, en un test de embarazo de marca blanca, mientras intentas no salpicar de pis el anillo del humor que te compraste en un salón recreativo?

Respuesta: sí, sí lo hay. Mear de cuclillas encima de un váter en un test de embarazo de marca blanca y empapar tu anillo del humor de pis cuando tienes que darte la vuelta de repente para vomitar en dicho váter.

Cuando todavía tenía la cabeza suspendida encima del váter, he mirado por el rabillo del ojo el test que tenía en el puño y he visto que el anillo del humor se había puesto de color azul. El color de la serenidad. Menos mal que no había nadie en ese baño que pudiera oír la carcajada de desquiciada que he soltado, que se ha convertido en un sollozo en cuanto ha aparecido la segunda línea rosa.

No tenía mucho dinero, pero he decidido gastármelo todo en comprar más test de embarazo de marcas diferentes. El anciano dependiente que atendía en el mostrador, Cleave, me ha reconocido la segunda vez, obviamente. Ha mirado cada test mientras los pasaba por el escáner con cuidado y dedos temblorosos. Notaba el peso de su mirada al juzgarme y ha hecho que me hirviera la sangre. Le habría pedido también un paquete de Marlboro si me hubiera quedado dinero, y me habría comprado un pack de seis cervezas si hubiera tenido un carnet falso solo para ver su expresión escandalizada.

Sin embargo, me deshinché en cuanto me miró a los ojos.

—¿Estás bien, cariño? —me preguntó.

—No —respondí alzando la barbilla—. Ni por asomo.

En ese momento, se me ha ocurrido que Cleave, posiblemente, me conociera mejor que cualquier otra persona en este planeta. Asintió con una expresión seria en el anciano rostro.

—Ya me lo temía.

Tras apretar varios botones y escanear una chapa que ha sacado de un cajón, me ha anunciado a cuánto ascendía el total.

—Un dólar con cincuenta.

—¿Qué? —exclamé. Se suponía que iba a costarme al menos cuarenta veces más.

—Un dólar con cincuenta, cariño. ¿Qué van a hacer? —Se encogió de hombros—. ¿Despedirme? Tengo ochenta y dos años.

Oh, Cleave.

He roto a llorar. Nunca me había sentido tan abrumada de amor y gratitud. Ese gesto de amabilidad ha supuesto un alivio total que contrastaba con el resto de mi vida. Me sentía dividida entre pedirle que me adoptase o que escapase conmigo. Me ha dejado que le diera un abrazo antes de meterme prisa para que me fuera, porque no quería llamar la atención del encargado.

Y, cinco minutos después, voilà*: cinco test diferentes que confirman una misma cosa.*

Mi condena. Mi caída. Mi embarazo.

¿Que por qué no parezco asustada? Porque el miedo ya se queda corto, porque he alcanzado un umbral distinto, un estado de insensibilidad liminal en el que estoy al borde de perder la razón.

Conservo un recuerdo de papá persiguiéndome por casa cuando tenía cuatro años. Yo chillaba y me reía y él fingía ser un dinosaurio que iba pisándome los talones. El corazón me latía desbocado y, a medida que se fue acercando, cuando estaba a punto de atraparme, la alegría se transformó en miedo. En terror. Y, cuando estuve segura de que me atraparía, me tiré al suelo y me hice una bola. «¡No me comas, no me comas!», chillé aterrorizada de verdad. Y, allí tirada, me quedé como entumecida, ovillándome cada vez más.

A veces me siento igual. Pero sé que tengo que luchar contra esto. Necesito un plan, porque la posibilidad de que las cosas sigan su curso y todo esté bien no existe.

Va a pasar algo muy muy malo.

¿Puedo ser sincera? Hasta hace poco, no me había dado cuenta de la gravedad del peligro que corro.

Es como esos viejos dibujos animados de Bugs Bunny, esos en los que él cree que se está metiendo en una bañera de agua caliente y relajante en mitad del bosque. El agua está buenísima. No se da cuenta de que alguien le está añadiendo cebolla y zanahorias troceadas. Y de repente, Dios mío, ¿qué es eso que huele tan bien? «Estofado de cobejo*», contesta Elmer Gruñón. Y, por un instante, Bugs Bunny piensa que suena delicioso. Pero entonces, por supuesto, se da cuenta de lo que está pasando y grita.*

A mí me ha pasado más despacio. No me había dado cuenta de que ese olor que me hacía la boca agua era el de mi propia carne chamuscada. No me había dado cuenta de que S, la luz de mi vida, el chico al que adoraba, me dijo que me amaba y que su amor significaba control, que su amor significaba «eres mía». Y ¿qué hago si me siento como si hubiera sido yo la que ha añadido las zanahorias y las cebollas a mi propio caldo? ¿Si antes me gustaba lo protegida que me sentía con él? ¿Qué hago cuando una parte de mí pensaba que era una idea deliciosa que alguien pudiera codiciarme tanto como para no querer soltarme nunca, para no querer que nadie más me mirara siquiera?

¿Me lo he buscado yo?

Sea como sea, se acabó. No pienso seguir haciendo equilibrios sobre una catana de Hattori Hanzo. Mi embarazo va a inclinar esa espada hacia un lado o hacia el otro, y esa hoja está letalmente afilada. Me cortará se incline hacia donde se incline.

Uno de los posibles caminos es el siguiente: a S le encanta que esté embarazada. Es una prueba irrefutable de que soy suya, literal-

mente, por dentro y por fuera. Pondrá la mano en mi barriga mientras conduce, mientras me lleno un vaso de agua en la pila de la cocina, mientras pongo gasolina en mi coche. Se pondrá al mando en todos los aspectos de mi vida (aunque ¿queda alguno en el que no gobierne él?): lo que como, qué marca de agua embotellada puedo beber, en qué posturas tengo que dormir… Y solo hará lo que sea mejor para mí y para el bebé, por supuesto.

Aprovechará mi embarazo para adueñarse de mí para siempre. En cuerpo y alma.

Y eso será solo durante el embarazo. ¿Qué pasará cuando tenga el bebé? Imagina, un niño criado por S. Dos futuros robados, así, en un instante.

El otro camino posible: a S no le entusiasma la idea de compartir.

Ni siquiera con su propio bebé. Lo imagino salvajemente celoso por la idea de que exista algo que, de forma justificable, sea prioritario en mi vida por encima de él. Oh, ¡qué dividido se sentiría! Por un lado, su sangre, su ADN; por el otro, no tendría más opción que la de verse destronado como la persona más importante de mi vida.

Solo hay un camino para mí. Un camino que sé que él no permitirá jamás.

Quiero abortar. Es lo único que quiero.

Sí, claro, me gustaría tener hijos algún día. Pero no los suyos. Y no ahora. No a los diecisiete años. No después de decidir que quiero irme a estudiar a Alemania y vivir en al menos tres países diferentes antes de cumplir los veinticinco. No si quiero disfrutar de la libertad de pasarme veinticuatro horas seguidas leyendo fanfictions *en Internet si me da la gana y cuando me dé la gana. No cuando me da demasiado miedo incluso tener un pez como mascota.*

Ahora no puedo tener un bebé. Por miles de razones. Mi vida se acabaría. No sería justo para el niño.

Y tampoco sería justo para mí.

No voy a tener ningún bebé. No voy a tener su bebé.

Pero ¿cómo lo hago?

Abortar me parece imposible, incluso si no tuviera a S controlando cada momento de mi vida. No tengo dinero y, además, ¿hay algún sitio adonde pueda ir a hacerlo en este estado? Y, si busco en Google…, ¿tendrá acceso él a mi historial de búsquedas? Solo de pensar en que descubra que quiero abortar, me tiemblan las manos de terror.

Es imposible que no me culpe por esto. Aunque sea él quien no quiere ponerse condón y a quien no le gustaban mis cambios de humor cuando tomaba la píldora.

El agua ya me está llegando al cuello. Siento que me estoy asfixiando poco a poco.

Dios mío. ¿Qué hago?

¿Qué coño hago?

Capítulo 30

Ella

Me sabe mal que Seema esté aquí, en mi cuarto, malgastando conmigo su viernes por la noche. Tendríamos que estar zampando palomitas de caramelo y estar terminando de ver *Scream* para luego ver *Scream II*, pero Seema ha tenido que parar tantas veces la película para que pueda ir a llorar al baño o retroceder treinta segundos porque yo estaba completamente ida que de momento la única muerta es Drew Barrymore.

Hasta ahora, Seema ha sido muy paciente y ha esperado sentada con las piernas cruzadas en los pies de mi cama, pero es evidente que está empezando a exasperarse. Me siento fatal. Se suponía que era una noche de celebración. Seema envió su solicitud a la Universidad de Georgia antes de la primera fecha límite y me había preguntado si quería celebrarlo con una fiesta de pijamas y una maratón de películas de terror. En su momento estaba emocionada con la idea, pero después caí en la cuenta de que sería la primera «quedada» con una amiga desde Hayley. Era una idea agridulce.

Y eso fue antes de leer la última entrada del diario de Hayley. Fui una idiota por leerla antes de que viniera Seema y ahora estoy hecha un mar de lágrimas.

Me excuso para ir al baño otra vez. Quiero estar sola durante unos instantes mientras intento asimilar todo lo que he descubierto.

Hayley estaba embarazada. ¡Embarazada! Estaba embarazada, no tenía a quién recurrir… y no me lo contó. ¿Por qué? ¿Por qué no me lo contó?

Y entonces comprendo algo todavía más terrible.

¿Fue el embarazo lo que lo provocó? ¿Lo que hizo que Sawyer sobrepasara todos los límites? ¿La razón por la que nos sacó de la carretera?

Necesito descubrir qué más ocurrió esa noche. Necesito recordar más.

Si logro recordar, tal vez tenga las pruebas que nos permitan llevar a Sawyer ante la justicia. Vengar a Hayley.

Las lágrimas empiezan a treparme de nuevo por la garganta. Dios, qué harta estoy de llorar.

Aunque supongo que no tan harta como Seema.

Cuando me he disculpado otra vez para ir al baño, la he pillado pellizcándose el puente de la nariz, frustrada.

No se lo reprocho.

Cuando vuelvo a mi cuarto, mi portátil está cerrado y Seema está de pie en mitad de la habitación, de brazos cruzados y con la mochila preparada.

—Ella, ¿es que no te apetece? —Vacila; en su rostro hay una incertidumbre que no había visto nunca—. ¿No quieres que esté aquí?

—No, Seema, ¡no es eso! La verdad es que no sé qué haría sin ti. Ni ahora ni los últimos meses. —Me dejo caer en la cama con un suspiro—. Me has salvado la vida.

—Vale… —Se sienta en la silla de mi escritorio con el ceño fruncido—. Entonces ¿qué pasa? No has mirado la peli ni una sola vez. Te he tirado palomitas dos veces y ni te has inmutado. De hecho, todavía las tienes en el pelo.

Alargo una mano y, efectivamente, me quito dos palomitas de caramelo de la cabeza. Midna entra trotando en el cuarto, salta sobre el escritorio y le maúlla a Seema con voz ronca. La mirada de mi amiga se suaviza e inclina la cabeza para darle un suave coscorrón a la gata.

—Hola, bonita —murmura—. ¿Ya te dan suficiente atún? Llámame si no lo hacen. Le diré cuatro cosas a la jefa. —Midna ronronea y se hace un ovillo en la mesa para darle otro cabezazo a Seema, que, con más amabilidad, continúa—: Ella, es evidente que te ocurre algo. Habla conmigo, cuéntame de qué se trata. Si no quieres, no pasa nada. Pero, si volvemos a ver la película y a tener una fiesta de pijamas divertida con pelis de terror, eso es lo que vamos a hacer. Nada más. Nada de mirar el móvil ni de escaparte a llorar. Si necesitas hacer eso, lo entiendo, pero entonces me iré.

Seema me mira con una expresión abierta, vulnerable. Le rasca la cabeza a Midna y de vez en cuando se agacha para besarla entre las orejas. Su amabilidad, madurez y ternura me parten el alma.

Trago saliva con dificultad.

—Seema... Si te cuento una cosa..., ¿me prometes no contársela a nadie?

Pone los ojos en blanco y mira a Midna.

—¿La has oído? Es como si no me conociera. ¿Quién se cree que soy, un narco? —Se vuelve hacia mí y enarca una de sus bonitas cejas oscuras—. Soy todo oídos y mis labios están sellados, Ella.

Así que se lo cuento.

Primero le doy todos los detalles sobre Sawyer, le cuento que al principio era el chico de mis sueños. Ella asiente, escuchándome con atención.

—También parecía increíble al principio del diario de Hayley, cuando empezaron a salir juntos...

—Un momento. ¿A qué te refieres con lo del diario de Hayley?

—Esto... Bueno, ya sé que no está bien. No quería que lo leyera Phoebe ni nadie más, así que me lo llevé para tenerlo en un lugar seguro.

—Ya. —Ladea la cabeza—. ¿Y cómo va eso?

Levanto las manos en señal de protesta.

—No quería, ¿vale? Pero tuve que hacerlo. No sabes lo que ha sido. Me he tenido que agarrar a un clavo ardiendo, intentando recordar todo lo que pudiera sobre ella. Y menos mal que he leído su diario, porque me he enterado de información importante y puede que me ayude a recordar lo que pasó la noche de...

—Para. —Seema nunca me había hablado con tanta frialdad—. ¿Me acabas de decir que «menos mal» que has leído el diario de alguien?

Me aclaro la garganta.

—Yo… No, Seema, no me refería a eso. Es… Las circunstancias son distintas.

—¿Ah, sí? Ilumíname. ¿Cómo justificas abrir el diario de alguien como si fuese una condenada novela romántica y leerlo como si tal cosa? —Se cruza de brazos. Midna nos mira a la una y luego a la otra, salta del escritorio y se esconde en el armario.

—Eh… Perdona, pero no fue así para nada. —Estoy empezando a enfadarme. No está entendiendo nada—. En primer lugar, tú no sabes lo que se siente. Un día, tu mejor amiga en el mundo entero, tú única amiga, según cómo lo pienses, de repente, ya no está. Y darías cualquier cosa solo por un poco de…

—En realidad sí que lo sé.

Parpadeo desconcertada.

—¿Qué?

—Que sí que sé lo que se siente. En realidad, creo que la que no lo sabe eres tú. Tú no sabes lo que se siente cuando te mudas a una nueva ciudad a los ocho años. Sin conocer a nadie. ¡A nadie! Cuando eres la única niña india en un pueblecito de Georgia. Y luego, por fin conoces a una niña con la que conectas, que más o menos sabe lo que es ser la rara, y te conviertes en su mejor amiga. Y piensas: «Vale, ya no estoy sola, por fin». Tu mejor amiga en el mundo entero, como te gusta decir a ti. Y luego, un día, de repente, ¡puf! Ya no está. —Seema se pone de pie. Le brillan los ojos—. Solo que es peor, Ella. Mucho peor. Porque lo que te ha arrebatado a tu mejor amiga no es la crueldad de la providencia, sino que lo ha elegido ella. Ella lo ha querido así. —Abro la boca para decir algo, cualquier cosa, pero no sale nada de ella. Seema ladea la cabeza—. Pues sí, Ella. ¿Y todo eso que acabo de contarte? No tenía a nadie con quien hablar de ello. Así que lo escribí. En mi diario, como habrás adivinado. Y mi yo de diez años pensó: «Menos mal que nadie va a leer toda esta mierda, esta agonía tan íntima». —Se le rompe la voz—. Qué tonta, ¿no? Pero no pasa nada, porque Dev es un estúpido, lo abuchearon, a mí me regalaron un perrito y todo el mundo comió perdices, ¿no? Lo que pasa es que omití una parte de la historia. La parte en la que me sentí tan humillada que no pude dejar de llorar durante semanas. Mi familia no sabía cómo hablar conmigo, así que... no lo hicieron y listo. Durante meses hablé más con el perro que con mi padre. —Aprieta los dientes—. Y a ti no te parece para tanto.

Me aprieto la barriga. Tengo náuseas, por la culpa, la vergüenza y, por extraño que parezca, la ira.

—Seema, si pudiera volver atrás, lo haría. Ojalá hubiera seguido siendo tu amiga. Siento mucho que pasara eso. Pero no es lo mismo. No estoy leyendo su diario para divertirme, ¿vale?

—Increíble. —Seema niega con la cabeza, asqueada—. A ver si lo pillas, Ella. Si estás buscando apoyos para tu club secreto de lectura de diarios, no soy el público adecuado. No me va mucho eso de la violación de la confianza y la privacidad. Yo sí sé lo que significa ser una buena amiga.

La ira me sobrepasa.

—Por el amor de Dios, Seema, tenía diez años. Era una niña. ¿Cuántas veces voy a tener que disculparme? Perdón, perdón, ¡perdón! ¿Vale? ¡Esto ni siquiera va sobre ti! Trata de intentar saber más sobre aquella noche, la noche de la fiesta de Scott, y el diario de Hayley es mi única opción...

—Guau. —Seema habla en voz tan baja que me callo de repente, impactada—. Ella, ni me ves, incluso después de todos estos años. Yo estuve en la fiesta de Scott.

Me quedo anonadada.

—Yo..., pero... Seema, yo no lo podía saber, es evidente. No me acuerdo de nada de...

—Ya me lo has dicho. Pero ¿se te había ocurrido preguntarme? ¿Hablar conmigo? ¿Para qué sirve Seema? Tampones y charlitas de ánimo. Pero cuando se trata de algo importante, como recuperar tus recuerdos, como recordar la noche del accidente que cambió tu vida..., ¡bah! Tu única opción es el diario de una chica muerta.

Me aprieto la cabeza con las manos.

—Seema, eso no es ni medio verdad. Pero, en serio, ahora mismo no puedo lidiar con esto…

—Pues claro que no. Porque todo se trata de ti. Pues ¿sabes qué? ¡Eras una amiga de mierda entonces y eres una amiga de mierda ahora!

—Uf, vale, ya lo pillo, soy la peor amiga en el mundo…

—En el planeta…

—Pues ¿qué haces aquí todavía?

—¡Buena pregunta!

Las dos nos estamos gritando. Tengo las mejillas empapadas en lágrimas de rabia; Seema tiene los ojos húmedos y la cara roja e hinchada. Recoge sus cosas con violencia, golpeando la mochila contra mi escritorio y mis cajones. La lámpara se tambalea, a punto de caerse.

Pone una mano en el pomo de la puerta y alargo una mano hacia ella.

—Espera, Seema.

Se vuelve y me mira con recelo. En el fondo, sé que es una mierda preguntarle esto cuando nos estamos peleando, cuando está llorando. Pero yo también estoy llorando, yo también estoy dolida. Y hay cosas más importantes en juego. Cosas que necesito saber.

—¿Qué… qué recuerdas de la noche de la fiesta de Scott?

Seema niega con la cabeza con incredulidad y se ríe entre dientes con amargura.

—Madre mía. Hasta muerta lleva las de ganar. —Cierra los ojos y, cuando vuelve a abrirlos, están vacíos. Fríos—. Esa noche, Hayley y tú no pasasteis nada de tiempo juntas. No hablé con ninguna de las dos, así que no sé si estabais peleadas. Solo sé que Hayley se bebía un chupito tras otro. Parecía un poco… No sé. Ida, supongo. Desapareció un rato arriba. Yo pensaba que estaba follando con Sawyer, pero cuando la vi bajar las escaleras quien la seguía era Scott.

—Un momento. ¡¿Scott?!

—Ella, déjame terminar para que pueda irme a casa. Sí, Scott, que estaba como una cuba. Pero fue muy raro. Yo no conozco demasiado bien a ese capullo, pero nunca lo había visto tan disgustado. En plan…, intentaba hablar con Hayley, pero ella no hacía más que quitárselo de encima. —Se encoge de hombros—. Y ya está.

—Espera, ¿cómo que ya está? Pero…

—Se acabó, Ella. —Me mira con gesto sombrío—. Se acabó del todo. Me voy. No me llames. No me escribas. Se acabó. —Le tiembla el labio—. Adiós.

Mamá me encuentra sollozando en la cama.

—No pasa nada, mamá. —Me hago un ovillo y aprieto las rodillas contra el pecho—. Creo que quiero irme a dormir y ya está.

—Ella… —Se sienta a mi lado—. Ella, ¿qué está pasando? Por fin habías traído a una amiga a casa, después de meses… Supongo que no ha ido bien, ¿no? —Me acaricia el pelo, y me parece un gesto tan increíblemente tierno de su parte, sobre todo después de la distancia que ha habido entre nosotras, que por un momento me siento tentada de contárselo todo.

Pero no puedo. Ya le he demostrado que no soy la hija perfecta que pensaban que era. La hija que querían. No soportaría empeorar esa imagen todavía más. Si le cuento todo a mamá, también tendré que contarle que me he estado viendo con Sawyer a escondidas, mintiéndole y leyendo el diario de Hayley. No soportaría ver la expresión de su rostro mientras le revelo lo horrible que es su hija en realidad.

—Solo son cosas de chicos, mamá —digo al final. Midna aparece de repente a mi lado y me da un cabezazo en la mejilla.

—Midna está preocupada por ti —dice mamá.

—Solo quiere que le dé de comer. —Aprieto la cara contra las mantas para que amortigüen mis palabras.

Carraspea y me pregunta:

—¿Quieres bajar a ver una película con papá, Jess y conmigo? Me vendría bien tu voto. Si no, volveremos a ver *Godzilla* y estoy harta de Mothra.

—Es verdad. —Jess está apoyada en el marco de la puerta de brazos cruzados—. Estoy obsesionada con los gemelos diminutos de Mothra. No puedo negarme a sus canciones. Pero… —Me dedica una sonrisilla—. Si bajas, quizá pueda aceptar la primera de *El señor de los anillos…*

Los ojos de mamá se llenan de terror.

—Por favor, la versión extendida no. Te lo ruego.

Me río por la nariz. Es tentador. Pero es verdad que lo que quiero es irme a dormir. De repente, me siento exhausta.

—Mañana, ¿vale?

—Está bien, Ella. —Mamá se levanta—. ¿Te vienes, Midna?

La gata se limita a bostezar y a acurrucarse contra mí. Mi madre sonríe con dulzura antes de salir. Jess se queda unos segundos más.

—Buenas noches, Els —murmura y cierra la puerta.

No puedo dejar de pensar en todo lo que me ha dicho Seema.

Ojalá pudiera decir que ha sido dura, que ha sido cruel. Pero quizá tenga razón. Quizá yo sea una amiga espantosa. Me entra dolor de cabeza solo de pensarlo. Me giro un poco para apoyar la cabeza en el suave pelaje de Midna. Ella ronronea, regalándome el sonido más tranquilizador del mundo, y me duermo enseguida.

Creo que oigo gruñir a Midna. Al menos, creo que eso es lo que me ha despertado. Pero Midna no gruñe nunca. Parpadeo adormilada y la mandíbula me cruje con un gran bostezo.

Midna está agachada al lado de mi cabeza, moviendo el rabo de un lado a otro.

—Midna, por favor, no es un bicho. —Gimo y me tumbo de espaldas. Lleva años, ¡años!, intentando atrapar una mancha en la pared, convencida de que es una polilla.

Oigo un golpetazo a mi derecha y me escondo bajo las mantas, ahogando un grito. Asomo la cabeza y veo que es la contraventana, que ha dado un golpe por el viento.

Suspiro aliviada. Solo ha sido el viento…

Pero entonces me quedo paralizada. Yo no he dejado abierta esa ventana.

Un terror horrible se adueña de mí. ¿Qué hace abierta esa ventana?

Midna gruñe otra vez.

Y entonces bufa.

Impulsada por un golpe de adrenalina, aparto las mantas y me siento. Y ahí a los pies de mi cama, donde Midna está bufando, hay una figura alta y oscura que me acecha por encima del colchón. Se mueve de repente, abriendo los brazos, pero retrocede en cuanto grito.

Y grito y vuelvo a gritar, tan alto que noto cómo se me desgarra la garganta.

Corro a encender la luz, tropezándome por el camino. Se oyen unos golpes, unos sonidos frenéticos. Mis padres irrumpen en mi cuarto justo cuando logro encender la luz, pero la figura ha desaparecido.

—Ella, Ella, pero ¿qué…?

—Llamad a la policía —les pido con voz temblorosa. Señalo la ventana abierta; la cortina, ahora desgarrada, ondea al viento—. Alguien ha entrado en mi habitación. Me he despertado y estaba a los pies de mi cama.

Mi padre maldice y saca el teléfono y mi madre se santigua. Veo a Jess encogida en el pasillo, con los ojos como platos. Y luego me fijo en el estado en el que está mi habitación. La han destrozado. La ropa de mi armario está desperdigada por el suelo y han abierto todos los cajones.

—Pensaba que este pueblo era seguro. Que estas cosas solo pasaban en las ciudades grandes. —Mi madre está temblando, tapándose la boca con la mano.

Pero esto no lo ha hecho cualquiera. Ha sido una persona que buscaba algo.

Una persona que ya entró una vez en esta habitación por esa misma ventana.

Y eso es lo que le cuento a la policía cuando llegan al cabo de diez minutos.

—Sé quién ha sido. Ha sido Sawyer. Ha sido Sawyer Hawkins.

Capítulo 31

Sawyer

Para cuando por fin se abre la puerta, hace dos o tres horas que me tienen sudando en esta sala sin ventanas.

Un hombre rechoncho de unos cincuenta años vestido con un uniforme de sheriff de color beis entra muy ufano en la sala de interrogatorios. Lleva unas gafas gruesas y un bigote curvado hacia arriba. Parece que se haya inspirado en una mala peli porno de los setenta. Me muerdo la lengua para no decírselo.

—Vaya —dice mientras se quita el sombrero de sheriff de ala ancha y se abanica con elegancia—. ¡Aquí hace más calor que en la guarida de Satán! ¿Estás bien, muchacho?

Lo miro fijamente a modo de respuesta. En silencio, sin pestañear, sin molestarme en secar las gotas de sudor que me bajan por el cuello y los lados de la cara.

Pero él ni se inmuta ante mi silencio. Se pasa una mano por el pelo rubio y grasiento.

—¿Quieres una Coca-Cola? Espera aquí.

Sale cerrando de un portazo y yo respiro hondo.

Mierda. Mierda.

Acababa de llegar a casa después de un turno especialmente largo en el restaurante cuando han empezado a aporrear la puerta de casa.

Mamá ha ido a abrir y se ha encontrado con tres policías. Sabía cómo iba a ir la cosa. Si me negaba a someterme al interrogatorio, harían todo lo que estuviera en su mano para obtener una orden judicial. No les costaría mucho. Lo había visto muchas veces cuando era pequeño, antes de que mamá consiguiera sacarnos de allí y nos trasladásemos a Cedarbrook.

Y luego está el detalle de que Ella, la joya de nuestra comunidad, le haya dado mi nombre a la policía.

Lo único que me salva es que no tienen nada contra mí. Nada concreto.

Así que les he dicho que iría y que podían preguntarme lo que quisieran. No tengo por qué responder una mierda. Así ganaré un poco de tiempo y evitaré que me encierren hasta que encuentre el modo de salir de esta. He pasado junto a mi madre, he acallado sus protestas y su insistencia en que yo jamás haría nada parecido a eso de lo que me acusaban y le he dicho que no pasaba nada, que iría con ellos y lo aclararía todo.

Ahora cierro los ojos y aprieto los dientes con tanta fuerza que me cruje la mandíbula. Recuerdo la expresión de su rostro. Las luces rojas y azules que giraban y giraban en el horror oscuro de sus ojos, como si, por un segundo, no estuviera segura de quién era la persona que tenía delante, si su hijo o un desconocido.

Después de lo ocurrido la otra noche, los dos nos disculpamos el uno con el otro, pero fue algo rápido y forzado. Yo acababa de volver del instituto y ella tenía que irse a trabajar. Nos dimos el abrazo de rigor en el pasillo antes de que ella se marchara. La tensión sigue ahí. Callan casi no quiere ni estar en la misma habitación que yo.

Siento la necesidad de escribirle a Ella, pero, llegados a este punto, sé que no saldrá nada bueno de ello. He de mantener la calma y ya está, seguir con la boca cerrada y ver qué es exactamente lo que saben estos idiotas y qué es lo que, espero, no saben.

La puerta se abre y entra el mismo agente que antes con un montón de latas de Coca-Cola y Sprite y botellas de agua.

—Esa condenada máquina expendedora es lo más irritante que hay en todo el edificio —refunfuña. La puerta se cierra y él suelta las bebidas encima de la mesa—. Incluyendo al jefe, y eso es mucho decir, créeme. —Paro una lata de Coca-Cola antes de que se caiga rodando de la mesa mientras él se sienta en una silla a mi lado. Se saca un pañuelo del bolsillo para secarse el sudor de la frente y señala el montón de latas y botellas antes de abrir una para él—. No seas tímido, coge lo que quieras. A mi médico no le haría mucha gracia que tomase azúcar, por lo del nivel de glucosa y todo eso... Pero, deja que te diga, cuanto más bueno está algo, más se enfada mi médico.

Tengo la garganta seca, pero ya sé cómo funciona esto. Me ofrece un refresco tras otro, me convence de que será el padre que nunca tuve y antes de que me dé cuenta estoy firmando una confesión en la que admito ser el asesino del Zodiaco, aunque no tenga ni una multa de tráfico. Y ese documento bastaría para que me encerraran de por vida.

O algo peor.

Le aguanto la mirada con firmeza. Lo único que se oye en la sala son las burbujitas del gas de la lata abierta. Me observa un instante, sonríe con amabilidad y me tiende la mano con la palma hacia arriba.

—Me llamo Rick, por cierto. —No muevo ni un músculo. Al ver que no le acepto el apretón de manos, se inclina hacia atrás, haciendo crujir la silla—. Pareces joven, supongo que vas al North Davis. —Se rasca la barbilla—. El equipo de futbol no está nada mal. Pero nada mal, ¿eh? Yo también estudié allí. Pero no te voy a decir en qué año. Si lo digo en voz alta se me va a caer el alma a los pies —suspira—. ¡El tiempo vuela! —Se mira el reloj, tamborilea en la mesa con los dedos y se levanta con un gruñido—. Santo Dios. —Hace una mueca y se lleva una mano a la espalda—. Voy a mear, muchacho. ¿Tienes hambre? ¿Quieres algo de comer? No tienes más que decírmelo.

Se va sin esperar respuesta. Cuando la puerta se cierra, exhalo con fuerza y cojo una botella de agua. Sé que hay alguien que me está observando a través del espejo unidireccional , pero me da igual. Me la bebo entera antes de que vuelva.

El corazón me late desbocado. A pesar de las apariencias, me ha costado mucho aguantar sin contestarle a Rick. Su charla simpática, sus ofrecimientos de ayuda aparentemente amables... son una trampa.

Todo es una trampa, porque sé perfectamente lo precaria que es mi situación y sé perfectamente quién es el agente Rick: el tío del señor Wilkens. Por primera vez, agradezco vivir en un pueblo pequeño en el que todo el mundo se conoce. Los dedos me palpitan en el bolsillo. Dios, qué ganas tengo de escribirle a Ella... Pero, como he dicho, antes necesito descubrir qué saben.

Las horas van pasando. Es difícil saber cuántas. He empezado a mecerme de un lado a otro en mi asiento; me pesan los párpados. Resisto el impulso de moverme de forma nerviosa, de acariciarme la cicatriz de la palma de la mano o de hacer nada que los lleve a mirarme con malos ojos. Porque todo es parte de la trampa. No lo puedo permitir.

Por fin, Rick vuelve a la sala. Tiene pinta de haberse echado una siestecita en algún lugar de la comisaría, porque tiene mejor aspecto. Me sonríe. Lleva un montón de papeles y un pequeño libro en la mano.

Me pongo recto y me crujo los nudillos.

«Allá va».

—Siento haberte hecho esperar, Sawyer. Sawyer. Es un buen nombre, sí. A mí siempre me gustó más Tom Sawyer que Huckleberry Finn, aunque supongo que algo tendrá que ver que mi novia del instituto se llamase Becky. —Rick deja el montón de papeles sobre la mesa y, esta vez, se sienta en la silla que hay enfrente de mí.—. Sawyer Hawkins... —Se sube las gafas por el puente de la nariz y hojea los archivos. Estiro el cuello, pero no logro ver nada—. Me han dicho que te llevas a las chicas de calle... ¿Es eso cierto? —Debo de hacer una mueca, porque se echa a reír—. Vamos, muchacho, no seas tan modesto. A mí no me sorprende. Alto, oscuro, misterioso... Muy muy misterioso, diría yo. Dime, ¿es verdad que últimamente te has estado viendo con una chiquilla llamada Ella Graham?

«No abras la boca», me digo.

El agente Rick se lame los dedos y pasa la página.

—La verdad es que era una pregunta retórica, muchacho. Solo te estoy poniendo un poco a prueba. No te voy a aburrir con los detalles, pero creo que te parecerá interesante que alguien entró en la habitación de la señorita Ella mientras dormía. Y que, en cuanto llegué allí, ella vino corriendo y, antes de que yo dijera ni mu, me dijo que el intruso habías sido tú, Sawyer Hawkins. Veamos, ¿qué te parece eso?

Tengo todo el cuerpo contraído, temblando de tanta tensión. El agente Rick se inclina hacia delante y entorna los ojos avellana.

—¿Estás bien, Sawyer? Pareces a punto de explotar de rabia. Se te marca una vena en el cuello y todo. Madre mía, hay quien diría que tienes una pinta incluso homicida.

Cierro los ojos para evitar la tentación de darle un puñetazo. Me siento como un tigre enjaulado al que están pinchando y provocando, primero con palos y ahora con horcas afiladas como agujas. Necesito prepararme para cuando enciendan las antorchas, para cuando traigan las espadas, para cosas aún más dolorosas. Porque, pase lo que pase, no puedo atacar.

Sé muy bien lo que les pasa a los tigres que atacan.

El agente Rick se apoya en el respaldo y suspira. Se quita el sombrero para rascarse la cabeza.

—No te culpo por estar enfadado, por supuesto. No hemos encontrado pruebas de tu presencia en su habitación, pero, claro, tampoco tienes coartada... —Se encoge de hombros—. Así que estabas dando una vuelta en coche para aclararte las ideas después del trabajo... En fin, entre tú y yo, muchacho, eso suena bastante sospechoso. Pero no quiere decir que estuvieses en la habitación de la señorita Graham. No me parece bien cómo nos castigan por nada a nosotros los hombres. Miras a su amiga demasiado rato, no le contestas al mensaje lo bastante rápido, no le das las gracias con bastante entusiasmo por esa comida de mierda que ha sacado de una caja... ¡y ya tienen motivos para una guerra nuclear! ¡Después de todo lo que hacemos por ellas! —Niega con la cabeza—. Tienes todo el derecho del mundo a cabrearte, Sawyer. Estabas tranquilo en tu cocina, con tu pobre madre, con lo cansada que va, y ahora tienes que pasarte aquí el viernes por la noche porque a Ella se le ha metido en la cabeza denunciarte a la policía.

Me concentro en su forma de decir «policía». Como si fueran dos palabras «poli-cía», casi cambiando la sílaba tónica de sitio. Me ayuda a aguantar sin abrir la boca, a no decir ninguna estupidez.

Los ojos del agente Rick son dos puñales color avellana con los que intenta descascarillar la dura fachada que muestro. Pero no va a conseguir desmoronarme. No lo va a lograr.

No puede.

Al ver que sigo en silencio, asiente. Me da la sensación de que está un poco impresionado.

—Ya, tienes razón… Igual no es eso. Ella no haría eso, ¿no? —Se rasca la barbilla—. Aunque ha dicho algo muy interesante. Ha dicho que estabas buscando algo… ¿Una especie de libro, puede ser?

Mis oídos se agudizan; el corazón se me acelera. Esto no pinta bien. Pero hasta ahora no les he dado nada. Si me quiebro ahora, no habrá servido de nada.

El agente Rick entorna los ojos y me escruta con la mirada como si me estuviese escaneando con un láser, pero solo le ofrezco mi mejor imitación de una estatua de piedra. Al cabo de un segundo, prosigue:

—Te voy a ser sincero, hijo. No me pareces un gran lector, y no me parece que tenga mucho sentido que trepes a una segunda planta para buscar un libro… Así que no debe de ser un libro. ¿Un diario? —Se me para el corazón. Él levanta un libro con las cubiertas negras—. ¿Este diario?

Necesito toda mi fuerza de voluntad para no estallar en esta misma silla, para no huir. No lo sabía con seguridad… Pero, ahora que el agente Rick me lo está restregando por la cara, siento que el agua me llega al cuello.

Ahora mismo no puedo pensar en todo lo que implica. Necesito concentrarme en mantener la mejor cara de póker de toda mi vida.

—¿Sabes qué? Te he estado acribillando a preguntas, Sawyer. Y he de admitirlo: eres duro de pelar. Pero estoy cansado. Tomémonos un descanso. Mi padre siempre me leía un cuento antes de ir a dormir. ¿Tu padre hacía eso? —«Ja», pienso—. Ya me lo imaginaba. Bueno, te voy a leer uno, ¿vale? Me parece un buen momento para leerte una historia. —Se lame el dedo índice con júbilo y abre el diario—. Ah, como no me lo has preguntado, daré por hecho que ya sabes que esto que tengo aquí no es el diario de Ella, sino el de Hayley. Y cuenta algunas cosas sobre ti de lo más interesantes… —Dejo de respirar.

Hago largas divisiones mentalmente, cualquier cosa para que mi rostro no revele que en el interior de mi pecho se está gestando una tormenta—. Veamos… Sí, aquí hay una. «S cogió su taza y la lanzó contra la pared. Los pedazos de porcelana rota cayeron por todas partes». Bueno, no te deja en muy buen lugar… Pero tampoco es tan interesante. A ver, ¿quién puede decir que no haya lanzado la cubertería buena durante una comida familiar alguna vez? —Me estoy clavando la uña del dedo pulgar en la cicatriz con tanta fuerza que creo que me estoy desgarrando la piel. Intento no parpadear—. Ah, esta tiene más tela que cortar: «Ha echado el brazo hacia atrás y me ha abofeteado con el dorso de la mano con tanta fuerza que me ha estampado la cabeza contra la ventanilla».

Una furia y un miedo inexplicables rompen contra mi cuerpo en oleadas altas como montañas. Trago saliva, conteniendo la violencia con la que se me retuercen las entrañas, y lucho contra el impulso de cerrar los ojos con fuerza.

Rick recorre mi rostro con la mirada. Un músculo le palpita en la mandíbula. Estoy empezando a cabrearlo. Me aferro a su frustración, a su fracaso, como a un clavo ardiendo.

—Cuesta escucharlo, ¿verdad? —dice con voz queda—. Hasta a un hombre adulto le darían ganas de llorar, ¿verdad? En fin, no te preocupes. Mira, tengo una más… Aquí está. La última entrada de todo el libro. —Vuelve la página—. «Se acabó. Mierda, ¿de verdad es la única opción? No importa. Ya no me queda tiempo y no se me ocurre otra forma de mantenerme a mí y a todas las personas que quiero a salvo. Lo más difícil será ocultárselo a S. Eso es más fácil decirlo que hacerlo, pero no tengo otro remedio. Y no puedo permitir que se entere. Es cuestión de vida o muerte». —El agente Rick se estremece de forma teatral—. Esa exnovia tuya tenía labia, ¿eh? Hay que reconocerlo, no era muy coherente con lo que escribía y nos ha dejado con una intriga de narices… Poca gente se quedaría contenta con eso. Pero menuda imagen pinta, ¿eh?

Lucho contra la necesidad de enseñarle los dientes. Abrir la boca, fuera de la forma que fuese, sería condenarme. No saldría nada bueno de ello. Ahora mismo, lo único que tienen es un diario en el que Hayley habla de un tal «S» y el testimonio de una adolescente asustada en mitad de la noche. No tienen nada. No pueden retenerme.

Y, cuando miro al agente Rick a los ojos, me doy cuenta de que él también lo sabe.

Deja de representar el papel del amable policía sureño y su rostro se deforma de rabia. Ahí está, el muy cabrón. Se inclina hacia delante, dejando el rostro rojo e hinchado a escasos centímetros del mío.

—Eres una basura —me espeta agarrándome de la camiseta.

Y esa demostración de ira es lo que casi me hace estallar. Justo cuando voy a abrir la boca, la puerta se abre.

—Será mejor que te tomes un descanso, Rick. —Un agente de aspecto cansado se apoya en el marco de la puerta sin soltar el pomo.

Rick no rompe el contacto visual. Me zarandea un poco por la camiseta.

—No he terminado.

Otro agente asoma a la puerta, con el rostro cuadrado y severo.

—Vete a dar una vuelta, Rick. —Siento en el pecho el timbre de su voz.

Rick me suelta, maldiciendo con violencia. Sale de la sala dando grandes zancadas, la puerta se cierra de golpe y, de repente, me quedo solo.

Respiro hondo. Estoy mareado del agotamiento; la adrenalina, después de tantas horas, está causando estragos en mis músculos. Tengo las palmas de las manos mojadas y, cuando bajo la vista, veo que entre los charcos de sudor hay medialunas ensangrentadas donde me he clavado las uñas en la piel. Casi acaba conmigo, pero he conservado la calma. Al menos, por fuera.

Por dentro estoy chillando.

Pero al menos sé que no corro peligro. Por ahora. Saco mi móvil y le escribo un mensaje a Ella.

S

Ella, no estoy enfadado. Solo necesito saber dónde estás. Por favor. Dime dónde estás.

Esperar que Ella me conteste por primera vez en días es mucho pedir, pero necesito asegurarme de que esté en casa con sus padres y no en otro sitio. No con nadie más.

Solo de pensarlo, la ira me invade con tanta fuerza que doy un puñetazo sobre la mesa. Clavo los ojos en el espejo unidireccional de repente, y luego en la puerta, en la luz roja parpadeante de la cámara que hay en una esquina de la sala. «Vamos, Sawyer. No pierdas la calma. Ya casi estás libre».

Y entonces podré ir a ver a Ella yo mismo.

Todavía estoy esperando una respuesta cuando el agente Rick vuelve a la sala flanqueado por otros dos policías. «Por fin», pienso.

Pero entonces le veo la cara.

Luce una expresión chulesca. Muy chulesca.

Me vibra el teléfono y no puedo evitar sacarlo para ver si Ella me ha contestado. Me da un vuelco el corazón al ver que sí, pero no consigo leer el mensaje, solo acierto a atisbar las palabras «bien» y «señor W» antes de que me arranquen el teléfono de la mano.

—¿Qué coño hace?

—Una orden judicial de emergencia, muchacho. —El agente Rick me restriega por la cara un documento que parece oficial—. Significa que podemos quitártelo y revisarlo. Juegas bien, Sawyer, pero no tengo estómago para dejar que un maltratador de niñas quede en libertad, y resulta que el juez está de acuerdo conmigo. —Me hierve la sangre al ver que empieza a leer mis mensajes—. Vaya, muchacho. Me voy diez minutos y ya estás acosando a Ella. Y ¡madre mía!, resulta que llevas días acosándola. ¿Es que aún no te has enterado de que si una mujer no responde es porque no está interesada?

—¿Estoy detenido? —pregunto. El corazón me late como si estuviera corriendo una maratón.

Se hace un silencio atronador.

—Pensaba que era evidente. Sí. Sí estás detenido —contesta el agente Rick.

—Entonces tengo derecho a una llamada —gruño.

Se hace otro silencio.

—Ni siquiera ha terminado de leerte tus derechos… —empieza a decir otro de los agentes.

—¡Una llamada! —insisto—. ¡Por ley, tengo derecho a una llamada!

Otro silencio tenso. Entonces, por fin:

—Maldita sea, le leeré sus derechos por el camino. Llevad a este pedazo de mierda a hacer su llamada.

Quizá todavía pueda librarme de esta.

Capítulo 32

Ella

Apenas me doy cuenta de que ya es por la mañana. Mis padres tampoco han dormido. Se pasean por el salón mientras yo estoy sentada en el sofá, inmóvil, con las rodillas apretadas contra el pecho y la mirada perdida en la chimenea de piedra apagada.

—¿Por qué crees que era Sawyer? ¿Qué querías decir con que ya había entrado antes por esa ventana? Por favor, Ella, habla.

Estoy envuelta en una niebla que me acecha desde todas direcciones y sus voces apenas la penetran. Se ha colado en mi habitación. Esa sombra alta que me acechaba... Nunca en la vida había estado tan asustada. Sin embargo, después de que la policía se haya ido, siento el peso de mi acusación en el estómago, como una roca.

Acudir al señor Wilkens con mis miedos y contarle mis teorías sobre Sawyer era una cosa, pero hacer que acabe esposado es otra muy distinta. ¿Debería haber preguntado antes? ¿Debería haberle dado la oportunidad de explicarse? Apenas soporto imaginarlo: la policía llamando a su puerta, añadiendo aún más desgracia a la vida de su pobre madre y a la de Callan.

Que Sawyer esté detenido debería ser un alivio, pero, no sé por qué, no lo es. Recuerdo que mi padre me dijo una vez que, después de que el suyo, mi abuelo, pasara medio año en un hospital para enfermos terminales, incapaz de caminar, de hablar ni ver..., no veía la hora de que muriera, que la agonía de su pérdida no sería mayor que la que le provocaba el sufrimiento de su padre, la de verse obligado a ser testigo de todo aquello.

Ahora estoy a salvo. Lo sé. Noto esa certeza en lo relajados que tengo los hombros, en que ahora mis pulmones pueden respirar profundo, pues ya no están constantemente constreñidos de terror. Este alivio es como haber sobrevivido a un tornado, pero viene acompañado de una amarga consecuencia, la de contemplar la destrucción de la casa en la que creías que envejecerías.

—Oye. —Una mano pequeña se posa en mi hombro. Jess—. He mandado a mamá y a papá a la cocina, a ver si se calman. ¿Estás bien?

La cojo de la mano y se la estrecho.

—Gracias, Jess. Te debo una. —Trago saliva intentando apaciguar el temblor de mi voz.

Ella se encoge de hombros. Mira fijamente sus dedos de los pies, que enrosca sobre la moqueta.

—Le he dado un poco de atún a Midna, por cierto. Se lo ha ganado.

—Dale todo el que quiera —contesto con voz ronca.

La luz melocotón del sol del alba ilumina la sonrisa de mi hermana. Es el primer momento en el que se me ocurre que tal vez todo vaya a salir bien.

Sin embargo, la inquietud alojada en mi pecho es insoportable. La idea de seguir recluida en esta casa, en la que Sawyer me hizo sentir cosas que nunca antes había sentido, en la que Seema declaró que nuestra amistad había terminado y en la que Sawyer irrumpió, acechándome en la oscuridad... Digamos que necesito largarme de aquí cuanto antes.

Jess me está mirando con atención.

—Mamá y papá no te van a dejar salir. Ni en sueños.

—¿Qué? ¿Por qué dices eso?

—Tienes esa expresión..., la misma que tenías cuando tuviste mononucleosis y tuviste que quedarte encerrada en casa durante semanas. —Sonríe, todavía mirándose los pies—. La verdad es que mola verla. Tu cara de loca.

—¿Por qué?

—Bueno... Te pasaste el verano entero en la cama. Sin poner la cara de loca ni una sola vez. Estaba preocupada... Tenía miedo de que estuvieras así de triste para siempre.

La cojo de la mano.

—Ya sé que he sido un desastre. Y lo siento. Eres la mejor hermana del mundo.

Ella asiente.

—Lo sé. Porque te voy a cubrir. Vete a dar tu paseo, haz lo que tengas que hacer. Les diré que necesitabas dormir o algo así, que te has encerrado en tu habitación, y me aseguraré de que no entren. Tómate el tiempo que necesites.

—Jess... —El gesto me conmueve tanto que no sé ni qué decir—. No te merezco, en serio.

Ella me sonríe con dulzura.

—Ya lo sé. Pero ¿para qué están las hermanas?

De repente, caigo en la cuenta, impactada, de todo lo que Jess ha hecho por mí desde que murió Hayley. E incluso antes, si soy sincera. Jess siempre ha estado a mi lado, siempre ha sido mi ancla. Me duele el corazón de amor y gratitud.

Le doy un abrazo enorme, cojo mi bolso y mi móvil y me escabullo por la puerta trasera.

Y así es como acabo caminando sin rumbo por Cedarbrook en una mañana fresca y clara de octubre. Durante las primeras horas, me hace bien mover el cuerpo. Siento como si estuviera yendo a algún sitio, como si estuviera dejando toda la mierda atrás.

Pero al cabo de un rato empiezo a sentirme abrumada de nuevo. Me siento sola. Asustada. Y no solo eso; además, me he perdido. Estoy en un barrio en el que ninguna de las casas me resulta familiar. Dejo de caminar y sopeso mis opciones.

Podría llamar a mis padres y mandarles mi ubicación para que vinieran a buscarme, pero no estoy preparada para volver a casa. Ni por asomo. Además, me castigarían durante un millón de años y, lo que es peor, también a Jess por haberme ayudado.

Y entonces se me ocurre la solución. Busco el número del señor Wilkens en mi móvil y toco el botón de llamada. Siento una punzada de duda. Es sábado por la mañana. Su día libre. Quizá no debería…

El psicólogo responde de inmediato.

—¿Ella? ¿Estás bien? —Me anega una oleada cálida de alivio. Se lo cuento todo: que Sawyer entró por la ventana de mi habitación, lo que leí en el diario… Le digo que no quiero ir a casa todavía, que él es el único que lo sabe todo y comprende por lo que estoy pasando.

—Si necesitas un lugar seguro, puedes venir a mi casa durante unas horas —me ofrece—. Hasta que estés preparada para volver a la tuya.

—Por favor —contesto. Le mando mi ubicación aliviada.

Mientras lo espero, noto una vibración en el bolsillo. Saco mi móvil y me quedo sin respiración al ver un mensaje de Sawyer.

S

Ella, no estoy enfadado. Solo necesito saber dónde estás. Por favor. Dime dónde estás.

Me muerdo el labio cuarteado mientras me paseo de un lado a otro por la acera. ¿Que no está enfadado? Me cuesta creer lo ido que está. Todavía se piensa que está cuidando de mí, que me está vigilando. Muevo el pulgar para borrar el mensaje y bloquear su número, pero me detengo.

Necesito un cierre. Quiero mandarle un último mensaje. Necesito despedirme.

E

Estoy bien. Estoy a salvo con el señor W. Por favor, no vuelvas a contactar conmigo. Adiós, S.

Lo envío y bloqueo el número.

La casa del señor Wilkens es preciosa. Preciosa. Es una especie de rancho medio escondido en un bosque que aparece cuando doblas la esquina de su calle. Está pintada de un azul tan oscuro que parece negro, pero la hiedra enroscada que se abraza a los revestimientos suaviza un poco la sensación de modernidad. El señor Wilkens aparca en la entrada e introduce unos números en un teclado que hay junto a la puerta principal para entrar.

—Bienvenida a Casa Wilkens. —Se quita las deportivas con los pies y se pasa la mano por la cara. Parece tan exhausto como yo me siento—. Como si estuvieras en tu casa. Voy a preparar café.

Desaparece por un pasillo, doblando la esquina, y yo me muevo nerviosa, intimidada por el vasto y precioso espacio que se abre ante mí. Los techos son altos e inclinados. Hay un conjunto de sofás de cuero dispuestos alrededor de una enorme chimenea cuyas piedras rojas y grises ascienden por toda la pared. Veo la abertura que da a la cocina, el suelo embaldosado y el borde de una encimera de mármol justo después del salón. Al otro lado de la casa, en lugar de una pared, hay dos enormes puertas correderas de cristal que dan a un exuberante jardín rodeado de un bosque de olmos y robles.

Me resulta fácil imaginarme aquí al señor Wilkens y a su novia, ella con los pies apoyados en su regazo, ambos leyendo un libro en un silencio cómodo junto al fuego.

Me quito las zapatillas y las dejo ordenadamente junto a la puerta, al lado de mi bolso. La moqueta es suave y cara, de un bonito color crema. La casa huele a pino y a la luz del sol.

Recorro el espacio y acaricio el cuero suave como la mantequilla al pasar junto a los sofás. Luego apoyo la frente en el cristal frío que da al jardín. Seguro que el señor Wilkens abre estas puertas siempre que puede, que las deja abiertas para que el bosque mismo se convierta en su salón. Me recuerda a esas fotos de casas de campo que veo en Instagram o las que salen en las portadas gruesas y brillantes de las revistas de viajes.

El señor Wilkens aparece por la esquina.

—¿Tienes hambre? Puedo preparar el desayuno.

Un colibrí se acerca revoloteando a la puerta de cristal. Sobre la marquesina, justo por encima de mi cabeza, cuelga un pequeño comedero rojo que no había visto antes. Mientras busca agua azucarada en el comedero vacío, su cuerpecito diminuto y colorido resplandece bajo la luz del sol. Mueve las alas tan rápido que casi no se ven.

Siento una punzada de dolor ante su belleza, ante la ausencia de comida. Hayley odiaba los comederos de pájaros vacíos. Seguro que ya estaría buscando una cacerola en los armarios para hervir agua y hacer sirope.

—Tenía que ir al supermercado… —El señor Wilkens cierra la nevera con una expresión de disculpa—. A ver si tengo mezcla para hacer tortitas o algo así. —Abre un armario—. ¿Te apetecen unas magdalenas de arándanos? Ah, espera. Esto está caducado.

—Me basta con el café, señor Wilkens. Se lo prometo. Ya ha hecho demasiado por mí. —Bajo la vista con timidez—. No sé cómo podré agradecérselo.

Él sonríe y empieza a divagar sobre el arte de preparar café. Yo asiento y sonrío mientras él me habla sobre los distintos tipos de tuestes, las bondades de moler tus propios granos, sobre cómo siempre tienes que mirar la fecha en la que han tostado el café antes de comprarlo y sobre que todo el mundo debería tirar a la basura sus cafeteras de cápsulas.

Mientras habla, contemplo las fotos enmarcadas que tiene colgadas de la pared. La mayoría son artísticas: paisajes en blanco y negro, una imagen dramática del bosque oscuro contra un cielo por lo demás vacío. Al final de la pared, cerca del salón, hay dos diplomas, uno de su grado y otro de su máster. Miro con los ojos entornados el texto de ornamentadas letras, brillantes y doradas, y leo en voz alta:

—«Este documento certifica que Andrew Samuel Wilkens el tercero…» —Me vuelvo hacia él con las cejas enarcadas—. ¿El tercero? Suena a realeza.

Hace una mueca.

—Ni por asomo. Odio mi nombre. En todas sus vertientes. Drew, Andy, el clásico Andrew… Me recuerda a mi padre. Mi novia de la universidad me sugirió que, si tanto lo odiaba, podía empezar a usar el segundo.

—Eso me gusta —respondo recordando cuando contemplé la posibilidad de empezar a usar Anna y dejar atrás toda la carga que acarreaba Ella. Me hace sentir que es posible reinventarse, incluso después de todo lo que ha ocurrido.

El señor Wilkens me habla del café que ha elegido. Lo encontró por casualidad mientras conducía por Montana, de vacaciones. Me gusta escucharle hablar. Hay mucha pasión en su voz, y suena como un verdadero adulto. Y me gusta contemplar su casa, la decoración minimalista y tirando a oriental. Hay budas de terracota y cuencos tibetanos al lado de quemadores de incienso de piedra. Los palitos de sándalo huelen muy fuerte, aunque estén apagados. Hay un puñado de plantas de interior en las esquinas de la casa, las estanterías y las mesas, tan al fondo que todavía no había reparado en ellas.

—Me parece que debería regar sus plantas. —Señalo un helecho botón de hojas marrones—. Pero creo que con esta ya no hay nada que hacer.

El señor Wilkens no levanta la vista. Está metiendo los granos de café en el molinillo.

—Sí, ya lo sé. Hace tiempo que quiero quitarlas. —Aprieta el botón y el rugido de las decenas de granos pulverizados por las hojas diminutas de metal engulle todos los demás sonidos.

Me dirijo a una vitrina de cristal llena de recuerdos deportivos. Contemplo mi reflejo sonriente en el cristal. En un lado del salón, meditación y mindfulness; en el otro, cacahuetes y cerveza.

El señor Wilkens no parece tener un deporte preferido, pero todos los equipos son de Georgia. Hay cromos de béisbol de los Braves, cada uno en un pie de exposición, y un pequeño casco azul con la enorme «A» roja de los Atlanta Braves, pero también tiene varias cosas de los Atlanta Falcons, como un programa de un partido de la Super Bowl de hace unos años en perfecto estado o una camiseta cuidadosamente doblada. Sin embargo, la joya de la corona es un objeto de los Braves: un bate de madera lustrada con un autógrafo en un lado en el que se lee: «Para Sam».

El ruido del molinillo se apaga por fin. Lo miro con una sonrisa.

—Así que le gustan los deportes. Jamás lo habría adivinado.

—¿Qué puedo decir? Soy así de polifacético. —El señor Wilkens pone el café en la prensa francesa y enciende el botón para hervir agua en silencio—. Eran los únicos momentos en los que mi padre y yo éramos capaces de convivir en un mismo espacio sin que se desencadenara una pelea. No teníamos buena relación y cuando crecí ya no estaba mucho por casa, pero cuando había partido en la televisión… podíamos hablar.

—Parece difícil —respondo en voz baja.

Vierte el agua hirviendo en la cafetera y el olor profundo y chocolateado del café emerge en el espacio que nos separa.

Ahora, con la luz matinal que se cuela por la enorme pared de cristal y la sonrisa del señor Wilkens, empiezo a recordar que es posible vivir sin tener el terror alojado en el estómago, pesado como el cemento. Que se puede vivir con un futuro de bebidas calientes con sabor a canela en mañanas frías llenas de hojas otoñales, con pies descalzos en la cocina y unas tortitas en el horizonte. Una vida donde por pérdida se entienda extraviar las llaves y no que me arranquen el corazón, el amor, una y otra vez. Recuerdo que esa vida existe.

Ni ahora ni aquí, pero sí algún día.

En esta cocina tenuemente iluminada, mientras miro al señor Wilkens manos a la obra y la luz del sol le tiñe el pelo de color castaño, pienso en todo lo que ha perdido él. Recuerdo lo que me contó el día que dimos el paseo, la agonía del duelo y el cambio. Pero ¿qué hay de llorar las cosas que podrían haber sido? ¿Las cosas que nunca tuvo? Debió aferrarse a una bola de béisbol gastada en lugar de a la mano de un padre y, aun así, aquí lo tienes, tarareando en la cocina, sonriendo para sí. Feliz a pesar de todo.

Toco el cristal de la vitrina, viéndolo todo bajo una nueva luz.

—Siento que las cosas con su padre fueran así. Y aprecio que me lo cuente.

—La vulnerabilidad es clave para conectar, Ella. No lo olvides. —Hace un gesto con una taza blanca que ha sacado de una estantería.

Arrugo la nariz al ver un balón de baloncesto en la estantería superior de la vitrina.

—¿Le gustan los St. Louis Cardinals?

—¿Cómo? —El señor Wilkens sigue mi mirada hacia la pequeña pelota con el logo de un pájaro rojo posado en un bate—. Ah, eso. Ja.

Es un recuerdo divertido. Siempre me pareció muy gracioso que un balón de baloncesto hiciera publicidad de un equipo de béisbol. —Pone un temporizador en su móvil y suspira—. El café tardará diez minutos. ¿Quieres que te enseñe la casa?

—Claro —respondo. Lo sigo al exterior.

Lo más bonito de este jardín es su silencio. Se oye el rumor de las hojas, el canto de los petirrojos y los cuitlacoches, pero no los coches ni la autopista.

—Dios —suspiro—. Esto es un sueño.

Se enorgullece del cumplido.

—Es mi pequeño paraíso.

Se trata de un jardín ecléctico, formado por pequeñas jardineras de plantas bien cuidadas de todo tipo. Tiene hierbas aromáticas: lavanda fragante, romero, toques verdes de albahaca... Hay unas frondosas tomateras llenas de frutos que empiezan a madurar y un grupo de arbustos en flor repletos de mariposas que se posan sobre las flores amarillas y rosas. Cuando veo los altos girasoles, se me encoge el corazón.

—Polifacético —digo—. Resulta que también es un experto jardinero.

—Para nada. —Sonríe cuando una mariposa blanca pasa danzando ante nosotros.

El viento levanta el aroma de la hierba y la lavanda y me lo enreda en el pelo. El señor Wilkens hace que esta vida parezca fácil, perfecta. Decido que quiero que haya fresas en mi jardín, junto a una larga hilera de lavanda y albahaca; que crezcan matas de romero y de tomillo.

Y girasoles. Hileras e hileras de girasoles.

Justo cuando voy a preguntarle si es difícil cultivar todo esto, atisbo unos maceteros de cerámica junto a la puerta. Sin embargo, lo único que hay en ellos es agua y canicas del azul del océano. Unas canicas azules que me resultan muy familiares.

—Qué gracia que haga eso —comento señalando las macetas.

—Ah, sí. —Se ríe—. Mi estación de hidratación para abejas. Es el secreto de mi jardín.

Oigo el graznido aislado de un cuervo. El rumor de las hojas que bailan al compás del viento.

Durante tres segundos, no oigo nada en absoluto.

—Disculpe —miro al señor Wilkens parpadeando rápidamente—. ¿Qué ha dicho?

—Es para que las abejas y otros insectos puedan posarse a beber sin ahogarse. —Se encoge de hombros—. Sin abejas no hay jardín.

Mientras contemplo las canicas azul cobalto, los engranajes de mi cerebro se detienen. Recuerdo el porche de casa de Hayley, las macetas fétidas con las mismas canicas azules y, por alguna razón, recuerdo también una ocasión en la que tenía una fiebre tan terrible que no hacía más que pensar que mi madre estaba conmigo en mi habitación. Deliraba de la sed e imaginaba que mi madre me ofrecía un vaso de agua. Alargaba una mano para cogerlo una y otra vez, con los ojos llorosos por lo mucho que necesitaba calmar el fuego de mi garganta. Nunca me había sentido tan confundida como entonces, cuando mis dedos no hacían más que cerrarse en el aire vacío, una y otra vez.

Nunca se me había ocurrido que no pudiera confiar en mis propios ojos, en mi propio cerebro.

Ahora, mientras miro cómo el señor Wilkens se acerca a la jardinera de hierbas aromáticas, me siento igual. Se agacha para arrancar unas malas hierbas entre la albahaca y, mientras se inclina, descubro que tiene un corte en la palma de la mano. Parece reciente.

—¿Qué le ha pasado en la mano? —pregunto.

—¿Esto? —Se pone de pie, se mira la palma de la mano con el ceño fruncido y se la mete en el bolsillo—. Me he cortado con los tutores de las tomateras esta mañana. Tendría que haber ido con más cuidado.

Asiento de forma mecánica. Los engranajes de mi cerebro giran, encajan de repente.

Tutores de madera. «De madera, como la espaldera que hay junto a mi ventana».

El señor Wilkens me sonríe con el ceño fruncido.

—¿Todo bien, Ella?

—Supongo que se me ha venido todo encima —respondo—. Todas esas noches sin dormir. Todo ese estrés.

—Por supuesto. Dios, no me lo puedo ni imaginar. El café te sentará bien. De hecho, ya debería estar listo. Entremos.

No parezco capaz de dejar de parpadear. Soy como una máquina estropeada, una página que no acaba de cargarse, un círculo que da vueltas y vueltas. Necesito que me reseteen. Que me apaguen. Que me desenchufen y me vuelvan a enchufar. Me quedo delante de la vitrina mientras el señor Wilkens entra en la cocina sin dejar de charlar.

Pero yo no le estoy escuchando.

Estoy mirando el bate de béisbol. Concretamente, a lo que hay escrito.

«Para Sam».

Todo excepto la letra «S» se difumina.

Todos los sonidos se apagan; los pulmones se me vacían de oxígeno de forma violenta y repentina.

Me olvido de cómo respirar. No funciona. Los sonidos están distorsionados, estirados y retorcidos como el caramelo caliente, el mundo cambia bajo mis pies como la cubierta de un barco sacudido por una tormenta. Veo un destello amarillo en el cristal de la vitrina. Delante del balón de los St. Louis Cardinals se ve un reflejo del jardín: dos perfectos girasoles en flor.

Todo está aquí. Todo lo que Hayley registró detalladamente en su diario.

—He de ir al baño. —Me dirijo al pasillo tambaleándome, ignorándolo mientras me llama por mi nombre. Con un solo momento más, me lo habría visto escrito en la frente.

Miro tras varias puertas hasta encontrar por fin el baño. Entro y cierro la puerta tras de mí.

Abro el grifo y me agarro a los lados de la pila. El rostro que veo en el espejo no me pertenece. Pertenece a una chica con unos círculos negros por ojos y unos labios exangües. Una chica que se quedó dormida entre corderos y se ha despertado en la guarida del león, rodeada de sus esqueletos.

—¿Ella? —El suave golpe en la puerta casi me hace gritar—. ¿Estás bien? No me lo parece…

—Estoy bien —contesto, aunque mi voz dice todo menos eso—. Me he mareado de repente. El estrés. Ya casi estoy.

—Vale. Estoy aquí si me necesitas —responde el señor Wilkens.

Responde Sam.

Responde S.

Me salpico la cara con agua fría varias veces y me recompongo.

«Sé valiente, Ella. Ya te derrumbarás más tarde».

Abro la puerta del baño despacio, sin hacer ruido, y asomo la cabeza para ver si está. No hay ni rastro de él, así que salgo corriendo hacia la puerta.

—¿Va todo bien?

Solo varios pasos me separan de la puerta cuando veo que el señor Wilkens se levanta del sofá. Su rostro es la viva imagen de la preocupación.

—Sí —contesto mientras se acerca a mí—. No, o sea… No estoy bien. Necesito irme a casa.

—Lo siento mucho. Voy a por las llaves. Te llevo.

—Iré caminando. —Meto los pies en las zapatillas, cojo el bolso y doy un paso hacia la puerta.

—Ella, eso es ridículo. —Aprieta los labios. Su tono de voz es lento y paciente, como si estuviese hablando con un niño en pleno berrinche—. Son más de veinte kilómetros, y si no te encuentras bien…

—Gracias por todo, en serio. —Pongo una mano sobre la puerta.

—Ella, por favor, ¿puedes hablar un momento conmigo? Cuéntame qué está pasando.

Veo el coche del señor Wilkens a través del ventanuco de cristal de la puerta principal. Hay una rascada en el parachoques delantero. Qué tonta he sido. Qué ciega, qué estúpida.

En el preciso instante en el que giro el pomo, una mano me agarra con fuerza del hombro y me da la vuelta.

—Todo irá bien, Ella —dice.

Entonces algo me golpea un lado de la cabeza y todo se tiñe de negro.

Capítulo 33

Ella

No sé dónde estoy. Noto un pitido agudo y penetrante en los oídos; el corazón me late tan violentamente que cada pulsación me hincha la lengua, me trepa por la garganta.

«Voy a morir, voy a morir, voy a morir» es la frase que resuena una y otra vez en mi mente. Lucho por tranquilizarme, por formar pensamientos coherentes. La mitad de mi campo de visión está negro y eso me resulta confuso. Sucede que solo puedo abrir un ojo porque en el otro tengo una bolsa de hielo.

—Gracias a Dios, Ella. Estaba muy preocupado. —El señor Wilkens está sentado en una silla enfrente de mí. El helor de la bolsa contrasta con la feroz preocupación de su mirada. El lado izquierdo de la cara me palpita y me duele, y noto un dolor punzante en las sienes.

Y entonces recuerdo.

El pánico regresa con todas sus fuerzas. La sangre me aúlla de terror, mis pensamientos son inconexos. Intento levantarme y apartarlo, pero termino cayendo de la silla hacia un lado. Tengo los tobillos atados y las muñecas también, detrás de la espalda.

El señor Wilkens me coge antes de que llegue al suelo, tirando la bolsa de hielo. Me vuelve a sentar en la silla.

—Ella, cálmate. —Parece afligido—. Estoy intentando cuidar de ti.

—¡Suélteme! —Me retuerzo histérica, muevo la cabeza y chillo—. ¡Por favor! ¡Ayuda! ¡Alguien!

—¿Qué estás diciendo, Ella? No estoy intentando hacerte daño.

—¡Ayuda! —Miro a mi alrededor histérica. Todavía no había estado en esta habitación. No tiene ventanas, los techos son bajos. Hay una moqueta gruesa y sofás de cuero gastado. En una esquina hay una batería y dos amplificadores tan altos como yo.

Estoy en un sótano. Un sótano diseñado para silenciar sonidos que podrían llenar un estadio.

—¡Por favor! —chillo de todos modos, incapaz de enfrentarme a lo que implica todo esto.

—¿Podemos hablar, Ella? Te vas a hacer daño; ya no te encontrabas bien. —El señor Wilkens, Sam, se vuelve a sentar enfrente de mí y recoge la bolsa de hielo—. Te voy a desatar, pero antes tienes que calmarte, ¿de acuerdo? ¿Puedes hacer eso por mí? ¿Tranquilizarte?

Miro a mi alrededor desesperada. Detrás de Wilkens, a mi derecha, hay unas escaleras. No hay ni un maldito cristal ni un respiradero ni una grieta. «Escapar, escapar, escapar».

Nunca había estado tan asustada.

Una vez, papá me contó una historia de un perro que tenía de niño. Un Cuatro de Julio lo metieron en el sótano para que no oyera los fuegos artificiales. Lo encontraron al día siguiente debajo del cobertizo trasero, casi sin poder respirar, con las patas delanteras ensangrentadas hasta los huesos, las encías destrozadas y los dientes rotos. Había despedazado la puerta del sótano con las garras y los dientes, una puerta que era tan sólida y estaba tan reforzada que a mi abuelo le habría maravillado que un hombre adulto con un hacha hubiera sido capaz de romper la gruesa madera tras intentarlo toda una noche.

Reaccioné con escepticismo, segura de que era una hipérbole. Dios, cómo me equivocaba.

Querría arrancarme las muñecas a mordiscos. Quiero arañar un agujero con la forma de mi cuerpo encima de Wilkens, subir esas escaleras recubierta en sus vísceras y escapar a un lugar seguro.

—Ella —repite con una voz suave como un suspiro—. Por Dios, estás aterrorizada. No me gusta nada. Mírame. —Coloca la bolsa de hielo contra mi mejilla magullada; el impacto del frío me obliga a obedecerle—. No voy a hacerte daño. Te estoy protegiendo de ti misma.

El dolor atroz de mi cabeza no me deja pensar. Su voz empalagosa está como recubierta de miel; sus palabras me confunden. Siento que me estoy ahogando, pero es como si estuviera del revés. No recuerdo hacia dónde debería dirigirme, no sé dónde está la superficie.

Cierro los ojos con fuerza.

«No pienses. Corre y ya está».

Empiezo a luchar de nuevo contra mis ataduras. El plástico fino se me clava en la piel. Son bridas.

Wilkens se pasea de un lado a otro.

—Los brotes psicóticos son frecuentes después de un suceso tan traumático. Es normal que te sientas así después de todo lo que has sufrido. Has perdido a tu mejor amiga, te has enamorado de un chico que te ha traicionado y ahora él está en la cárcel y tú vuelves a estar sola. Tiene sentido que hayas distorsionado la realidad. —Me mira desesperado, como suplicándome—. Espero que sepas que eso no es cierto, Ella. No estás sola. Nunca lo estarás. Y no sabes cuánto deseo que estés bien, Ella. Me importas mucho. ¿Me oyes? No quiero que te pase nada.

Me quedo paralizada. Mi corazón amenaza con partirme las costillas y salírseme del pecho. Recuerdo lo largo que ha sido el trayecto hasta llegar aquí, la paz que me transmitía su jardín. Si, de algún modo, el sonido de mis gritos ha escapado de este sótano, los únicos seres vivos que pueden ser testigos de lo que está ocurriendo serán las mariposas, los colibrís con los cuerpos como joyas, tal vez algún cuervo en la distancia.

Wilkens se da la vuelta. Tiene unas tijeras de podar en los dedos, con las hojas abiertas y colgando como unas piernas de una hamaca. La luz tenue del sótano arroja una débil sombra sobre mi rostro cuando se me acerca con una sonrisa esperanzada y las tijeras de podar en la mano. Consigue que parezca tanto un castigo como una recompensa.

—¿Qué va a ser, Ella? ¿Vas a cooperar?

Y entonces lo comprendo. Lo comprendo de verdad.

«Voy a morir. Si no hallo la forma de salir de esta, voy a morir».

No puedo escapar ni liberarme. La única salida posible es que Wilkens me suelte. He de convencerlo de que me puede soltar.

—Tiene razón —le digo con la voz ronca de tanto gritar—. Yo... No estoy bien. He tenido un brote psicótico.

Por primera vez desde que he despertado, Wilkens vacila.

—¿De verdad? —Parece inseguro.

Persigo el delgado hilo de su incertidumbre con desesperación.

—Usted mismo lo ha dicho. He intentado hacerme daño a mí misma. No soy capaz de asimilar la traición de Sawyer... Si casi ni he asimilado haber perdido a Hayley. Usted... Usted solo trataba de ayudarme. Lo sé muy bien. —Las lágrimas se deslizan por mis mejillas y el ojo morado me escuece.

«Créeme, por favor».

El señor Wilkens baja las tijeras de podar y me contempla con el rostro inescrutable.

—Entiendo que solo trataba de ayudarme —insisto lamiéndome los labios. Lucho contra la bilis que me trepa por la garganta al pronunciar las siguientes palabras—. Y lo comprendo. Comprendo que tal vez solo quería lo mejor para Hayley. No quería hacerle daño. Usted no...

Me doy cuenta de que me he pasado de la raya cuando baja las tijeras y se aprieta los ojos con los dedos.

«Estúpida, estúpida, estúpida». Como si él pudiera creerse que yo pensaría que lo que le hizo a Hayley estuvo bien.

—Maldita sea, Ella. —Se le rompe la voz.

En ese momento, sé que ya no hay nada que hacer.

Tira las tijeras sobre la moqueta y se deja caer en la silla, delante de mí.

—Mierda, mierda, ¡mierda! ¿Crees que esto es lo que yo quería? ¿Crees que quería que pasara esto? Me caes bien, Ella. Eres una buena niña. Lista. Y a ella la amaba, ¿me oyes? ¡Amaba a Hayley! —Se aprieta el puño contra el corazón, como si se le fuese a escapar con un estallido si no lo contuviera, ensangrentado, latiendo en el suelo entre los dos—. He sufrido mucho. ¿Tienes idea de lo agónico que ha sido todo? ¿Y ahora tengo que hacer esto? ¿Me lo vas a poner fácil? ¿O va a ser difícil y desagradable?

Tardo unos instantes en darme cuenta de que está llorando. Un gemido agudo y entrecortado escapa de su garganta mientras se mece en su silla hacia delante y hacia atrás, llorando.

Quizá sea porque por fin he entendido que no tengo forma de salir de esta. Quizá por fin he empezado a comprender el alcance de lo que ocurre, quién es S en realidad y lo que le ha pasado a Sawyer.

Quizá sea porque soy yo quien va a morir y él está llorando más que yo.

Sea cual sea la razón, toda mi pena, todo mi miedo y todo mi dolor se calcifican. Se convierten en un diamante afilado y brillante de furia.

—Tú, patético pedazo de mierda —le espeto—. Le hiciste daño a mi mejor amiga. Ella te quería, confiaba en ti, y tú la sedujiste y luego la hiciste sangrar. Tú… ¡Tú nos sacaste de la carretera! ¡Tú la mataste! ¡Me has hecho meter a Sawyer en la cárcel! —Me voy dando cuenta de todo mientras lo acuso. Me palpita la cabeza, presa de un dolor pesado y agudo—. Eras tú, siempre fuiste tú. El de ese diario eres tú, tú eres S, ¡tú eres quien debería estar en la cárcel!

—¿Y tú qué sabes? —Se pone de pie de golpe y se pasea como un tigre enjaulado—. ¿Qué clase de infancia has tenido tú, eh? Cuentos antes de ir a dormir, tus dos padres en los conciertos del colegio. ¿Cómo lo vas a entender tú? Cuando yo tenía cinco años y se hacía el silencio en la habitación de mis padres, cuando se terminaban los llantos y los golpes, me preguntaba si la habría matado. Me preguntaba si mi madre estaba muerta y si yo sería el siguiente. ¿Sabes tú cómo es eso? ¿Lo que le hace a una persona? —Junta las manos delante de él—. Yo la quería. Todo lo que hice lo hice por ella. Para protegerla. Vi el futuro de Hayley la primera vez que la vi. Una sobredosis a los diecinueve. Un coma etílico a los veinte. Era preciosa… y estaba destinada a la autodestrucción. Ella sí entendía lo que es tener un padre violento y sin rostro y una madre como Phoebe. Todo lo que hice fue para protegerla.

—¿Cómo puedes pensar eso? —replico con voz ronca—. ¿Cómo puedes pensar que lo que hiciste estuvo bien? ¡La mataste!

Me baja la barbilla. Se está quedando sin fuerzas para discutir.

—Me da igual si me crees o no, Ella. Es la verdad. No soy un monstruo. Solo estaba intentando hablar con ella. No me contestaba al teléfono. Me aterrorizaba no volver a verla jamás. Y sí... Lo sé. Es irónico. —Se lleva un puño a la boca—. Fue ella quien me obligó. No tuve más remedio que seguiros, que perseguiros... Pero yo solo quería hablar, Ella. Solo quería que parases el coche para hablar. Cuando vi que tu coche se estrellaba, casi me muero. De hecho, una parte de mí murió. Me detuve enseguida. Me asomé sobre el terraplén y os llamé, pero el coche estaba demasiado lejos. Estaba a punto de bajar cuando otro coche empezó a acercarse por la curva. Tuve que irme; se habrían pensado lo que no era. Dios, casi me tiré al río yo mismo cuando me enteré de que Hayley... de que Hayley había muerto.

—Tienes razón, Sam —le espeto—. No eres un monstruo, porque los monstruos... En fin, no pueden evitarlo, ¿no? Los perros, los mapaches rabiosos... No tienen conciencia. Llamarte monstruo es excusarte. Tú eres la razón por la que Hayley está muerta. Tú la mataste. Y estuviste a punto de matarme a mí también. Esa noche y todas las noches durante seis meses. —Respiro de forma entrecortada—. Jamás me quité de encima el peso de la culpa. Era como una roca y estuvo a punto de arrastrarme hasta el fondo.

—Ella... —dice Wilkens pellizcándose el puente de la nariz.

Pero todavía no he terminado.

—Te crees muy listo. Y te encanta. Te crees que lo sabes todo. —Levanto la barbilla y lo miro con desdén—. Tú no me has enseñado una mierda. Pero Hayley sí. Me enseñó que se me podía querer cuando era más humana, más fea, más sangrienta. Me enseñó a ser valiente y que no pasa nada si todavía no lo soy. Me protegió mientras intentaba enseñarme a protegerme a mí misma. —Trago saliva—. Lo que pasa es que aprendo despacio.

Sé que esto solo puede terminar de una manera, pero al menos puedo disfrutar de unos momentos de paz. Yo no maté a Hayley. No fui yo. Es como si las lágrimas que ruedan por mis mejillas me estuvieran purificando, como si estuvieran limpiando el veneno de mi cuerpo.

—Ella, retrasarlo solo empeorará las cosas. Te lo voy a preguntar otra vez. Es tu decisión. ¿Me lo vas a poner fácil? ¿O va a ser difícil y desagradable?

Me obligo a mirar a Wilkens a los ojos, a endurecer mi expresión. A hacer que me mire mientras acaba con mi vida. Y es entonces cuando lo veo. Una figura. Alta y delgada, vestida de negro, enmascarada y encapuchada. Baja sigilosamente por las escaleras con el bate autografiado de Sam alzado sobre su cabeza.

La figura encapuchada está un paso por encima de Wilkens. Levanta el bate y las palabras «Para Sam» resplandecen en la luz mortecina del sótano.

—Difícil y desagradable —contesto.

El bate se estrella en el cráneo de Wilkens y el sonido es tan explosivo como una bala. Él gruñe y se inclina hacia delante, pero consigue no caer, meciéndose sobre sus pies. Se lleva una mano a la cabeza y gime al verla cubierta de rojo rubí. La figura encapuchada levanta el bate otra vez y lo blande como un martillo.

Wilkens se desploma en el suelo sin emitir ni un sonido.

La figura suelta el bate y se quita la capucha, revelando una melena corta recogida en un moño, con un lado de la cabeza afeitado. Luego veo un rostro pálido, más delgado de lo que recordaba, pero con las mismas pecas desordenadas en los pómulos marcados y los mismos ojos esmeralda centelleantes.

—Hola, Ella.

Por un segundo, me pregunto si estoy muerta. Si resulta que, al final, Wilkens me ha matado.

Porque quien está ante mí…

Es Hayley.

Capítulo 34

Hayley

No apruebo la violencia. De verdad que no.

Pero Sam es una excepción, solo por esta vez. Y, por Dios, qué bien me siento al hacer sonar su cráneo como una campana, al notar el crujido del impacto que viaja por la madera y vibra en mis dedos, los dedos que él mismo rompió y que siempre estarán un poco torcidos.

Odia la sangre. Se negaba a tocarme cuando tenía la regla, así que me ha encantado oírle gimotear cuando se ha visto la palma de la mano teñida de rojo. Sin embargo, volver aquí ha sido un riesgo enorme. Sawyer sabía que no había otra opción, pero me ha insistido en que sea rápida. «Si se entera alguien más aparte de Ella, todo habrá sido para nada», me ha dicho.

Así que aquí estamos, con Sam inconsciente en el suelo.

Y ahora quedamos Ella y yo, yo y Ella, solas en el sótano de Andrew Samuel Wilkens.

De repente estoy nerviosa. Incluso después de todo lo que he sufrido, de todo lo que he tenido que hacer, estoy nerviosa.

Porque ella es la última persona en el mundo que querría que me odiase, y es la persona en el mundo que más razones tiene para odiarme. Sé por lo que la he hecho pasar. Lo que la he dejado creer.

Yo también me odiaría. Incluso sabiendo todo lo que sé, sabiendo las razones por las que lo hice.

Estoy tentada de liberarla sin revelar mi identidad. Podría cortar sus ataduras, ponerle la carta doblada en la mano y salir corriendo antes de que le diera tiempo a reaccionar. La opción del cobarde. Sé que jamás lo haría, que jamás sería capaz de volver a hacerle esto a ella, pero cuando la miro a los ojos siento que la vergüenza borbotea en mi interior como un caldero hirviendo... y es tentador.

Y aún más tentador es llevármela a Carolina del Norte conmigo, trazar juntas nuestros próximos pasos, como siempre planeamos. Lo anhelo tanto que casi puede conmigo.

Pero no me queda tiempo. Lo sé.

Ella empieza a balancearse sobre la silla, como si estuviera a punto de desmayarse, así que suelto el bate, corro a su lado y la cojo de los hombros para que no se caiga.

—Ya lo sé —le digo con fervor—. Ya lo sé. Yo... —«Cinco minutos. Tengo cinco minutos, como máximo, antes de que mi vida llegue a su fin»—. ¡Mierda! —Cierro los ojos con fuerza.

Tendrá que bastar con la carta.

Abro los ojos. El rostro de Ella es un mapa de emociones contradictorias; el dolor, el amor y la confusión emanan de ella en gruesas oleadas que me dejan sin aire.

—La policía llegará en cinco minutos —le explico—. Los he llamado desde tu teléfono, que está arriba. Tienes que decir que has conseguido llamarlos a escondidas antes de que te atrapara y te trajera aquí abajo. Les he dicho que creías que tenía una pistola. —Señalo con la cabeza las terroríficas tijeras de podar—. Con eso bastará, no te preocupes. —Me saco la navaja suiza del bolsillo trasero, pesada como una piedra, y llevo una mano tras su espalda para cortar las bridas que le inmovilizan las muñecas—. Bien, Ella. Tenías esto en el bolsillo trasero. Has tardado un rato, horas incluso, pero has conseguido soltarte las muñecas. Has esperado a que él tuviera que ir a mear para soltarte los tobillos.

Corto las bridas. Los brazos le caen flácidos a los lados del cuerpo en cuanto se le sueltan. No mueve ni un dedo. Aplasto la culpa que amenaza con adueñarse de mí y empiezo a cortar las bridas de plástico de sus tobillos.

Su mirada no me abandona ni un segundo. Creo que no ha parpadeado ni una sola vez. Cuando termino de cortarlas, los tobillos se le separan, tan flácidos como los brazos. Limpio la navaja y guardo la hoja antes de cogerle la mano y colocársela con suavidad en la palma.

—Esta navaja es tuya. La tenías en el bolsillo. Has conseguido liberarte. —Le cierro los dedos sobre el frío metal. Tiene las manos congeladas y sigue sin parpadear. Me doy la vuelta mordiéndome el labio y miro a Sam, tirado boca abajo, con el bate al lado. ¡El bate! Me pongo de pie de un brinco, lo cojo y limpio el mango con las mangas, con cuidado de no cogerlo con la piel desnuda—. Ha bajado esto. No estabas segura de si pretendía usarlo para pegarte o solo lo quería para amenazarte. Cuando ha vuelto del baño, lo has sorprendido en un momento que te ha dado la espalda.

Tiene la navaja apretada entre los dedos, así que le coloco el bate en las piernas. Cuando lo coge con la otra mano, exhalo el aire que no sabía que estaba conteniendo.

—Ella… Yo quería…

Sam gime y se mueve. Estoy a punto de quitarle a Ella el bate de las piernas y arrearle otra vez, pero mis campanas de alarma resuenan en la distancia: el sonido de las sirenas, cada vez más alto.

Me pongo de rodillas delante de Ella y me saco la carta doblada del bolsillo.

—Te lo explico todo en esta carta, Ella. No es suficiente, ni por asomo, lo sé. —Se la meto en el calcetín, debajo del arco del pie para que no se le caiga—. Pero es lo único que tenemos. —Le acaricio la cara, en el lado que no está herido, y la miro a los ojos, que siguen opacos y abiertos de par en par—. Está bien, Ella. —Apoyo la frente en la suya—. Te has liberado. Le has pegado con el bate. Yo nunca estuve aquí. Necesito que lo digas.

Las sirenas se oyen más fuerte. Más cerca. Ella sigue sin decir nada. El corazón me late con violencia en la garganta.

—Ella. Te has liberado. Le has pegado con el bate. Yo nunca estuve aquí. —Silencio—. Oh, Ella, ya lo sé, ¡Lo sé! Pero necesito oírte decir…

—Tú nunca estuviste aquí.

Se me llenan los ojos de lágrimas. Me aparto para mirarla, tan hermosa, con los dientes apretados en una expresión nueva y sorprendente.

—Ya no eres un pajarillo bebé, ¿verdad? —susurro—. Eres un águila. Un fénix. Mi Ella, con ojos y cabello de fuego. —Me inclino y presiono mis labios resecos contra su mejilla, suave y fría como la nata—. Te querré para siempre, Ella. Decidas lo que decidas.

Y me voy.

Capítulo 35

La carta de Hayley

Mi queridísima Ella:

Mierda. ¿Por dónde empiezo? ¿Sabes cuántas veces he empezado a escribirte esta carta? Anoche tiré el agua encima de los papeles que tenía sobre la mesa e intenté fingir que había sido sin querer y no un acto de vergüenza, un acto de cobardía.

Pero se acabaron las excusas, Ella. Te quiero y mereces saberlo todo.

Quería contarte lo de Sam. No será ningún consuelo para ti, estoy segura, pero debes saber que tú eres la persona a quien más deseaba contárselo. Sobre todo al principio, esa época en la que todo era mágico, cuando me sacaba flores de detrás de la oreja y yo me iba a la cama y me levantaba con una sonrisa, siempre con una sonrisa.

Como te imaginarás, él quería que fuese un secreto. Me decía que era muy madura para ser tan joven, que era como si tuviéramos la misma edad, pero que debíamos tener cuidado de todos modos. A él lo despedirían, incluso lo meterían en la cárcel («La torpeza de las leyes no admite matices», solía quejarse), así que, hasta que yo cumpliera los dieciocho, tendríamos que vernos a escondidas.

A ti sí que me atrevo a admitírtelo, Ella. No me podía creer que me hubiese elegido a mí. Aun ahora me avergüenza escribir esas palabras. Y precisamente por eso lo hago. Me cuesta alumbrar estos rincones de mi alma que he pasado años ocultando, pero estoy aprendiendo que puedo sentirme avergonzada y a la vez saber que no tengo motivos para ello. Y así es como me siento cuando pienso en lo agradecida que me sentía por el simple hecho de que Sam me hubiese elegido a mí.

Después de ver cómo Phoebe entregaba su amor tan a la ligera a cualquiera que le prestase un mínimo de atención (a cualquiera menos a mí, debo añadir) y de ver lo que le había costado, una y otra vez, me juré que a mí jamás me ocurriría. Que yo nunca elegiría a ningún hombre antes que a mí misma. Ahora entiendo que nada es así de sencillo.

Al fin y al cabo, ¿acaso no queremos todos ser amados? ¿No queremos que nos vean como somos y, aun así, nos elijan? ¿Quién no lo daría todo por eso?

Dicho esto, no es excusa. Lo que ha pasado entre Phoebe y yo no se puede arreglar. Ella, hace mucho tiempo que decidí que no dejaría que ella se enterase de que sigo con vida. Al menos, por ahora. Puede que para siempre (no sé cómo me sentiré cuando tenga cincuenta años si ella aún no ha muerto). Parece muy duro, y puede que lo sea, pero el daño ya está hecho y estoy convencida de que lo mejor es que estemos separadas.

No podemos elegir a la persona que nos da a luz y que nos cría, pero sí escoger a nuestra familia. Puede que Phoebe me quisiera del modo que sabía, pero merezco algo mejor. Merezco que me protejan, que me quieran; merezco sentirme segura. Y, en cambio, para ella no era más que un inconveniente, una carga, un obstáculo que se interponía entre ella y su oportunidad de encontrar el amor.

La gota que colmó el vaso fue que no me protegiera de Sean. Que lo eligiera a él incluso cuando le dije que me incomodaba, que me miraba cuando salía del baño con la toalla y que estaba segura de que robaba, a nosotras o a quien fuera, porque sé que no era posible que pudiera permitirse los regalos que le hacía o la mitad de las cosas que se compraba. Cuando le pregunté a él acerca de una cadena de oro que le había regalado a Phoebe, me miró con una expresión peligrosa, con ojos furiosos. «¿Me estás acusando de robar, Hayley?», me preguntó con una voz tan letal que me dio miedo seguir interpelándolo.

Nada importó. Solo lo echó de casa cuando le puso los cuernos con una mujer más joven, cuando la hirió en lo más profundo de su enorme ego.

Antes, yo solía envolverme en el desprecio que sentía por Phoebe como si de una armadura se tratase. Me juré que jamás sería como ella, que se rompía el cuerpo y el corazón una vez tras otra, aferrada a la más ínfima esperanza de que alguien quisiera quedarse con ella más de un día. Me prometí que jamás sería tan tonta. Tan débil. Repartiría mi amor como si de un favor se tratara, tan escaso como una audiencia con la reina. Y los hombres se sentirían afortunados de amarme. Sin embargo, todo esto no era más que miedo disfrazado de armadura, una receta para la vergüenza.

Todo el mundo fue seguro antes de Sam.

Sawyer me gustaba. No obstante, si lo elegí a él fue precisamente por eso, porque lo único que sentiría por él sería afecto. Sí, era guapo y divertido, y bueno, por supuesto. Nunca me pidió más y creo que lo que él sentía por mí era parecido. Y lo cierto es que funcionábamos mejor como trío. Las cosas siempre eran mejores cuando estabas tú, Ella. Hasta él lo decía. Era perfecto.

Y entonces llegó Sam.

¿Qué podría decirte de aquellos primeros días, Ella? Tenía el don de convencerme de que era increíblemente afortunada por que él me amase. Era un mago; se sacaba conejos de la chistera, vivía en un laberinto de espejos. Me distraía con una pasión que no había conocido hasta entonces. Y nunca vi como sus manos se acercaban cada vez más a aquella palanca, a aquella trampilla que él llamaba amor.

Me dijo que siguiera con Sawyer, que así todo sería más seguro, que llamaríamos menos la atención. Me pareció cruel, pero me consolé pensando que, para cuando Sam y yo empezamos, Sawyer y nuestra relación habían alcanzado una tibieza agradable.

No siempre es fácil ver las señales de alarma. Ahora lo sé. Un comentario celoso por aquí, una frase desdeñosa sobre una exnovia por allá... Hacía que parecieran cumplidos. «Eres mucho más guapa que mi última novia, mucho más guay y razonable. Ella jamás me habría dejado hacer esto». Y yo no era inmune a eso.

«¿Qué más? —pensaba mientras me preguntaba cómo podía ser aún más guay, aún más razonable—. Dime que me quieres más. Por favor. Quiéreme más».

No voy a entrar en detalles. Sigo trabajándome la vergüenza, asimilándola, y la verdad, Ella, es que esta carta no es para eso. Esta carta es para contarte lo que pasó en realidad y por qué tuve que hacer lo que hice. Pero al menos necesitas saber que empecé a vivir con un miedo constante. Y después con la vergüenza de tener miedo. Y luego con la vergüenza de sentir vergüenza por tener miedo.

Esto es lo que pasaba con Sam: sus celos no conocían límites. Al principio era solo con tipos cualesquiera, pero luego empezó a sentir muchísimos celos de ti. Ya no eran solo celos de cualquiera con quien pudiera ponerle los cuernos, eran celos de cualquiera con quien pasara tiempo que no fuera él. Y, por supuesto, ¿quién iba a ser esa persona sino tú?

A medida que pasaba el tiempo, siguió traspasando límites. Cada vez iba más lejos para asegurarse de averiguar dónde estaba en todo momento, con quién y haciendo qué.

Y luego me quedé embarazada. Mi peor pesadilla. Fue entonces cuando me encontré atrapada de verdad. Ya habría sido difícil abortar con un compañero comprensivo, pero ¿con Sam? No era imposible que su rabia acabase siendo mortal. Rabia por que no quisiera tener a su hijo. Rabia si tenía a su hijo. Mi única opción era ocultárselo. O intentarlo en cualquier caso. Porque, Dios mío, no sabes lo aterrorizada que estaba. Era evidente que no podría ocultarlo para siempre, pero albergaba la esperanza de tener el tiempo suficiente de pensar qué narices iba a hacer.

Sin embargo, conseguí ocultárselo exactamente cuatro horas. Y así fue cómo descubrí que me había puesto un localizador en el coche para saber dónde estaba en todo momento. Encontró el test de embarazo hurgando en la basura.

Yo tenía razón. Mi embarazo lo llevó al límite. Consiguió sentirse a la vez posesivo y amenazado por el potencial bebé. Odiaba que yo no estuviese entusiasmada con la noticia, y eso que ni siquiera sabía hasta qué punto. No le conté que había llorado en el coche tras descubrirlo, que incluso había empezado a buscar en Google clínicas para abortar que estuvieran cerca.

Fue entonces cuando empecé a encontrar dispositivos de localización en todas partes y me di cuenta de lo atrapada que estaba.

Entonces, un día, Sawyer me descubrió entre clase y clase, cuando estaba acurrucada en un rincón en mitad de una crisis nerviosa. Llevaba tiempo comportándome de forma extraña y él sabía que algo pasaba. Lo había estado evitando, posponiendo cualquier conversación que nos llevara a afrontar la verdad. Sin embargo, me miró con tanta preocupación, sin juzgarme de modo alguno, y yo estaba tan desesperanzada, que lo cogí de la mano, lo metí en un aula vacía y cerré la puerta.

Y se lo conté todo. Por mucho que nuestra relación se hubiese convertido en una fachada, me preocupaba su reacción. Esperaba que se enfadara, que se mostrara dolido. Y lo habría entendido.

Pero se lo tomó de la mejor forma posible.

Ya conoces a Sawyer. Es un buen chico. Y es humano. Me pidió tiempo para asimilarlo todo, pero accedió a mantener las apariencias mientras tanto. Y, como era de esperar, al cabo de unos días vino a hablar conmigo y admitió que, aunque al principio le había dolido y se había enfadado, lo que en realidad sentía era... comprensión. Me confió que su madre, su hermano y él, unos años antes, se habían alojado en un centro de acogida para víctimas de violencia de género que estaba a unas horas de distancia.

Sabía que yo era una víctima y quería ayudarme de la forma que pudiera.

Empezamos a planearlo, pero era difícil. Casi imposible.

A medida que pasaban las semanas, Sam se las arreglaba para exigirme más tiempo, para volverse aún más controlador. Sawyer y yo solo conseguíamos hablar en momentos robados junto a la fuente o en algún aula vacía cuando se suponía que estábamos en clase.

Era agotador y yo empecé a perder la esperanza.

Pero entonces Sam se compadeció de mí. Se dio cuenta de que cada vez estaba peor, cada vez más perdida, así que me dio «permiso» para organizar una fiesta de pijamas contigo. Estábamos en tu casa y yo apenas había pronunciado palabra. Me sentía como una cáscara vacía. Un caparazón lleno únicamente de desesperación y vergüenza.

Tú te diste cuenta, por supuesto. Oh, Ella, no sabes cuánto deseaba contártelo. Me preguntaste sutilmente, de formas distintas y una y otra vez, cómo podías ayudarme. Pero no era seguro. Ya no era yo la única que estaba en el punto de mira.

Esa noche, Scott celebraba una fiesta.

Sawyer me ha contado que no recuerdas mucho de la fiesta. También me ha contado... Oh, Ella, no soy capaz de expresar lo mucho que me duele que te culpes a ti misma. Quizá..., no lo sé, quizá, si lo sabes todo, podrás absolverte, darte cuenta de que lo único que has hecho es ser la mejor amiga que ningún ser humano podría desear.

Volvamos a la fiesta de Scott.

Sam jamás me habría permitido ir, por supuesto. Y, en otras circunstancias, tú te habrías negado a ir. Sin embargo, no soportaba la idea de pasar la noche allí sentada contigo, en silencio, sin poder abrirme y confesártelo todo. No podía soportar tu expresión de dolor al ver que yo me cerraba en banda. Estabas tan desesperada por hacer algo por mí que cuando te propuse ir a la fiesta saltaste del sofá para cambiarte.

Revisé mi bolso a fondo, toqueteando las costuras, por si Sam había sido tan aplicado como para coser un localizador por debajo del forro. Sabía que en mi coche sí que tenía uno. Había encontrado todos sus viejos escondrijos y había descubierto que se había puesto creativo (o sea que había aprendido cómo desmontarlos y volver a montar partes de ellos), así que había dejado de intentar quitarlos.

Con lo que no había contado era con que pusiera uno en tu coche.

Justo antes de que entrásemos en la fiesta, me sonó el móvil. Estaba que se subía por las paredes. Lo aduje al hecho de que era la primera noche que pasábamos separados en semanas, pero luego empezaron los mensajes en los que me preguntaba otra vez dónde estaba. «Solo quiero asegurarme», me decía una y otra vez. Era un poco inusual que hiciera eso después de haberme llamado por teléfono, pero, de todos modos, no era nada comparado con otras cosas que había hecho otras veces.

Te encontré bebiendo una cerveza (y, Ella, era una cerveza light. Hasta una monja tendría que haberse bebido tres de esas para emborracharse tanto como con una kombucha) y me dijiste que Sawyer no estaba, que lo habías buscado por todas partes.

Mi móvil no hacía más que vibrar y mi paranoia empeoraba con cada mensaje que Sam me mandaba. Siempre parecía ir un paso por delante de mí. Ya nada me resultaba impensable. ¿Habría contratado a un detective privado para que me siguiera?

Empecé a mirar todas las caras que había en aquella casa abarrotada y sudorosa, medio segura de que estaban trabajando para Sam. Y tú te diste cuenta, Ella. Sabías que algo no iba bien. Y te habías dado cuenta de que no había tocado el alcohol.

Aunque no tenía ni idea de qué me deparaba el futuro, no pensaba beber estando embarazada. Me colé en la cocina, cogí cuatro vasos de chupito vacíos y llené tres de vodka y, tras asegurarme de que nadie me veía, uno de agua del grifo.

—¿Quién quiere chupitos? —grité alzando los tres vasos de vodka por encima de la pista de baile abarrotada. La gente respondió con gritos y vítores y tres manos aparecieron entre la multitud para coger los vasos. Olí el mío para asegurarme de que fuese el de agua, me lo bebí y luego arrugué la nariz, como protestando por lo fuerte que estaba.

Lo hice dos veces más, por si acaso, y después de la tercera vi que me mirabas desde el otro lado de la sala, preocupada, con la cerveza todavía en la mano. Quería decirte que no te preocupases, que no había estado más hidratada en todo el día.

Mi teléfono vibraba y vibraba. Era imposible contestar cuando se ponía así. ¿Cómo contestas cuando te envían cincuenta mensajes en cuestión de minutos? Esperas y luego mandas una respuesta que sirva para todos. De todos modos, solían decir lo mismo, así que con una respuesta bastaría para decenas de ellos.

Pero entonces oí una notificación diferente. Me estaba llamando por FaceTime.

Estaba horrorizada. Si estaba dispuesto a llamarme por FaceTime y arriesgarse a que tú o tu familia le vieseis la cara... Sabía que me había metido en un lío. Aunque no lo cogiera de inmediato, si no lo llamaba en cinco minutos, sabría que pasaba algo raro.

Tú intentaste ver la pantalla de mi móvil.

—¿Quién es?

—Sawyer —contesté—. Espera, tengo que ir a llamarlo.

—¿Por qué no lo haces a...?

Pero yo ya me había ido. Busqué a Scott, que ya estaba como una cuba, y le pedí que me llevase a una habitación vacía que pudiera usar. Dios, ahora me estremezco al recordar cómo se le iluminó la cara. En aquel momento no me di cuenta de lo que entendió, claro. Me dijo cómo llegar al dormitorio de sus padres, que estaba en la segunda planta.

Me había puesto un vestido rojo y escotado, así que cogí una camiseta del armario y lo llamé por FaceTime.

—¿Qué llevas puesto? —Sam estaba despeinado, como si se hubiese estado tirando del pelo, y tenía los ojos desquiciados.

—He tenido que pedirle una camiseta a la madre de Ella —mentí como si nada—. Me he manchado el pijama de kétchup. Está en la lavadora.

—¿Es la habitación de sus padres? ¿Qué haces ahí?

—Estamos viendo una peli en el salón. Toda la familia. Perdona, por eso no he podido contestarte a los mensajes. He subido aquí para que no nos viera nadie. La verdad es que la han pausado por mí y me sabe mal hacerlos esperar. ¿Necesitas algo, cariño?

Me miró como si quisiera meter una mano por la pantalla y tirarme de la oreja para acercarme a él, uno de sus gestos preferidos.

—Entonces ahora mismo estás en casa de Ella.

Unos sudores fríos empezaron a bajar por mi espalda.

—Pues claro, Sam. ¿Dónde si no?

Asintió.

—Claro, ¿dónde si no? —repitió despacio, como una amenaza.

—En ningún sitio, Sam. Estoy en casa de Ella. —Esperaba que la cobertura fuese lo bastante mala como para que no viese que me había puesto blanca. Alguien llamó a la puerta—. Mierda, es el padre de Ella —le dije presa del pánico—. Tengo que irme, creo que tiene que cambiarse…

Colgué antes de que siguieran aporreando la puerta y me doblé hacia delante de inmediato, jadeando. Nunca le había colgado a Sam, ni siquiera sin querer. Dios, me iba a matar. Y lo sabía. De algún modo, se había enterado de que no estaba en tu casa. ¿Cómo? ¿Cómo lo sabía?

La puerta se abrió y entró Scott, tropezándose y balanceándose hacia los lados.

—Perdona por haber tardado tanto —dijo—. Tengo que decirte que… siempre tuve la esperanza de que sintieras lo mismo que yo, pero estaba demasiado nervioso para confesarte…

—Espera, ¿qué? —Ella, no tenía ni idea de qué me estaba diciendo. Y encima no podría haberlo hecho en un peor momento—. Lo siento, Scott, pero tengo una emergencia, me tengo que ir.

—No… ¡Hayley! —Parecía tan triste, tan desesperado, que casi me sentí mal—. Hayley, te estoy abriendo mi corazón. Nunca había hecho esto. O sea…, te estoy diciendo que estoy enamorado de ti o lo que sea.

—Scott, no estás enamorado de mí. Mañana tendrás una resaca colosal y te habrás olvidado de todo esto —le contesté con amabilidad. Scott es un capullo, pero tampoco disfruté haciéndole daño. Tiene problemas, como todos.

Salí como un rayo de la habitación porque teníamos que largarnos de allí cuanto antes. Y Scott me siguió gritando:

—¡Hayley, para, por favor! Es que…, cuando nos peleamos, nos picamos o hablamos…, es lo más divertido del mundo. Por favor, no me rechaces. Por favor. No sé cómo… ¡Espera!

Pero yo ya había vuelto al salón. Scott intentó agarrarme de la muñeca sin dejar de suplicar y entonces, Ella, Dios, se puso a llorar. Espero que no se acuerde de nada. Creo que entraría en un programa de protección de testigos si supiera que rompió a llorar delante de otro ser humano.

Cuando conseguí quitármelo de encima, te encontré al lado de la mesa de los aperitivos, mirando un cuenco de pretzels *con el ceño fruncido.*

—Tenemos que irnos. —Te agarré de los hombros—. Ahora mismo.

—¿Qué llevas puesto? —Me miraste y parpadeaste con el ceño fruncido, preocupada.

—Mierda, me había olvidado. —Me quité la camiseta, en la que se leía «VI-NO», y tiré de ti hacia la puerta.

—Hayley, Hayley, ¿qué pasa?

—No hay tiempo.

Antes de entrar en tu coche, me quedé junto a la curva, paralizada. Se me acababa de ocurrir una cosa. Sam sabía dónde estaba. Me había asegurado de que en mi móvil no hubiera ninguna app de rastreo, de no estar compartiendo mi ubicación. Mi bolso estaba limpio, mi vestido, mi sujetador, mi ropa también.

Sin embargo, tu coche…

—¿Qué estás haciendo? —Tu expresión de preocupación se agravó cuando me viste ponerme de rodillas y revisar las ruedas de tu coche, deslizando los dedos entre los radios y por debajo de la carrocería.

—¿Puedes abrir el maletero? —Te pedí desde debajo del coche. Estabas preocupadísima, Ella, pero obedeciste de todos modos, solo para que yo me pusiera de pie y lo cerrara después de no encontrar nada dentro. Lo había puesto en algún sitio, estaba convencida.

Pero no nos quedaba tiempo.

Entramos en el coche, pero no arrancaste.

—Ella, por favor, vámonos. —Supuse que si llegábamos a tu casa estaríamos a salvo. Sam no podía arriesgarse a levantar las sospechas de los padres de una alumna; nos dejaría en paz. Tenía la esperanza de que se calmara y de que al día siguiente las cosas no pintasen tan mal.

Tragaste saliva. Parecías nerviosa.

—Me he bebido una cerveza. —Te volviste hacia mí—. Hayley, pareces muy asustada y… y no estás bien. ¿Quieres que llame a mis padres?

—No, Ella, nada de padres. Solo te has tomado una cerveza y ya ha pasado una hora. —Me vibró el móvil—. ¡Arranca! ¡Ahora!

Arrugaste el rostro, igual que cuando tu madre te grita delante de mí, pero arrancaste y nos sacaste de allí.

Pensaba que lo lograríamos. No estábamos tan lejos.

Pero entonces un coche apareció tras nosotras en mitad de la negra noche. Nos estaban siguiendo. «No te dejes llevar por el pánico —pensé—. Hay más gente en el mundo que conduce».

Pero lo más probable es que esa gente no te deslumbre con las largas.

Necesitaba una red de seguridad. Saqué mi móvil y le mandé un mensaje a Sawyer con mi ubicación a tiempo real. Fern tenía turno doble en la Casa de los Gofres, así que se había tenido que quedar en casa con Callan, pero yo sabía que en caso de emergencia podía dejarlo con los vecinos.

Y era innegable que aquello era una emergencia.

«Puede que necesite ayuda. Estate preparado. E va conduciendo y S nos persigue».

Miré atrás y sí, aquel coche estaba acelerando, no me cabía duda. Las luces cada vez se veían más cerca. Dios mío.

Se iba a estrellar contra nosotras.

Chillé y me di la vuelta para ver mejor. Nunca te había visto tan asustada. Quería reconfortarte, pero estaba tan aterrorizada que no podía pensar con claridad.

—¡Acelera! —chillé mientras me desabrochaba el cinturón de seguridad. Necesitaba ver. Necesitaba asegurarme, así que me di la vuelta para mirar.

—¡¿Qué haces?! —gritaste, aunque, bendita fueras, pisaste el acelerador.

Atisbé el logotipo de la Ford en el capó, vi que el coche era del color de la ictericia y la infección. Y entonces estuve segura.

—Dios mío —gemí—. ¡Está intentando matarme!

Pero en el coche no estaba solo yo. Ya no se trataba solo de mí.

Me volví hacia ti, mi mejor amiga. Una imposibilidad.

—Nos va a matar —te dije justo cuando la carretera empezaba a girar ligeramente hacia la izquierda. En ese preciso instante, Sam nos golpeó contra el parachoques y nos mandó hacia la derecha.

Todo ocurrió muy rápido.

Se oyó el alarido chirriante del metal y el vehículo cuando nos estrellamos contra el quitamiedos y luego caímos barranco abajo. Tu lado se llevó la peor parte: te golpeaste la cabeza contra el cristal antes de que saltaran los airbags y te quedaste inconsciente.

No me podía creer que estuviéramos vivas. Te tomé el pulso y me eché a llorar cuando vi que respirabas. Un metro más a la derecha y habríamos caído al río.

Mi ventanilla había estallado, igual que casi todo el parabrisas, y los pedazos de cristal me habían hecho varios cortes en la cara. Bajé del coche con paso vacilante. Temblaba tanto que me tuve que arrodillar, aterrorizada por acabar precipitándome a una tumba de agua.

Por fin lo había hecho. Había intentado matarme. Había intentado matarnos a las dos.

Saqué el móvil y empecé a llamar a emergencias, pero entonces me acordé del tío de Sam, Rick, que era policía. No sabía nada de nosotros, pero era un hombre que daba mucha importancia a la familia. Si se veía obligado a hacerlo, ¿a quién elegiría? ¿A su querido sobrino o a una adolescente de una familia desestructurada?

Y aun así, ¿podía demostrar lo que había hecho? No había testigos. Y, a no ser que Sam acabara en la cárcel para siempre, yo jamás estaría a salvo.

—¡Joder! ¡Ella! ¡Hayley!

Levanté la vista y vi el coche de Sawyer aparcado arriba, tan torcido que el morro asomaba por un lado del barranco. Se deslizó colina abajo, haciendo rodar piedras y guijarros, para llegar junto a nosotras lo más rápido posible.

—¡No! —gritó al verte. Aún tenías los ojos cerrados.

—No está muerta —le aclaré rompiendo a llorar. Todavía estaba en estado de shock—. Sawyer, Sawyer, si le pasa algo… —Me interrumpí con un sollozo.

—Hice un curso de primeros auxilios cuando mamá… Bueno, ya lo sabes. —Se subió al coche, te apartó el pelo de la cara con suavidad y te evaluó con la seriedad y el rigor de un cirujano. Luego me dijo—: El pulso es fuerte. Eso es bueno, estoy seguro. Pero no me quedaré tranquilo hasta que no esté en una ambulancia.

Lloré con más fuerza. Eran lágrimas de alivio. Se asomó desde el coche sin quitarte la mano de encima, sin apartar los dedos de tu pulso.

—No va a parar, Sawyer. No parará hasta que esté muerta.

—Gracias a Dios que estás bien. Porque estás…

—Estoy bien. Todavía no he llamado a la policía. Por Rick.

Sawyer se dio la vuelta en el asiento y examinó el retractor del cinturón de seguridad. Me dirigió una mirada penetrante.

—¡¿No llevabas el cinturón?!

Me encogí de hombros. Me fulminó con la mirada durante un segundo, pero enseguida la suavizó.

—En realidad…, eso nos viene bien.

Echó un vistazo al parabrisas y luego miró al río primero y a mí después. Señaló el agua que rugía, los rápidos, más violentos que nunca. Miré a un lado y luego volví a mirar el coche, evaluando el ángulo y el impacto.

—Que me quede claro… ¿Estás sugiriendo lo que creo que estás sugiriendo? —le pregunté sin aliento, todavía intentando entender.

Sawyer entornó los ojos y apretó los labios.

—Tú misma lo has dicho. No parará hasta que estés muerta.

Te miré y tomé una decisión.

—No puedo. No puedo hacerlo. Ella pensará que me ha matado ella. Se culpará. No puedo hacerla pasar por eso.

Sawyer asintió.

—Vale. ¿Por qué la hará pasar Sam?

Te volví a mirar. Tenías el labio partido y un corte sobre la ceja derecha que sangraba; un reguero rojo te manchaba la camiseta lavanda. Estaba segura de que se te pondrían los dos ojos morados.

—No. —Me agaché en el suelo y apreté la cara contra el barro. Las rocas y las ramitas se me clavaron en la piel en las heridas—. Dios mío, no me puedo creer que le vaya a hacer esto a ella. —Me balanceé hacia delante y hacia atrás, llorando.

Sawyer me dio treinta segundos y luego se aclaró la garganta.

—Estamos apurando demasiado.

—Lo sé, es solo que… ¿Crees que podré contactar con ella en unas semanas? Podemos comprarle un teléfono prepago y…

Sawyer negó con la cabeza.

—Solo estará segura si tú has desaparecido.

—Ella sabe guardar un secreto.

Me dirigió una mirada penetrante.

—Es posible que tenga que ver a Wilkens todos los días durante el último curso. No la mandes a una piscina de tiburones cubierta de sangre. —Con voz más amable, añadió—: Pero algún día sí, Hay. Quizá algún día.

Tendría que bastarme por el momento.

Como el retractor del cinturón había quedado abollado por el impacto, era evidente que no lo llevaba puesto. Lo más factible era que hubiera salido despedida y hubiera caído al río.

Sawyer me pidió que te sujetara la muñeca mientras cogía una roca para hacer un agujero más grande en el parabrisas. Un pedazo enorme de cristal se cayó en el coche y, como lo cogió demasiado rápido, se cortó en la palma de la mano.

—Mi sangre no puede estar aquí —gruñó mientras tiraba el cristal al río—. Pero la tuya tiene que estar. En el parabrisas. Y pelo también si puedes.

Tenía muchos cortes y heridas entre los que elegir. Me arranqué varios pelos ensangrentados y los coloqué cuidadosamente en los bordes serrados del cristal.

—¿Suficiente? —pregunté.

—Tendrá que serlo.

Me quedé con el móvil, ya que el vestido, por suerte, tenía bolsillos, pero dejé todo lo demás.

Incluyéndote a ti, por agónico que fuese.

Le hice prometer a Sawyer que te cuidaría, que te mantendría a salvo de Sam. Entonces decidimos que lo mejor era llamar a emergencias desde tu móvil. No fue difícil hablar como si estuviese herida y desorientada, como si fuese tú. En pocas palabras, conseguí decir que te habías estrellado, que estabas herida y no sabías dónde estaba tu amiga. Luego te dejé el móvil en la mano.

Sawyer y yo nos quedamos allí todo el tiempo que pudimos. Lo cierto es que apuramos demasiado.

—Ya se oyen las sirenas, Hayley. No nos pueden pillar.

—Ella, Ella, Ella…, perdóname… —dije con la voz rota. Me incliné para darte un beso de despedida en la mejilla.

Sawyer me llevó a un centro de acogida. Aquella fue la noche en la que Hayley Miller murió y nació Hazel.

Solo por si acaso, no voy a incluir ni mi apellido ni dónde estoy en esta carta. Solo te diré que Hazel tiene una buena vida. Por primera vez en mucho tiempo, está a salvo. En el centro he conocido a personas maravillosas, y una de ellas condujo cuatro horas de ida y cuatro de vuelta para que por fin pudiera abortar.

Nunca me había sentido tan aliviada, Ella. Lo único que me estresó del procedimiento fue la vía intravenosa. Me da vergüenza admitirlo, pero me dan pánico las agujas. Auténtico terror. Pero aparte de eso… El alivio fue tan grande que me resultó casi espiritual. Tenía náuseas todo el tiempo, pero lo peor era que cuando me imaginaba mi futuro no veía más que un agujero negro.

Después del procedimiento, por primera vez en mucho tiempo, en mi futuro vi Alemania. París. Una carrera en psicología. Quizá, un pequeño apartamento con una chica llamada Ella y un gato. Vale, vale, me estoy adelantando. De lo que se trata es de que… tenía un futuro que quería vivir.

Cuando dije esto en un grupo, temía que algunas de mis nuevas amigas me juzgaran. Que me dijeran que sentirse así estaba mal. Pero ¿sabes qué? Ninguna de ellas lo hizo. Ni una sola. Un par de personas intervinieron para decir que se identificaban conmigo.

Y esa es una de las lecciones más reconfortantes que he aprendido aquí: cada vez que tengo las agallas de admitir un pensamiento o una sensación que he estado embotellando en un saco de vergüenza, algo que me parece absolutamente imperdonable, hay como mínimo otra persona que dice: «A mí me pasa lo mismo, tía». Y suelen ser muchas más que una; la respuesta suele ser un coro de «Me pasa igual, tía».

No hago más que pensar en todo lo que nunca te conté, en todo lo que nunca nos dijimos, que preguntarme si las cosas habrían sido diferentes si te lo hubiera confesado todo. Quizá todo habría terminado exactamente igual, pero tal vez, si hubiera hablado contigo, al menos me habría sentido menos sola.

Cambiando de tema… Bueno, Sawyer y yo hablamos. Nos mandamos mensajes, hablamos por teléfono… Debatimos si sería demasiado arriesgado que mantuviéramos el contacto, pero al final decidimos que si usábamos una app encriptada y teníamos mucho mucho cuidado sería seguro.

Y lo cierto es que lo necesitaba. Dejé atrás todo y a todos los que había conocido, de forma violenta y repentina. Me sentí aliviada por estar a salvo, por supuesto, pero estaba en un pozo. Te echaba de menos. Echaba de menos a nuestros amigos, el consuelo de lo conocido.

No sé cuántas veces le he preguntado si podíamos contártelo. Estuvo a punto de ceder un par de veces. Sin embargo, al final decidimos que era demasiado peligroso, al menos mientras fueras al North Davis.

Así que le pedía que me hablase sobre ti, algo que a él le encanta hacer. No quiero poner palabras en su boca, así que no lo voy a hacer. Lo que sí quiero decirte es que vosotros dos, juntos… Es evidente. Es perfecto. Encajáis. Cuando más feliz estaba era cuando quedábamos los tres juntos. Ahora mis dos mejores amigos están juntos y… Lo que intento decir, Ella, es que ni se te ocurra sentirte culpable. ¿Vale? Vale.

No voy a mandar esta carta hasta que no corramos ningún peligro. No sé cuándo será eso, pero, si lo estás leyendo, supongo que ya estamos lo bastante a salvo para que Sawyer te dé mi nuevo número de teléfono.

Eso si quieres seguir en contacto conmigo.

Te quiero, y, por supuesto, quiero que formes parte de mi vida hasta que necesites esa taza para la dentadura tan increíble, digna de un museo. Que espero que saliera del horno... Aunque has tenido que lidiar con cosas mucho más difíciles estos meses como para ir a rebuscar al fondo de las estanterías de la señora Langley. Si quieres, puedo hacerte otra. Una ceramista del pueblo trabaja en el centro de acogida como voluntaria y nos da clases, así que ahora se me da bastante bien.

Todo eso para decir... En fin. Ya sabes lo que siento.

Pero no quiero dar por hecho que sé lo que sientes tú. Sea lo que sea, no me cabe ninguna duda de que mereces sentirlo. Y no debe de ser poco. No voy a pedirte que me perdones, porque me resulta difícil sentir que lo merezco después de todo lo que te he hecho sufrir.

Pero espero que, al menos, después de leer esta carta, comprendas por qué hice lo que hice. Y que sepas que nunca, jamás, ni durante un milisegundo, dejé de quererte más que a nadie en todo el planeta.

Te quiere,

(por si los malos interceptan esta carta) Hazel
(pero para ti, y para siempre, Ella, mi pajarillo) Hayley

Capítulo 36

Ella

Esta habitación de hospital es un poco más bonita que aquella en la que estuve hace unos meses. Hay una lamparita en la mesilla de noche que arroja una luz tenue y cálida y por la ventana se ven los árboles y las montañas en la distancia. En realidad es una pena, ya que solo voy a estar aquí durante veinticuatro horas y únicamente por precaución.

—¿Seguro que no necesita nada más? —Mamá está a los pies de mi cama alisando las sábanas blancas con las manos una y otra vez. Papá, que está a su lado, le coge la mano con gentileza y se la acaricia.

—Los tacs que le hemos hecho han salido totalmente normales. Además de las magulladuras, no hemos detectado más daños físicos. A decir verdad, en otras circunstancias ya le habríamos dado el alta hace horas, pero como es el segundo traumatismo craneal en menos de un año queríamos asegurarnos. —La doctora Shepherd me dedica una sonrisa tranquilizadora.

Me cae bien. Ha contestado pacientemente todas las preguntas de mis padres y antes, cuando ha pillado a un reportero de un canal de noticias local que intentaba colarse en mi habitación, le ha gritado que se largara de allí si no quería un enema.

Mi madre se sorbe la nariz.

—Magulladuras... Debería ir a la cárcel de por vida. Qué hombre tan horrible.

—Ninguno de nosotros la va a contradecir en eso, señora Graham. —La doctora anota algunas cosas en mi historial.

—Y, si no va a la cárcel de por vida, cuando salga lo mataré con mis pro...

—Vaaale, cariño, hay demasiados periodistas por aquí para que vayas diciendo esas cosas. —Papá estira el cuello para mirar al otro lado de la puerta del hospital, pero luego mira a mamá como diciendo que la ayudará a esconder el cadáver.

—Ella, si necesitas algo, lo que sea, aprieta ese botón, ¿de acuerdo? Seré tu médica hasta que te den el alta mañana. —Me sonríe con dulzura—. Eres una chica muy valiente, Ella. Espero que lo sepas.

Cuando sale de la habitación, papá se seca los ojos con un pañuelo y mamá me da un apretón en el pie tan fuerte que casi me hace daño. Me recuesto en la cama y sigo las nubes con la mirada, aunque en realidad no vea nada.

—Ella, ¿estás bien? Estás muy callada. ¿Qué te pasa? ¿Te duele la cabeza? —Mi madre revolotea alrededor de mis pies como un pajarillo nervioso.

Jess está sentada en una silla al lado de la cama, jugando con su Nintendo Switch.

—Te lo tengo que reconocer, Ella —dice—. Estoy superimpresionada con que le abrieras la cabeza a ese cabrón.

—No le abrí exactamente la ca...

—Y que lo digas, y bien abierta —gruñe mamá con mirada asesina.

Papá y yo intercambiamos una mirada.

Decido darle a mi madre algo que hacer.

—No me importaría picar algo.

—Tengo mango desecado, caramelos de tamarindo, pastillas, polvorones... Ah, no, espera, polvorones no. Están todos aplastados en el fondo de mi bolso... —Rebusca en su bolso como un mapache. Se le ha puesto todo el flequillo de punta. Siento una oleada de afecto tan inmenso que es como si me hubiera tragado un globo de aire caliente.

—Un caramelo de tamarindo, por favor —le pido. No es de los salados (mis preferidos) y sé que mi *lola* nos los mandó hace tres años, pero lo desenvuelvo y lo mordisqueo agradecida.

Papá me pone una mano en la espinilla y me la acaricia. Mamá se acerca al cabecero de la cama y mira mi almohada con el ceño fruncido.

—No pareces muy cómoda. Deja que te arregle los cojines.

—Estoy bien, mamá.

—Pero puedo…

—Mamá —suspiro y me acomodo en los cojines—. Estoy bien.
—Estoy muy cansada. El cerebro se me ha apagado hace horas.

Mi madre asiente, pero se queda revoloteando cerca de mi cabeza, con las manos convertidas en dos artilugios nerviosos que buscan desesperadamente algo que hacer. Baja la vista y se sorbe la nariz, y me doy cuenta de que está empezando a llorar. Lo que convertiría este momento en la segunda vez en mi vida que veo llorar a mamá. Oigo que alguien se sorbe la nariz a mi derecha y veo que papá también está empezando. Lo que convertiría este momento en la segunda vez en una hora que veo llorar a papá.

—Lo siento, Ella —dice mi madre—. Tu padre y yo lo sentimos mucho. Tendríamos que haber estado a tu lado. Estabas sufriendo mucho… tú sola. Odio que no te atrevieras a hablar con nosotros, a contarnos lo que estaba pasando. No teníamos ni idea de cómo gestionar lo que ocurrió con Hayley y el accidente… No sabíamos cómo apoyarte. Pero tendríamos que habernos esforzado más. Tendríamos que haberlo hecho mejor, que habernos asegurado de que supieras que hagas lo que hagas, seas quien seas o como… —Se le rompe la voz—. Para nosotros siempre serás nuestra Ella perfecta. Tal y como eres.

Trago saliva con fuerza.

—¿Aunque no vuelva al equipo de natación?

Ambos asienten.

—¿Aunque no vaya a la universidad?

Se miran.

—Bueno, tampoco nos pasemos…

Sonrío aliviada por que todavía conserven sus expectativas, por que no las hayan perdido de forma irrevocable.

Mamá me pone el pelo detrás de la oreja.

—Te queremos por encima de todo. Nada podrá cambiar eso.

—¡Nada, nunca! —solloza papá antes de levantarme de la cama para darme un abrazo de oso.

—Un momento. —Jess levanta la vista de la Nintendo y mira a mamá y a papá esperanzada—. ¿Significa eso que por fin me puedo hacer el piercing en la ceja?

Mamá se vuelve hacia ella muy despacio y la fulmina con la mirada.

—Jamás.

—¡Oh, venga ya! Con Ellionda es todo «hagas lo que hagas, seas como seas», blablablá, ¿por qué no se aplica eso a...?

—Jesslyn Marie Trinidad Graham —gruñe mamá. Juraría que las luces parpadean un poco mientras habla.

—¡Era broma, ma! —La imperturbable Jess parece momentáneamente aterrorizada. Cuando mamá no mira, veo que papá se lleva una mano a la ceja para luego levantar el pulgar a escondidas.

Ahora mismo, no logro responder más que con una sonrisa. No quiero que se me malinterprete, todo esto rellena de luz las fracturas de mi alma, pero todavía lo estoy asimilando todo, todavía lo estoy intentando entender.

Hasta hace cuatro horas creía que Hayley estaba muerta. Y cuatro horas antes creía que el señor Wilkens era la única persona en este mundo en la que podía confiar.

Voy a necesitar un tiempo.

—Hola, hola —saluda una voz desde la puerta y luego entra Seema con una bolsa de Doritos, un muñeco de Bugs Bunny con un único e inquietante diente y un globo de *La Patrulla Canina*. Menea la cuerda del globo y dice—: Sí, ya, lo sé. Pero era o este, o uno de «feliz jubilación», que no me parecía adecuado.

—Chase siempre ha sido mi preferido —comenta Jess contemplando el globo que se mece bajo el aire acondicionado.

—Eres de las mías —contesta Seema.

—Me alegro de verte, Seema —dice mi madre—. ¿Te encuentras mejor?

—Sí, mucho mejor. Siento mucho haberme ido así ayer.

Mamá mueve las manos.

—Bah, solo me alegro de que... Me alegro.

—Yo también —añade papá con la mirada fija en un partido de fútbol que está viendo en el televisor de la esquina, aunque el aparato esté silenciado.

Jess nos mira a Seema y a mí de esa forma astuta y escurridiza tan suya, se pone de pie y se estira.

—Ma. Papá. Vamos a por algo de comida china. A no ser que prefieras otra cosa —dice mirándome.

—Me apetece un montón la comida china —suspiro—. Gracias, Jess.

Les digo a mis padres que los quiero y mi hermana los saca de la habitación. Seema se quita los zapatos, acerca una silla a la cama y pone los pies encima de los míos.

—¿Y si me hubiera roto un dedo del pie? —le pregunto con una ceja enarcada.

—Ya sé que no. Tu historial está colgado al lado de la puerta. Necesitaba algo para leer mientras esperaba a que tu familia terminase de disculparse contigo. —Lanza la bolsa de Doritos Cool Ranch encima de la cama, junto con el peluche de Bugs Bunny.

—¿En serio, Seema? —Sonríe. Abro la bolsa y me meto un par de Doritos en la boca—. No me puedo creer que te hayas acordado de mi sabor preferido.

—¿Cómo me iba a olvidar? Una vez, te quedaste dormida en el sofá de casa con la mano dentro de una bolsa como esa. Manchaste de polvo de Doritos nuestro nuevo sofá blanco como la nieve que había costado dos mil trescientos veintiocho dólares y veintidós centavos. IVA incluido. ¿Que cómo sé cuánto había costado? Porque mis padres me lo recordaron hasta la saciedad y prácticamente no me permitieron volver a invitar a nadie a casa.

Me vuelvo despacio hacia ella.

—Lo... lo siento mucho.

Seema alarga una mano y coge un puñado de Doritos.

—No lo sientas. —Se los mete todos en la boca a la vez—. Lo manché casi todo yo, lo que pasa es que te eché a ti la culpa.

Le lanzo un Dorito, pero lo esquiva con maestría. Después de tirarlo a la papelera, me mira, de repente muy seria.

—Yo… siento mucho haber perdido los estribos anoche. Todo lo que dijiste…, en fin, dio justo en lo que a mi terapeuta le gusta llamar «la pupa grande». No pienso la mayoría de las cosas que te dije. Y estabas pasando por cosas mucho más graves de lo que yo sabía. O sea… ¿Wilkens? ¿En serio? —Niega con la cabeza—. No tenía ni idea. Lo siento.

Me hundo en la cama.

—Yo también lo siento… La verdad es que tenías razón. No he sido una buena amiga.

Ella se encoge de hombros.

—Seamos justas. Tenías que gestionar unos montones de mierda gigantescos. A ver… Un miembro del claustro ha estado a punto de asesinarte esta mañana. Vaya tela.

—Sí, pero… Yo no sabía qué te estaba pasando a ti. Y eso…, eso no está bien, Seema. —Jugueteo con las suaves orejas grises del peluche—. Lo haré mejor a partir de ahora.

Me dedica una sonrisa torcida.

—Más te vale.

Levanto el peluche de Bugs Bunny y lo meneo un poco.

—¿Puedo preguntar…?

—¿Cómo, no te has dado cuenta? —Seema alarga una mano y me enseña la planta del pie del muñeco. En el talón blanco y peludo hay un logo del parque temático Six Flags Over Georgia.

Echo la cabeza hacia atrás y suelto una carcajada.

—No me digas que…

—Pues sí. Sí. Eso he hecho. Cuando he visto la noticia, he hecho lo impensable. Lo imposible. Me he enfrentado con valentía al tráfico de Atlanta para llegar al parque, ¡he comprado una entrada!, he hecho la maldita cola y he ido de compras, no a una tienda de regalos, sino a varias. He comprado este muñeco para ti, luego un perrito caliente para mí, luego un churro, también para mí, he vuelto al coche, me he parado a comprar un globo…

Levanto una mano.

—Seema. Guardaré este muñeco para siempre como un tesoro. Te juro que es una de las cosas más bonitas que nadie ha hecho por mí. —Frunzo el ceño—. Y de las más raras.

—Ya, bueno. Me sentía mal por lo de anoche. Si me hubiera quedado a dormir, habríamos cortado todo esto de raíz. Ese cabrón habría entrado en tu habitación y yo lo habría dejado fuera de juego con una llave de kárate.

—¿Sabes kárate?

—No, pero me cabreo como una mona si alguien me despierta antes de mediodía. —Se quita las migas de la camiseta—. Ahora en serio, Ella. ¿Cómo estás?

—¿Que cómo estoy? —repito. Me recuesto y miro el techo—. Veamos… Le cogí un miedo terrible a mi novio porque estaba convencida de que era un maltratador y un asesino.

—Ajá.

—Alguien entró por la ventana de mi habitación y mandé a dicho novio a la cárcel sin que lo mereciera.

—Exacto.

—Y la persona que sí que entró por la ventana de mi habitación era el psicólogo del instituto, que procedió a intentar matarme con unas tijeras de podar.

Seema deja de masticar ruidosamente y se vuelve poco a poco para mirarme.

—Ella. Eso es una locura.

—Pues sí.

Nos reímos, intentamos encestarnos mutuamente los Doritos en la boca y especulamos sobre por qué han hecho el diente de Bugs Bunny casi tan largo como mi pulgar. Necesitaba esto. Unos minutos de normalidad.

Todavía no sé cómo me siento respecto a la carta de Hayley.

Respecto a Hayley.

O sea… La verdad es que lo que siento es todo. Todo.

Cuando le vi la cara, me explotó el corazón. Y el cerebro.

La quiero, por supuesto. Siempre la querré. Pero tiene razón. Ya no soy su pajarillo bebé. Pase lo que pase a partir de ahora, será diferente.

Contemplo a Seema bostezar y coger un cojín de la cama y pienso: «¿Sabes qué? Que sea diferente está bien». Entiendo que Hayley hizo lo que hizo porque no tenía otro remedio. Lo hizo para salvar su vida y también para salvar la mía.

Necesitaré algo de tiempo para recuperarme y para asimilarlo, pero no tengo ninguna duda de que la relación que Hayley y yo construyamos a partir de ahora será más profunda y más rica gracias a todo por lo que hemos pasado. Incluso más sana.

Los pajarillos bebé están atados a sus nidos. Viven a merced de quienes los rodean. No son capaces de alimentarse ni de protegerse. Ahora soy más que eso. Mucho más.

Al cabo de un rato, mi familia vuelve y Seema se queda a cenar. Jess le enseña a mi amiga su equipo de Pokémon en la Switch y mamá me dice que, si de verdad quiero, cuando lleguemos a casa podemos ver las versiones extendidas de *El señor de los anillos*. Papá finge desmayarse del horror y lo hace tan bien que casi se cae de la silla. Y me doy cuenta de que tal vez este momento sea el más feliz que he vivido desde la gran evasión de Hayley. Y creo que si puedo sentirme así de bien el mismo día que un miembro del claustro intenta matarme debo de ser bastante afortunada.

Después de cenar me quedo dormida dos veces en mitad de la conversación, así que todos se van para dejarme descansar. Me acurruco en la cama y, mientras me quedo dormida, pienso en Hayley.

Capítulo 37

Sawyer

Cuando el policía que viene a buscarme no es el agente Rick, me lo tomo como una buena señal. Y, cuando ese mismo policía me devuelve mi móvil y mi cartera, sé que ha sido cosa de Hayley. El agente ni me mira a la cara cuando me dice que puedo irme. Abro la boca, a punto de decirle: «¿Ni una disculpa, agente?».

Pero ya he aprendido la lección. Bueno..., eso intento. Así que cierro el pico.

Mientras espero delante de la comisaría a que mi madre venga a buscarme, entornando los ojos para protegerme del sol del crepúsculo, un coche de policía se detiene y los agentes sacan de dentro a alguien que me resulta muy familiar.

—¡Y una mierda! ¡No he robado nada! ¡Mi jefe es un gilipollas paranoico! —le suplica un Sean Adams esposado al policía de cara colorada que lo está sacando a rastras del coche.

—Un gilipollas paranoico con cámaras de seguridad de último modelo. Espero que hayas disfrutado de tus juguetitos mientras podías, porque te vas a quedar con nosotros una buena temporada. —El policía tira de él otra vez hacia la comisaría.

Al pasar por mi lado, nos miramos y lo saludo con la mano. Maldice con rabia antes de que las puertas se cierren tras ellos.

Mi madre llega al cabo de unos minutos.

—Debes de ser la persona más feliz que he recogido nunca de la cárcel. ¿Quiero preguntar? —Me echa un vistazo cuando me subo al coche.

Niego con la cabeza, incapaz de reprimir una sonrisa de desquiciado.

—Digamos que, por una vez, se ha hecho justicia. Y es muy satisfactorio.

—Así que te has enterado. Me lo estaba preguntando.

Sean se esfuma de mi mente.

—¿Enterarme de qué?

Mamá frunce el ceño mientras sale del aparcamiento.

—Busca «noticias instituto North Davis» en tu móvil.

Cuando lo hago, veo que la foto policial de Wilkens está por todas partes. En cada página. Contengo la respiración mientras leo en diagonal los artículos y veo los vídeos de noticias.

Ella está bien. En el hospital, pero está viva. Vivita y coleando. Me apoyo en el respaldo aliviado.

Y no dicen nada sobre Hayley. No, un momento. La mencionan en una de las noticias.

> *Nuevas pruebas apuntan a la posibilidad de que Andrew Wilkens se hubiera dado a la fuga tras provocar un accidente el pasado mayo que habría provocado heridas de gravedad a Ella Graham, de diecisiete años, y la muerte de otra estudiante del instituto North Davis, Hayley Miller, también de diecisiete años.*

Estoy tentando de mandarle a Hayley un mensaje ahora mismo a través de nuestra app encriptada, pero acordamos que no correríamos riesgos innecesarios. Esperaré hasta que me haya quedado solo.

Mamá aparca en la entrada, pero me para antes de entrar en casa. Escruta mi rostro con los brazos en jarras. Me meto las manos en los bolsillos y agacho la cabeza. No sé qué se me viene encima, pero seguro que me lo merezco. Guiña un ojo y me clava un dedo en la mejilla.

—Pero… ¿qué…?

—Estoy intentando ver cuántos tatuajes te has hecho en el trullo. Ninguna lágrima en la cara, lo que está bien. ¿Te has hecho alguno en el que ponga «mamá»?

Suspiro con fuerza.

—¡Mamá! —protesto.

—Ahí está. Mi Saw-Saw, el pequeño quejica. Vamos, seguro que tienes hambre. Callan está en casa de un amigo y he llamado para pedir el día libre en el trabajo, así que puedo prepararte algo.

La sigo a la cocina, cojo el pegamento para madera de la estantería y me meto debajo de la mesa torcida. Oigo el repiqueteo de las ollas y las sartenes y el sonido de la puerta de la nevera al abrirse y cerrarse. Examino la pata de la mesa y enseguida me doy cuenta de que con el pegamento no se va a poder hacer mucho más, pero me quedo ahí sentado un minuto.

—Entonces... ¿no estás enfadada?

—Sawyer, he visto las noticias. Lo único que quiero hacer es zarandearte, obligarte a que me lo cuentes todo y llorar por que los tres hayáis tenido que lidiar con ese hombre. Solo... te estoy dando tu espacio. Ya me lo contarás cuando estés preparado. Mientras tanto, ¿qué te parecen unos huevos revueltos?

Salgo de debajo de la mesa y me pongo de pie.

—¿Tienes alguna otra opción?

—Ciertamente, señor. Por supuesto, señor. También tengo tortilla.

—Ya. A ver si lo adivino: si eso no me gusta, también puedo elegir huevos duros.

Mamá chasquea la lengua y me abanica con una mano.

—No hay por qué decepcionarse. También puedo hacérselos pasados por agua.

Le digo que revueltos me parecen bien y ella empieza a cocinar canturreando para sí. Me apoyo en la pared y miro las fotos de Wilkens.

Cuando Hayley me lo contó me sentí como un niño indefenso, abrumado por los sentimientos contradictorios.

—¿Me puedes dar un tiempo? —le pedí después de que me confesara lo de Sam—. Un tiempo para..., no sé, para reflexionar un poco sobre esto. ¿Puedo?

—Tómate el tiempo que necesites —respondió ella con tristeza.

Así que me permití sentir las rápidas embestidas de los celos, el dolor, la ira y la preocupación, para procesarlos lo más rápido que pude. Al cabo de unos días, quedé con ella y hablamos largo y tendido.

—Lo siento —me dijo—. Siento muchísimo haberte mentido. No haber roto contigo.

Yo estaba apoyado en una pizarra con los brazos cruzados y la cabeza a punto de estallar.

—¿Wilkens te dijo que no rompieras conmigo? —Asintió—. ¿Te dijo que lo mantuvieras todo en secreto? —Asintió de nuevo—. Y ahora estás embarazada… ¿y te pega? —Se mordió el labio. Era evidente que estaba intentando no echarse a llorar, pero las lágrimas empezaron a brotar de todos modos. Me aparté de la pared y alargué una mano hacia la suya—. ¿Puedo?

Cuando asintió, se la cogí, le di la vuelta y la arremangué con delicadeza. Maldije con violencia al ver los dedos marcados de color amarillo y violáceo. El moratón, que se estaba curando, era del tamaño de una uva.

Exhalé con fuerza por la nariz.

—Mamá, Callan y yo pasamos unos meses en un centro de acogida para víctimas de violencia de género cuando yo era pequeño y Callan no era más que un bebé. Era un sitio decente. Está a unas horas de aquí. Puedo llevarte.

—Me encontrará —susurró—. Siempre me encuentra.

Me quedé mirando por la ventana, pensativo.

—Sé cómo te va a sonar esto, pero… ¿Y Phoebe?

—No lo sabe. Tú eres el único que lo sabe. De todos modos, tampoco me sería de mucha ayuda.

—¿Ni siquiera lo sabe Ella?

Me sorprendió, pero ella me explicó:

—Es un celoso patológico, últimamente sobre todo con Ella. Así que la he estado evitando. Me da miedo que Sam le… Me resulta ridículo decirlo, imaginarlo siquiera. Pero hace algunos comentarios que…

—No es ridículo. —Uno de los músculos de la mandíbula me empezó a palpitar—. Sé que esto no te va a entusiasmar, pero... ¿y la policía? Puedo acompañarte a denunciar.

—El sheriff es su tío. Están muy unidos. Sam me ha dejado muy claro que Rick siempre lo ha protegido.

—Hayley, que esté contigo es ilegal. El momento en el que Wilkens te tocó por primera vez fue ilegal, así que todo lo que ha hecho después también lo ha sido —le aclaré, no sin amabilidad.

—Supongo... —Se encogió de hombros.

Di un paso atrás para darle un poco de espacio y le pregunté:

—Hayley... ¿Puedo darte un abrazo?

Me pareció el primer abrazo auténtico que nos habíamos dado nunca.

—Gracias —susurró—. Siempre supe que eras un buen chico, pero...

—Venga ya —la interrumpí apartándome—. No hay de qué, Hayley.

—Quiero que sepas que..., de algún modo, sí te quise. —Hizo una mueca—. Eso ha sonado fatal. Lo que quiero decir es que...

—No tienes por qué darme explicaciones. Lo mismo digo. Eres una de mis mejores amigas.

—Quizá necesites otros amigos.

Me reí por la nariz con suavidad.

—Es posible. —Me puse serio—. Escúchame. De momento, seguimos saliendo juntos. Nada sospechoso. Públicamente, todo sigue igual.

—Gracias —respondió con un alivio evidente.

—Quizá todavía no estás segura —continué con cautela—. Pero ¿has decidido lo que vas a hacer con...? —Bajé la vista hacia su barriga.

—Todavía no lo sé.

—Tú no tienes la culpa de nada, Hayley. Ahora puedo apoyarte, ayudarte a decidir qué hacer.

—Vale. Sí. Ya decidiremos qué hacer.

Y eso hicimos.

Lo cierto es que yo ya me había dado cuenta de que algo pasaba. Había algunas señales que me resultaban familiares, y no en el buen sentido, pero no había querido insistir. Tampoco sabía qué preguntar. Sin embargo, cuando me lo confesó me di cuenta de que era peor de lo que me esperaba. Mucho peor… Aquellos moratones… Y que su seguridad y la de Ella estuvieran en jaque…

Dejar a Ella en ese coche la noche del accidente fue agónico. Solo llevábamos unos segundos conduciendo cuando vi por el retrovisor que la ambulancia paraba en la boca del puente. Me aterrorizaba que nos parasen y me pregunté qué pasaría si eso ocurría. ¿Nos detendrían? Habíamos manipulado y abandonado la escena de un crimen. Lo único de lo que estaba seguro era de que Hayley acabaría en las garras de Wilkens.

Después de llevar a Hayley al centro de acogida para víctimas de violencia de género que encontramos, pensé que las cosas solo podrían ir a mejor, pero me equivoqué.

La verdadera agonía empezó cuando comenzó el curso y tuve que ver sufrir a Ella.

Hayley y yo le dimos vueltas y más vueltas, pensando en contarle la verdad, en si estaría más segura sabiéndolo o no sabiéndolo. Y cuando empecé a enamorarme de ella… Dios, qué desastre.

—Bueno, la has llevado a casa. ¿Qué hay de malo en ello? —me preguntó Hayley.

—He estado a punto de besarla, Hay. No te imaginas las ganas que tenía.

—¿Y?

—¿No ves dónde está el problema? Si empezásemos a salir juntos, tendría que mentirle cada día sobre lo más importante de su vida. ¿Cuánto tiempo crees que puedo aguantar?

Y luego, ese día, la vi en el pasillo con Wilkens, al lado de Scott. Aquello me recordó cuál era mi misión principal: mantenerla a salvo. Me había acercado demasiado a ella. Cuanto más unida estuviera a mí, más cerca estaba de enterarse de lo de Hayley, y me había dado cuenta de que Wilkens estaba husmeando. Conseguiría sacárselo con aquella lengua viperina.

Supe que tenía que alejarme de ella y vigilarla desde la distancia. Y por eso me enrollé con ella inmediatamente después.

Cuando Hayley me dijo que le iba a enviar la carta, pensé que lo nuestro se acabaría. Tampoco es que las cosas hubieran ido bien entre nosotros. Al margen de que Wilkens la hubiera alentado para que sospechara de mí, yo no me había comportado bien.

No hago más que recordar su mirada el día del laberinto de maíz. Entre aquello y la noche que Callan escapó de mí corriendo, no he vuelto a ser capaz de mirarme al espejo. Llevo alojado en las entrañas un horror pesado como el cemento, y cargo con él día y noche.

Mamá aparece a mi lado.

—Los huevos ya están listos. Guau. —Señala mi teléfono, en cuya pantalla aún está la foto de Wilkens—. ¿Todavía estás mirando eso?

De repente, me tiemblan los hombros.

—Mamá. Yo no… No quiero ser como él. Como papá.

Mi madre levanta la barbilla, asiente muy despacio y me pone una mano en el hombro.

—Pues no lo seas —responde con dulzura—. No estoy diciendo que sea fácil, Sawyer. No lo es. Lo que estoy diciendo es que es una decisión. No eres un hombre lobo, Saw. —Señala la foto de Wilkens—. Él tampoco. No puede culpar a la luna, a algo que lo transforma en una criatura radicalmente distinta. Quiere que creamos que solo despierta cuando ha pasado todo y que está tan horrorizado como los demás, que él no ha tenido nada que ver con la ropa hecha jirones que hay a su alrededor ni con la sangre que le mancha las manos. Puede que incluso él mismo se lo crea. —Me aparta un mechón de pelo de la frente y me toquetea el cuello de la camiseta—. Tu padre culpaba al alcohol. A la ira. Pero ¿crees que yo nunca he estado tan borracha como él? ¿Que nunca he estado tan enfadada? Cuando trabajaba como mecánico, su jefe era un viejo asqueroso. Un día, tu padre se dejó un trapo manchado de grasa en el mostrador sin querer, donde los clientes podían verlo, y delante de todos los trabajadores, incluso de algunos clientes, su jefe le echó una bronca humillante, le dijo que era un fracaso, un tonto sin remedio, un incompetente. ¿Y qué hizo él? Absolutamente nada. Recogió sus cosas en silencio y se marchó. ¿No crees que estaba enfadado, Sawyer? ¿Acaso eso lo cambió, como la luna llena? ¿Perdió la razón y luego recobró el sentido y se encontró a su jefe convertido en un amasijo de carne delante de él? ¿Se miró los nudillos magullados horrorizado, como si su furia y su violencia fuesen algo que simplemente le habían ocurrido? —Me acaricia la mejilla. Tiene la palma de la mano tan fresca y lisa como una piedra de río—. No, Sawyer, claro que no. Cerró el pico. Condujo a casa en silencio. Y luego, aquella misma noche, tú te echaste a llorar cuando te dijo que no podías comer más patatas fritas para cenar. Abriste y cerraste las manitas regordetas, pidiendo más… y, como no paraste, él cogió un puñado de patatas y te las aplastó en la cara, convirtiéndolas en una pasta contra tu mejilla. Todavía estaban calientes y chillaste, y yo también chillé, y al final conseguí apartarte de él… —Se le rompe la voz en mil pedazos.

—No me acuerdo —contesto frotándole la espalda—. ¿Por qué no me acuerdo de eso?

—Oh, Saw… —Me coge de la mano y me la aprieta—. Porque solo tenías dos años.

Le doy un minuto. Me tomo otro para mí.

—¿Cómo? —pregunto al fin en voz baja, tensa y ronca.

—En primer lugar, te haces responsable. Lo que hiciste la otra noche no estuvo bien. Dar un golpe en la mesa, tirar el juguete…

—Tienes razón. No he dejado de arrepentirme ni un minuto. —Agacho la cabeza—. La otra noche discutí con Ella. Yo sabía… Más bien tenía la sensación de que el señor Wilkens no era trigo limpio. Ella estaba hablando mucho con él y yo estaba preocupado por su seguridad. Estaba tan asustado, tan frustrado y abrumado que… destrocé una bala de paja delante de ella. A patadas. Y le levanté la voz. Me sentí fatal al instante. Dios. Me sentí… Me sentí muy culpable, mamá.

Ella asiente.

—Me alegro. Deberías. Eso tampoco estuvo bien.

—No lo volveré a hacer. Ninguna de las dos cosas. Ni otras cosas como esas. Por muy disgustado que esté. —Me llevo una mano al pecho—. Creo que me guardo demasiado las cosas. No sé… No es excusa. Solo quiero asegurarme de no volver a hacerlo nunca más.

—Hum… Vale. Me alegro de escuchar que vas a trabajártelo. Yo te apoyaré y te haré responsable de ello.

—Gracias. —Cierro todas las páginas con la cara de Wilkens.

—De nada, Saw. ¿Los huevos?

—Creo… Creo que me gustaría ir a ver a Ella. No voy a dejar de preocuparme por ella hasta que… hasta que la vea. ¿Sabes?

Mamá se sirve huevos.

—Está bien —contesta dubitativa—. Pero puede que no quiera hablar contigo.

—Lo aceptaré.

—Nunca más.

—Eso… eso me haría daño. Pero también lo aceptaría.

Mamá me mira.

—Vale. Bien.

Cuando llego al hospital, ya se está poniendo el sol. Ella está dormida en su cama. Me debato entre quedarme o irme, ahora que ya la he visto.

Pero soy avaricioso. Quiero oír su voz. Ver sus ojos.

Me siento tras decidir que me quedaré solo unos minutos. Si para entonces no se ha despertado, me iré. Lo volveré a intentar otro día. Sin embargo, en cuanto me siento, me doy cuenta de que no he dormido en más de veinticuatro horas y es como si me hubiera pasado por encima un tractor.

Ni siquiera me doy cuenta de que me he dormido hasta que no me despierta la voz de Ella. Abro los ojos y la veo intentando darme un cojín. Y está bien. Ella está bien.

Dice mi nombre. Y suena feliz.

Y, como un bobo sentimental, se me llenan los ojos de lágrimas.

Capítulo 38

Ella

—Perdóname —dice Sawyer secándose los ojos. Parece avergonzado; se le ha subido el color a la parte alta de las mejillas y, a pesar de todo lo que ha ocurrido entre los dos, a pesar de que ahora sé que él supo desde el principio que Hayley estaba viva y no me lo dijo, solo con ver su cara me ha dado un vuelco el corazón.

—¿Perdón por qué? —pregunto.

Suelta una carcajada.

—¿Por dónde empiezo? ¿Quieres la lista completa o una versión reducida? —Niega con la cabeza—. Pero, antes que nada…, ¿estás bien? A ver, es una estupidez de pregunta. Estás en una cama de hospital y Wilkens ha intentado matarte y tu mejor amiga ha vuelto de entre los muertos y…

—Sawyer —lo interrumpo—. Estoy bien. Y respecto a lo de Hayley… Voy a necesitar un poco de tiempo para asimilarlo, sí. Mis sentimientos son complejos, pero ¿en resumidas cuentas? —Se me llenan los ojos de lágrimas—. Mi mayor deseo en el mundo entero se ha hecho realidad. Hayley está viva. ¡Está viva, Sawyer!

Esboza una sonrisa dulce y torcida. Quiero recorrer su boca con los dedos.

—Siento mucho no habértelo contado, Ella. Yo quería. Los dos queríamos, a decir verdad. Si no era uno, era el otro. Ella me rogaba que te lo contase, y luego yo le rogaba a ella que te lo contase… Al final, los dos teníamos demasiado miedo de lo que Wilkens pudiera hacerte a ti, o hacerle a ella, si descubría que seguía viva… Hayley era quien mejor lo conocía. Tenía que confiar en ella. Y, al final, resultó que tenía razón. —Se lame los dientes—. Cuéntame cómo fue ver cómo le abría la cabeza. ¿Tan satisfactorio como lo imagino?

—Aún mejor —contesto—. Cuando la policía lo recogió del suelo, se meó encima.

—Eso es asqueroso —declara con solemnidad—. Y fantástico.

Noto espasmos en los dedos. Quieren acariciarle los nudillos a Sawyer desesperadamente, reseguir las hendiduras de su piel. Sin embargo, mantengo las manos bien pegadas a mi cuerpo.

Porque creo que tenemos que abordar algunos temas importantes. Y, viendo el pesado arrepentimiento que invade los ojos castaño oscuro de Sawyer, me parece que los dos pensamos lo mismo. Me aclaro la garganta.

—Aquella noche en el laberinto de maíz… Me asustaste de verdad.

—Lo sé. —Sawyer traga saliva con dificultad y cierra los ojos—. Dios, Ella, no sabes cuánto lo siento. No te lo puedes ni imaginar. Aquello no… Aquello no estuvo bien.

—No. No estuvo bien.

Asiente.

—He hablado de ello con mi madre. Te haré a ti la misma promesa que a ella: no volveré a hacer algo así nunca más. —Sawyer tiene el ceño fruncido. Una expresión franca—. Tengo mucho trabajo que hacer. Mamá ha comentado que podría ir a terapia, me ha dado algunos libros…, pero, aunque no esté en una buena situación, hay líneas que no volveré a cruzar.

—¿Gritar y romper cosas, por ejemplo? —Enarco una ceja.

Él se estremece.

—Exacto. Como mínimo. Sin importar cómo me sienta.

Agacho la cabeza para ver los ojos anegados en lágrimas de Sawyer.

—Me alegro mucho de oírte decir todo esto, pero, evidentemente, no es lo mismo decirlo que hacerlo.

—Por supuesto —musita.

—Pero… —añado tras una pausa—. Estoy dispuesta a darte la oportunidad de demostrármelo. —Una chispa de esperanza asoma a sus ojos—. No pasa nada por estar enfadado, Sawyer. Pero no está bien que me grites o que le des puñetazos o patadas a las cosas. Si vuelves a hacer algo así, habremos terminado. ¿Lo has entendido?

—Por supuesto —repite con fervor—. Es más de lo que merezco. Me lo ganaré, yo… Perdóname. De verdad, lo siento tanto…

Se interrumpe, confundido, cuando me echo a reír. Niego con la cabeza.

—No me río de ti. Es solo que… estás acumulando una cantidad de perdones digna de mí.

Suelta una carcajada y los hombros se le relajan.

—Esto es diferente. Mis perdones son muy necesarios. —Ladea la cabeza y me mira—. Pero ahora que lo dices… Hace bastante que no te oigo decir «perdón» de forma innecesaria. De hecho, me da la sensación de que por fin te has dado cuenta de que no tenías nada por lo que pedir perdón.

—Bueno… —Le guiño un ojo—. Sí y no. Sí, en general, se acabó eso de ser una disculpa con patas. Y no, porque quiero pedirte disculpas por haberte mandado a la cárcel.

Sawyer se ríe de buena gana y permite que le coja la mano. Cuando nos tocamos, se queda en silencio y con el semblante serio, contemplando nuestros dedos entrelazados.

—Tú no me mandaste a la cárcel, Ella —dice en voz baja—. Wilkens me mandó a la cárcel. Tú has sido su víctima.

Respiro hondo y asiento. Durante un minuto, nos quedamos en silencio, juntos, en la suave oscuridad. La luz que se cuela por la puerta entreabierta muta y la cicatriz de su frente, esa línea plateada y deliciosa, resplandece.

De repente, deseo besarlo fervientemente.

—Ella —dice de repente—. Yo siempre he… Escúchame. Antes de que Hayley y yo…, antes de que hablase nunca con ninguna de las dos…, siempre te vi a ti. Estaba jugando a la pelota en el patio y tenía que decirme: «Vale, no puedes mirar a la chica con el pelo largo y negro hasta que no patees el balón cinco veces». Pero solo llegaba a tres. O a dos. Nunca conseguí llegar a cinco.

Parpadeo sorprendida.

—¿Por qué no me lo habías dicho?

Se encoge de hombros.

—No te conocía, pero sabía quién eras. Sobresalientes en todo, máximo rendimiento, una familia estructurada… —suspira, y el sonido me rompe el corazón—. ¿Qué querrías tener que ver conmigo?

Enarco una ceja y dibujo ochos en la cara interior de su muñeca.

—Muchas cosas.

—Ah. Eso me… me distrae. Guau. Estoy intentando decirte algo. Cuando Hayley me invitó a sentarme con vosotras, estaba muy emocionado por conocerte, pero sabía que no pasaría nunca. Y entonces ocurrió lo de Hayley. Y, no sé, funcionaba. Habíamos luchado en las mismas trincheras. Por lo de nuestros padres y todo eso. Y, cuando empezamos a salir…, construí un muro. Una barrera mental: no codiciarás a la mejor amiga de tu novia, etcétera, etcétera.

—Ya… ¿Por qué me cuentas esto? —Arrastro las uñas por la cara interna de sus brazos y él se estremece de placer.

—Porque no quiero que pienses que me porté mal con Hayley. Y porque quiero que sepas que…, bueno, que tú, para mí, siempre… —Me mira como si tuviese el poder de destruirlo con una sola palabra—. Eres increíble. Y quiero estar contigo.

Aunque Sawyer y yo hemos hablado sobre su comportamiento y hemos acordado unos parámetros para esta segunda oportunidad…, me pregunto si debería esperar. Darle tiempo. Dejar que todas estas nuevas revelaciones se asienten, que estas verdades ocultas encuentren su lugar. Pero, si he de ser sincera, estoy harta de esperar. De «deberías». De encogerme entre las sombras mientras son los demás los primeros en disfrutar del festín que hay sobre la mesa.

Y, después de todo lo que ha ocurrido hoy, deseo ir a por lo que quiero.

Decido que me lo merezco.

Merezco ir a por lo que quiero, sin pedir disculpas, y con todo mi corazón.

—Yo también quiero estar contigo —contesto y lo beso.

Sabe a zumo de naranja y a chocolate. Besarlo se me antoja como respirar, como encontrar algo mejor que respirar.

—Ella… —Se aparta de mí jadeando—. Estás en el hospital. Tienes que tomártelo con calma. —Sonrío con la boca pegada a la suya—. Y me lo estás poniendo muy difícil…

Le acaricio el cuello con la nariz.

—Qué gracia. Y yo que pensaba que ibas a decir que te la estaba poniendo muy…

—Bueno, sí. —Se mueve incómodo—. Eso también.

Su sonrisa torcida me calienta el corazón.

—Tienes razón —repongo—. Tenemos todo el tiempo del mundo.

Se le ilumina la cara.

—¿Sí?

—Sí. Pero antes… —Le acuno la barbilla y lo atraigo hacia mí para por fin, ¡por fin!, presionar los labios contra la cicatriz de su ceja—. No tienes ni idea del tiempo que llevo queriendo hacer eso —murmuro contra su piel. Me aparto y lo descubro con las mejillas sonrosadas, parpadeando velozmente.

—Guau. Yo… Eh… Perdón. No sé por qué, pero he cortocircuitado. Las palabras… Me cuesta… Perdón.

—¿Sabes qué? —le digo divertida—. Empiezo a preguntarme si es tu palabra preferida. «Perdón».

Niega con la cabeza, se ríe y se acerca para besarme la frente.

Pasamos el resto de la noche hablando en susurros sobre todo y sobre nada, disfrutando por fin de la posibilidad de abrirnos por completo el uno con el otro. Nos dormimos juntos y, cuando me despierto, él sigue dormido en la silla que hay junto a mi cama, con la cabeza apoyada en mis pies y su mano en la mía.

El sol asoma por el horizonte, pintado de rosa y de dorado. Dos halcones vuelan en la distancia, silueteados contra el cielo, cada vez más lejos de las nubes, hasta desaparecer de mi vista.

Capítulo 39

Ella

Pasé los primeros meses del curso siendo tristemente conocida. Ahora estoy disfrutando de la fama. No está mal, pero siento como si no me lo hubiera ganado, ya que fue Hayley quien blandió el bate.

Ella dice que fue un trabajo en equipo y que pasar toda la mañana con Sam debió de ser mucho más difícil que arrearle con un bate. Sawyer está de acuerdo, y mentiría si dijera que una parte de mí no está disfrutando de la deferencia excesiva con la que los chicos de los primeros cursos se apartan a mi paso o del hecho de poder saludar a Beth, Rachael y Nia sin el peso de la incomodidad.

La detención de Sam es la comidilla en todo el pueblo, no solo en el instituto. También lo es en la cola del supermercado, en las redes sociales… Me habría cansado ya del tema si no pensara en lo mucho que debe de repatearle a ese cabrón engreído.

Cuando estaba en el hospital, recibí un ramo de flores de aspecto caro con la nota: «Me alegro de que no te hayas muerto, pero aún me alegro más de que hayas estado a punto de matar al psicólogo del insti. Soy un capullo, lo sé. Y probablemente haya sido un capullo contigo. —Scott (P. D.: El primer paso es reconocerlo)».

Cuando la leí, pensé en la carta de Hayley y en la gran cantidad de emociones que Scott tiene enterradas.

La nueva psicóloga del instituto es increíble. La señora Powell no solo tiene un máster en Psicología, sino que tiene otro en Trabajo Social, y uno de sus primeros cometidos fue organizar un seminario sobre violencia de género que tuvo una gran asistencia. Veo muchos más estudiantes que entran y salen de su despacho que cuando este pertenecía a Wilkens.

Sawyer tiene cita con ella una vez a la semana. Le pone deberes y él nunca se ha presentado sin haberlos hecho. Cuando le señalo que casi nunca hacía los que nos mandaban en clase, me contesta que ninguna lección le ha parecido nunca tan importante como las que le da la señora Powell. No puedo contradecirlo.

Y la semana pasada, cuando pensaba que no lo veía nadie, vi que Scott entraba en el despacho de la psicóloga sigilosamente. Tal vez también haya esperanza para él.

Ahora mismo estamos en el zoo. Toda mi familia y Callan y la madre de Sawyer. Cuando he invitado a Seema, me ha dicho que mi madre ya la había invitado y que por supuesto que iba a venir.

Callan está subido a los hombros de Sawyer y ha decidido que cuando sea mayor quiere ser un gorila.

—¿Qué quiere decir con eso de «cuando sea mayor»? —me murmura Sawyer al oído.

—Fern, ¿cómo te va en la escuela primaria? —le pregunta mi madre a la de Sawyer—. ¿Te gusta?

—¿Sabes qué? Me encanta trabajar allí. —La madre de Sawyer sonríe con tantas ganas que se lleva una mano a la mejilla—. Me encanta, de verdad. El sueldo es fenomenal, trabajo con niños y puedo comer con Callan todos los días. Es un sueño.

—¿Cómo encontraste el trabajo? —pregunta papá.

—Tuve que buscar bastante. En uno de los sitios donde me entrevistaron, les gusté, pero no pudieron contratarme. Sin embargo, la recepcionista tenía una amiga que trabajaba como profesora en el colegio de Callan, así que me recomendaron para un puesto en el Departamento Administrativo. Resultó que encajé a la perfección.

—Muy bien, Ratatouille, se acabó. Sí, Alfredo necesita un descanso. —Sawyer se baja de los hombros a Callan, que está gritando: «¡Cualquiera puede cocinar! ¡Cualquiera puede cocinar!».

Seema y Jess se me acercan corriendo.

—Tienes que venir a ver esto. Hay un mono que estaba mirando a Jess a la cara, chillando, y tiene una enorme, una gigantesca… Hola, padres, ¿cómo estamos hoy? —Seema les dedica su sonrisa más ancha y luminosa.

—Igual que hace diez minutos —contesta la madre de Sawyer con los ojos brillantes.

—¿Qué tiene el mono? —pregunta mi padre, que parece interesado de verdad.

—Un plátano —contesta Jess.

—Ya. Pues eso lo podría haber adivinado yo. —Papá mira el carrito de comida con anhelo—. Ahora vengo.

Sawyer aparece a mi derecha, sin Callan, pero con el pelo muy alborotado.

—¿Quieres ir a por unos helados?

Preguntamos lo que quiere cada uno. Callan está muy decepcionado cuando no le dan permiso para comer tres de cada, pero se anima cuando le digo que puede que haya crayones de colores en la tienda de regalos.

—Si se los come, se los vas a sacar tú de entre los dientes —me advierte Sawyer.

Mientras hacemos cola, a los dos nos suena el teléfono a la vez. Los sacamos.

H

¡Mirad! ¡Saludad a mi nueva compañera de piso!

Suelto un chillido al ver la foto de un gatito negro con las patitas blancas.

H
Se llama Ellionda.
Es broma, es broma.

—¿Te estás quedando conmigo? ¿Le has contado lo del mote? —gruño.

De repente, Sawyer ha encontrado una grieta de lo más interesante en el cemento.

H
El nombre no está decidido, pero tendréis que venir a conocerla un día de estos.

—¿Eso es posible? —susurro entusiasmada—. ¿Crees que podemos ir a visitarla? ¿Verla en persona?

—Todo es posible. —Sawyer se inclina para besarme.

Conseguimos que no se nos caiga ningún helado, Callan no mancha ninguna camiseta que no sea la suya y todo ello es proclamado como un gran triunfo.

Mientras miramos las jirafas, que curvan sus largas lenguas lilas alrededor de las ramas, aparto la vista de los animales y contemplo a mi familia y mis amigos, este grupo enorme de gente a la que amo.

No hace tanto tiempo que pensaba que estaba sola, que el mundo era un laberinto lleno de estacas por el que era imposible navegar.

Y, por aislada que estuviera, también me sentía más segura. No había nadie que pudiera hacerme daño y, sobre todo, no había nadie a quien pudiera hacer daño yo. Sin embargo, ahora me doy cuenta de que eso no era más que una mentira producto de la vergüenza. Una mentira que explota gente como el señor Wilkens, gente que te convence de que estás tan solo como ellos.

Sobre todo cuando nunca lo estuviste.

Nunca reemplazaré a Hayley, y por suerte no tengo por qué hacerlo. La distancia no es rival para el amor que nos une, y, aunque la echo de menos, de momento me basta con tener una foto de su nueva gatita en el bolsillo. Con notar la mano de Sawyer en la mía y el brazo de Seema sobre el hombro. Con ver a mamá sonreír cuando Jess y Callan le preguntan a papá y a Fern si les dan dinero para darle de comer a la jirafa.

Antes estaba demasiado perdida, confundida y asustada para verlo, pero siempre estuvieron a mi lado. Incluso en la oscuridad, solo tenía que alargar una mano para encontrarlos.

Puede que no sepa qué va a pasar ni cómo voy a terminar, pero, con el amor de mi familia y mis amigos, el futuro ya no me da miedo. Todo lo contrario.

De hecho, como una amiga mía muy querida diría…: «Muy bien, vamos a ver qué me espera».

Nota de la autora

Si tú o algún ser querido os encontráis en una situación insegura en casa, aquí tienes algunos recursos para encontrar apoyo de forma confidencial en el ámbito territorial español:

Teléfono 016 – 016 online: servicio de atención a todas las formas de violencia contra las mujeres

- Atención telefónica: 016
- Atención por correo electrónico: 016-online@igualdad.gob.es
- Atención por chat online: violenciagenero.igualdad.gob.es
- Atención por WhatsApp: 600 000 016

Más información sobre recursos en https://violenciagenero.igualdad.gob.es/

Agradecimientos

Hay una cantidad increíble de gente a la que he de dar las gracias con todo mi corazón. Para empezar, me gustaría darte las gracias a ti por leer este libro. ¡Gracias, gracias, gracias! Ya me has dado mucho dándole una oportunidad a esta obra. Te haya gustado o la hayas odiado, me alegra que le hayas dedicado el tiempo para leerla.

No te equivoques, ningún libro se hace solo con un autor o una autora, y sin la brillantez y los esfuerzos de mucha gente este libro no sería más que un montón de palabras desordenadas y desperdigadas y demasiados chistes de pedos (sigo indecisa sobre si existen o no).

Mi primer y sincero agradecimiento es para mi editora, Lanie. Soy la más afortunada del mundo por escribir contigo. Gracias por hacer que mi escritura brille, por enseñarme los entresijos y por ser la colaboradora creativa más amable y alentadora. ¿Qué haría yo sin ti? Supongo que tener diez capítulos extremadamente innecesarios solo de referencias a *El señor de los anillos*… Gracias también a Romy Golan y a todo el mundo de Rights People por ser mis paladines al otro lado del charco.

Debo un enorme abrazo y agradecimiento a Eliza, que fue quien nos puso a Lanie y a mí en contacto. La verdad es que si no nos hubieras presentado nunca habría escrito este libro, y me siento agradecida contigo constantemente.

Siento mucha gratitud por todo el mundo de Penguin Random House por haber tenido fe en mí. Me siento honrada por todas las personas que han trabajado en convertir este libro en lo que es. Si esta obra te toca el corazón, en realidad es solo gracias al duro trabajo y a la visión creativa de Jen Klonsky, Simone Roberts-Payne y su equipo. Todavía me cuesta creer que me hayáis dado una oportunidad. Gracias a Natalie Vielkind por haberme acompañado en el proceso, a Kelley Brady por la preciosa portada y muchas gracias a la brillante Janet Rosenberg, cuyo talento para la edición elevó la calidad del manuscrito e hizo que pareciera que sé puntuar correctamente.

Tampoco habría podido hacerlo sin el apoyo de mis seres queridos. Gracias a Bex Carlo, que me ha enseñado muchísimo y ha sido un apoyo afectuoso y brillante desde que empecé en esto de la escritura. Mi lugar feliz siempre será una kombucha helada contigo en nuestra mesa.

Todo mi amor y gratitud a Allison, Amaris y Joanna, mis amigas. Gracias por desear con ese diente de león que terminase el manuscrito a tiempo. No tengo ninguna duda de que esa es la única razón por la que conseguí cumplir con la fecha límite, pues tal es el poder del amor de las mejores amigas, ¡y punto! Os querré para siempre, y no veo la hora de que volvamos a vivir todas juntas (os lo aseguro, todavía estoy ahorrando para ese complejo, que lo sepáis).

Ay, y ¿qué habría hecho yo sin Michael y Will? Habría acabado hecha un guiñapo en el suelo, eso es lo que habría pasado. Sin el apoyo, los ánimos y la sabiduría infinita tanto de Michael como de Will, no estaría donde estoy. Gracias por concederme esas llamadas por Zoom a altas horas de la noche cuando me estaba tirando de los pelos, aunque nos hubiésemos pasado con creces de nuestra hora de ir a dormir. Gracias, Michael, por seguir a mi lado a lo largo de los años (sobre todo de esos años), por hacerme reír siempre sin importar la hora o la circunstancia y sobre todo por aguantar la información excesiva que comparto sobre Lalo. No esperes que llegue a su fin en un futuro próximo.

¡Y un saludo a mi gente de St. Pete! Aunque ahora estemos todos desperdigados por el continente, mi amor por vosotros cruza todas las fronteras estatales. Gracias por haber apoyado siempre mi ambiguo espacio de trabajo. Muchas gracias a Kevin, que me ayudó a mantener la cordura durante el verano jugando al póker RDR2 y convenciéndome para que me bajara de cornisas varias. Y gracias a John, que seguro que leerá esto porque ha leído todo lo que he escrito en esta vida. Y, sobre todo, un sincero agradecimiento a todos aquellos que me habéis apoyado desde que escribía *fanfics*. Siempre tendréis un pedacito de mi corazón (¡especialmente tú, Si!).

A Jess y Kyle, que son mi familia. Os quiero muchísimo. Gracias por quererme sin descanso y por pensar que era suficiente cuando yo, indudablemente, no lo creía, durante esa veintena que pasé sin rumbo y llorando en sofás ajenos. Y, Jess, gracias por ser mi Hayley. No siempre fue fácil crecer donde lo hicimos (aunque, claro, ¿alguna vez ha sido fácil crecer?), pero al menos te tenía a ti... Y a las patatas fritas.

Gracias a mi preciosa y brillante madre. Espero ser algún día la mitad de fuerte, valiente e ingeniosa que tú. Te debo más de lo que podría expresar nunca, mamá. Gracias por todos los sacrificios que hiciste para que pueda vivir esta vida que jamás creí posible, y por tu paciencia en mi doloroso proceso de intentar aprender tagalo. *Mahal kita.*

Mi padre me ha dicho que podía ser escritora desde que escribía «vor fapor» en lugar de «por favor». Yo nunca le creí, pero él siempre creyó en mí. Gracias, papá, por ser el mejor padre que se puede pedir. Eres el padre que me habría gustado que tuvieran Sawyer y Hayley. No sé qué hice en mi vida pasada para merecerte, pero estoy infinitamente agradecida. Te quiero lo indecible.

Gracias a Peetz, a quien quiero hasta límites inconmensurables. Siempre ha sido un bastión para la risa y la alegría cuando estoy en mi peor momento. Te seguiría hasta los confines de la tierra para darte un cabezazo a las tres de la madrugada, amigo. Gracias por haberme enseñado cosas tan importantes como los vídeos de YouTube del tranquilizador sonido del llanto de catorce bebés.

Si he escrito alguna vez un personaje guay y divertido es solo porque tengo a Vic, la persona más guay sobre la faz de la tierra, como inspiración. Si intento explicar lo mucho que quiero a Vic y lo que significa para mí, me derretiré literalmente hasta convertirme en un montón de queso, así que me voy a limitar a darte las gracias por haberme apoyado siempre sin juzgarme, sobre todo durante mis muchos (muchos) cuestionables enamoramientos por personajes de dibujos animados.

Y, aunque no se va a molestar en leer esto, he de darle las gracias a mi corazoncito de fuera de mi cuerpo, Pabu, que estuvo echa un ovillo en mis brazos durante casi todo el tiempo que estuve escribiendo este libro, donde ronroneaba feliz y se tiraba pedos en mi cara. Solo me pisoteó el teclado unas pocas veces y nunca borró nada que no se pudiera arreglar con un Comando-Z. Siento por ella una cantidad de amor insana e irracional y no me puedo imaginar cómo sería escribir sin ella.

Y, finalmente, debo dar gracias por el amor no solo de esta vida, sino de todas mis vidas (porque cuento con disfrutar de eternidades contigo), Babs. No hay palabras para expresar la totalidad de mis sentimientos, pero, de todos modos, tú prefieres que sea breve.

Así que, Babs…

Gracias.